HAUKE SCHLÜTER

DIE JAGD NACH DEM NICHTS

EIN MEHLOS & SANTOW KRIMI AUS LONDON

Ein London-Krimi

**Hauke Schlüter: Die Jagd nach dem Nichts.
Ein Mehlos & Santow Krimi aus London.
Hamburg Dryas Verlag 2023**

1. Auflage 2023
ISBN: 978-3-98672-025-4

Dieses Buch ist auch als ePub erhältlich und kann über den Handel
oder den Verlag bezogen werden.
ePub-eBook: 978-3-98672-026-1

Lektorat: Sabrina Emrich, Mainz
Korrektorat: Joachim Schwend, Leipzig
Satz: Julia Walch, Bad Soden
Umschlaggestaltung: © Mi Ha | Guter Punkt, München
unter Verwendung von Motiven von iStock/Getty Images Plus
Umschlagabbildungen: © feedough/iStock/GettyImages Plus,
© Ryan McVay/iStock/GettyImages Plus, © zhaojiankang/iStock/
Getty Images Plus, © IakovKalinin/iStock/Getty Images Plus,
© dwleindecker/iStock/Getty Images Plus

Bibliografische Information der Deutschen Nationalbibliothek:
Die Deutsche Nationalbibliothek verzeichnet diese Publikation
in der Deutschen Nationalbibliografie; detaillierte bibliografische Daten
sind im Internet über https://dnb.d-nb.de abrufbar.

Der Dryas Verlag ist ein Imprint der Bedey und Thoms Media GmbH,
Hermannstal 119k, 22119 Hamburg

© Dryas Verlag, Hamburg 2023
Alle Rechte vorbehalten.
https://www.dryas.de
Gedruckt in Deutschland

HAUKE SCHLÜTER
DIE JAGD NACH DEM NICHTS

Für London

Inhalt

TEIL I   9
Neal's Yard   11
Black Cab   26
Hyde Park Agency   29
Watch! News   34
Kingfisher's   41
Serpentine   58
Speakers'   63

TEIL II   69
Tate Modern Gallery   71
Mr. Rahul   80
Strutton Ground   86
Butler's Wharf   93
Potters Fields Park   107
King's Cross   112
Hyde Park Agency   118
London Eye   128
Knightsbridge   141
Tube   147
Westminster Abbey   151
Black Cab II   162
Camden Lock   168
Land der Löwen   177
Notting Hill   181
Das Haus mit der blauen Tür   191
Black Cab III   194

Abbey Road	198
Chinatown	206
Purcell Club, Pall Mall	214
Hyde Park Agency	223
Das Nichts	232
Sturm	236
Über den Dächern von London	245
Berkeley Square	249
Dido & Aeneas	255
TEIL III	259
Pudding	261
Jove's Room	264
Diana's Room	268
Albert Hall	271
Kingfisher's	274
Zimmer ohne Aussicht	287
Kaminzimmer	304
Verloren	306
Unterschrift	308
Mary Tori	313
Fenster mit Aussicht	324
Balkon	329
Elizabeth Tower	336
Pennies from Heaven	340
Big Ben	342
Nachwort des Autors	344

TEIL I

Neal's Yard

»Wie immer?«, fragte das Mädchen. Es war zu jung, um zu wissen, wer vor ihr stand.
Der Achtzigjährige zeigte sein bekanntes Lächeln und warf einen Blick auf das Tablett mit Becher und Bagel. Ja, alles wie immer. Er nickte freundlich, nahm das Brettchen und suchte nach einem Platz draußen im lauten und bunten Hof. Ein Musiker sang etwas von Passenger und nickte dem alten Mann zu. Man kannte sich. Organische Düfte aus einem Shop ließen an Felder und Blumen denken. Die Sonne warf ein angenehmes Licht auf die oberen Teile der in pastellenen Regenbogenfarben gehaltenen Häuser.

 Der Blick des Achtzigjährigen fiel auf einen jüngeren blonden Mann, der in einem gut sitzenden, dunkelblauen Anzug mit Weste an einem der Hochtische saß und gerade damit beschäftigt war, einem latent gefährlich aussehenden Straßenverkäufer klar zu machen, dass dessen Uhren keineswegs aufwändig in Schweizer Manufakturen gefertigte Meisterstücke von höchster handwerklicher Präzision und zeitloser Eleganz waren, sondern ziemlich klobiger Schund aus weit entfernten Ländern und Produktionsstätten, die zu Recht auf keiner Karte verzeichnet waren. Außerdem trüge er selbst nur Taschenuhren, nicht diese Protzhandschellen. Obwohl er das freie Unternehmertum und merkantilen Geist doch sehr schätze, hege er jedoch in diesem Fall erhebliche Bedenken, dass die Erlöse nicht braven und hart arbeitenden Feinmechanikern zuflössen, sondern doch wohl eher rücksichtslosen Ausbeutern, deren Zugehörigkeit zur organisierten Kriminalität bei ihnen keine Scham erzeuge, sondern sie sogar mit ihm völlig unerklärlichen Stolz erfülle.

»Dann lieber Geldbörse von *Fendi*? Oder Tasche? Auch von den. Teures Leder.«

»Da steht aber ›*Fenti*‹. Auf dem teuren Leder.«

»Sag' ich doch! Kaufen?«

Der Mann im Anzug kam zum Schluss, dass demonstratives Desinteresse wohl am schnellsten zum Abbruch des einseitigen Verkaufsgesprächs führen würde und wandte sich wieder der neuesten Ausgabe von *Private Eye* zu, die er sich gerade gekauft hatte und auf die er sich schon freute. Nach einer Weile stellte der Verkäufer seine Versuche ein und wandte sich einem neuen potenziellen Opfer zu. Ein weiterer Mann, der die ganze Zeit etwas entfernt hinter beiden gestanden hatte, ging mit und verschwand.

Der Achtzigjährige mit dem Bagelltablett trat an den Tisch mit dem Anzugträger heran und fragte, ob er sich setzen dürfe. Kleos Henry Mehlos sah auf. *Oh! DER hier. Tatsächlich?* Es gab nur eine andere Person, mit der er lieber gefrühstückt hätte.

»Sehr gerne. Bitte nehmen Sie Platz.«

Der alte Mann setzte sich an den Holztisch und brach ein Stück von seinem Bagel ab.

»Ihre Brieftasche wird nun einiges von der Welt sehen«, sagte er.

Mehlos überlegte.

Der Verkäufer. Und sein Schatten. Er sah sich um. Beide waren verschwunden. Mehlos sah den alten Mann an, der zu seinem Café griff und aufmunternd nickte.

»Ach ja«, Mehlos seufzte, »ich hoffe, er ist gut zu ihr. Allerdings befürchte ich, dass er sie gleich wieder wegwerfen wird, wenn er erst einmal hineingesehen hat.«

»Keine Pfundnoten drin?«

»Weniger. Das war meine Klaubrieftasche. Man weiß ja nie. Sie ist fast leer. Nur ein Zettel mit einem Bibelzitat. 1, Korinther 6.10: *Noch die Diebe, noch die Geizigen, noch die Trunkenbolde, noch die Lästerer, noch die Räuber werden das Reich Gottes ererben.*«

Der Achtzigjährige lachte laut.

»Sehr gut! Klaubrieftasche. So etwas habe ich noch nicht gehört. Aber haben Sie gar kein Mitleid mit der arbeitenden Bevölkerung?«

»Schon. Deshalb war ja auch eine Fünfpfundnote drin. Zur Linderung der gröbsten Not. Und ein Bild von einem toten Papagei.«

»Ernsthaft?«

»Hab' ich von Ihnen!«

»Und Sie haben wirklich nichts gemerkt?«

»Nein. Das war saubere Arbeit. Insofern hat er eine kleine Belohnung fast ehrlich verdient.«

Mehlos und der alte Mann wandten sich wieder ihrem Frühstück zu und tauschten noch ein paar absurde und komische Gedanken aus, die beiden einen inspirierten Start in den neuen Tag schenkten. Dann verabschiedete sich der Achtzigjährige und Mehlos war allein in der Menge. Er sah auf seine Taschenuhr. Wann sie nur endlich kam.

Er blickte hoch zu einem Café mit blauen Fensterrahmen, musste lächeln und dachte nach, als plötzlich eine junge Frau mit schulterlangen brünetten Haaren in einem eleganten elfenbeinfarbenen Kleid in sein Gesichtsfeld trat. Sie hob ihre Hände und gestikulierte.

Guten Morgen, Mehlos. Wie ich sehe, haben Sie Ihr kontinentales Frühstück bereits hinter sich. Keine Lust auf kalte Bohnen und lauwarme Pilze?

Joanna Santow war gehörlos und verständigte sich mit Gebärden und Lippenlesen.

»Santow! Guten Morgen. Ich übertreibe nicht, wenn ich sage, dass es schön ist, Sie zu sehen. Nein. Die Bohnen waren mir nicht nahe genug am Verfallsdatum und die Pilze noch als solche erkennbar. Sie wissen, ich lege Wert auf Authentizität beim englischen Frühstück. Möchten Sie Kaffee und Bagel? Sour cream? Orangensaft? Frisch gepresst, natürlich.«

Gerne.

Mehlos holte alles und hatte noch einen weiteren Café und ein Croissant für sich dabei.

Ihr Text hat mich überrascht. Ich wähnte Sie beim Fallschirmspringen in den Cotswolds. Oder war das Bungee-Jumping in der O2-Arena? Ich meine das Geschenk von Ihrem Bruder.

»Francis hat mir Gutscheine für beides geschenkt. Vielen Dank. Ungewöhnlich aufmerksam, an meinen Geburtstag zu denken. Aber ich musste leider ablehnen.«

Warum?

»Ich bin feige.«

Sind Sie nicht. Auch wenn es Sportarten sind, bei denen man auch gerne mal draufgehen kann. Ich glaube, Sie möchten nur keine Geschenke von Ihrem Bruder annehmen.

Mehlos schwieg für einen Moment. Francis Neville Mehlos war der ältere Bruder und Jurist, der das elterliche Family Office weiterführte, das Vermögen verwaltete, Kleos Henry Mehlos von allen wichtigen Entscheidungen ausschloss und ihn nur einband, wenn es durch die Statuten nicht anders ging. Seit frühester Kindheit verband die beiden eine herzliche Abneigung, die von Francis ausging und die Mehlos irgendwann akzeptierte und übernahm. Der Faden riss völlig, als Francis in jungen Jahren die Konversation von Mehlos mit Tante Mouse, die von Geburt an gehörlos war, imitierte und sich ohne Rücksicht auf beider Befindlichkeiten darüber lustig machte. Mehlos dachte kurz an die Szenen, die sich zwischen ihnen abspielten. Nicht angenehm. Und bar jeder brüderlichen Zuneigung.

»Sorry, aber es passt einfach nicht.«

Bungee oder Bruder?

»Beides.«

Er scheint sich in letzter Zeit um Ihre Aufmerksamkeit zu bemühen. Silberstreifen des Friedens am Horizont? Erste Verhandlungen zum Waffenstillstand?

»Sie kennen ihn nicht, Santow. Das hat nichts zu bedeuten.«

Santow sah Mehlos an und trank ihren Café. Ihre Blicke über dem Tassenrand waren durchdringender als Röntgenstrahlen.

»Was denken Sie?«

Ich denke, dass Sie das Verhältnis zu Ihrem Bruder verbessern sollten.

»Wir haben keins.«

E-ben.

»Kopf hoch, Santow. Es gibt Schlimmeres. Es könnte heute noch regnen.«

Eine Weile geschah nichts, nur Gesprächsfetzen der Besucher von Neal's Yard waren zu hören, gelegentlich Kinderlachen; der Musiker beendete einen Song von Ed Sheeran und ging mit seiner Kappe bei den Gästen sammeln. Mehlos gab ihm einen Zehnpfundschein und bedankte sich für die Musik, die er ziemlich gut interpretiert fand, was er dem Musiker auch sagte und diesem ein »Cheers, mate!« entlockte. Vielleicht könne er ja noch *Always look on the bright side of life* spielen. Das würde doch sehr gut passen. Hier zum Yard und überhaupt, schlug Mehlos mit einem Seitenblick auf Santow-hinter-der-Tasse vor. Der Musiker versprach es und setzte seine Sammeltour fort.

Warum treffen wir uns hier? Gibt es einen Grund?

»Wir sind seit etwas mehr als zwei Wochen aus Lansdowne Manor[1] zurück. Lang her. Fast ein ganzes Leben. Für mich Grund genug, diesem für mich unerträglichen Zustand ein Ende zu bereiten und anzufragen, ob Sie nicht ein wenig Zeit haben. Aber, da Sie es ohnehin durchschauen, ich habe eine *hidden agenda*. Nein, nicht das, was Sie jetzt vielleicht denken möchten, obwohl, das natürlich auch. Nein. Ein anderes Thema. Und den Ort hier habe ich vorgeschlagen, weil ich zum einen dachte, dass Sie ihn noch nicht kennen und zum anderen, dass Sie ihn auch mögen würden.«

Ich war früher oft hier. Als ich noch in Soho wohnte. Und ja, ich mag ihn sehr. Seitdem ich umgezogen bin, war ich allerdings nicht mehr in Neal's Yard. Es ist schön, wieder hier zu sein.

Santow wohnte jetzt in einem *Mews House* in Chelsea. Londoner bewegten sich für gewöhnlich wenig außerhalb ihres Viertels.

»Das freut mich.«

Was ist Ihre versteckte Agenda?

Mehlos fummelte ungeschickt an einem Croissant herum, riss dann ein Stück ab und tunkte es in seinen Café.

---

[1] Wer wissen möchte, was dort geschah, liest es am besten in »Zehn Gäste und ein Mord« nach.

Seine Gedanken sortierend, kaute er sehr langsam und schnappte sich dann wieder das Croissant und drehte es in den Händen.

Wird's bald? Warum so verlegen?

»Es geht um Sie. Und ich weiß nicht sicher, ob Sie das möchten.«

Spannend! Erzählen Sie. Ich entscheide dann.

»Es geht um Ihre Herkunft.«

Santow stellte die Tasse ab und sah Mehlos mit einem Blick an, der selbst durch eine Bleiplatte gegangen wäre.

Ihre Herkunft war ihr selbst ein Rätsel. Sie konnte sich nur an die Explosion erinnern, bei der sie im Alter von etwa drei Jahren ihr Bewusstsein und das Gehör verlor. Davor nur verschwommene Bilder eines herrschaftlichen Anwesens, vermutlich das ihrer Eltern. Dienstboten. Und Worte. Worte, die sie heute nicht mehr verstand. Vielleicht waren sie osteuropäisch. Sie hatte später bemerkt, dass sie bei Menschen mit diesem Akzent ein angenehmes Gefühl bekam. Das Nächste, an das sie sich nach der Explosion erinnerte und was man ihr erzählte, war, dass sie in einem Hotelbett aufgewacht war und neben ihr ein handgeschriebener Zettel mit ihrem Namen lag. *Joanna Santow*. Die beiden Besitzerinnen des Hotels in Brighton, die miteinander verheiratet waren, ohne ein lesbisches Paar zu sein, nahmen sie als Kind an und zogen sie auf. Ihre *mothers*. Auf vielen Reisen besuchte sie die Länder Osteuropas, Städte, Herrensitze, Schlösser. Aber nichts löste Erinnerungen aus. Santow schloss für einen Moment die Augen; das Bild ihrer *mothers* tauchte auf. Sie waren wunderbar. Dass Mehlos nun mit diesem Thema kam, überraschte sie. Warum machte er das?

Wir sprachen schon darüber. Und Sie wissen, dass ich genau zuhören werde. Bitte.

Mehlos räusperte sich.

»Sie haben bereits alles erzählt, an das Sie sich erinnern können. Und dass Sie nicht weiterkommen. Ihre Reisen. Rückführungsseminare. Die Bilder, an die Sie denken.«

Ja. Weiter. Wird's bald?

»Ich glaube, dass wir in dieser Richtung nicht viel weiterkommen. Mein Ansatz ist, erst einmal herauszufinden, *wie* Sie überhaupt in das Hotelzimmer gekommen sind.«

Ach, Mehlos. Die *mothers* und ich haben uns unendlich oft darüber unterhalten. Keine Spur. Ein älterer Mann hatte das Zimmer gemietet. Kam am späten Abend an. War am nächsten Morgen weg. Hatte einen größeren Koffer dabei, mit dem er vorsichtig umging, aber erkennbar schwer trug.

»Wir wissen, was drin war. Oder *wer*.«

Ja. Sicher. Aber das war es auch schon. Die Spur hört hier auf. Niemand im Hotel oder in Brighton kann sich an ihn erinnern. Glauben Sie mir, Mehlos, ich habe alle gefragt. Wirklich alle. Alle und noch mehr. Immer wieder. Und jetzt nach weit über zwanzig Jahren finden selbst Sie ihn nicht mehr.

»Er hat im Voraus bezahlt und lediglich einen Namen hinterlassen.«

Der natürlich falsch war.

»Admiral von Morwi.«

Woher kennen Sie diesen Namen? Santow zog ihre Stirn kraus und ihr Blick wäre nun durch einen ganzen Betonblock gegangen.

»Ich war am Wochenende in Brighton.«

Santow wurde weiß. Ihre Wangen rot.

Bei meinen *mothers*? Im Hotel Gosford? Ich fasse es nicht, Mehlos. Und ich weiß nicht, ob ich das gut finde.

Für einen Moment sah Santow aus, als würde sie ihre Handtasche nehmen und verschwinden.

»Im Hotel: ja. Bei Ihren *mothers*: nein. Diese Freiheit habe ich mir nicht genommen. Ich habe den Namen von den Zetteln der Meldebehörde. Die habe ich mir allerdings erschlichen, Polizeistory, Amtshilfe und so …«

Das Gegenteil von gut ist: gut gemeint!

Der gerügte Mehlos sagte nichts.

Ich habe Sie nicht darum gebeten.

»Ich weiß.«

Und?

»Ich weiß aber auch, wie wichtig Ihnen diese Sache ist.«

Sache.

»Bitte jetzt keine Goldwaage. Mir ist es eben auch wichtig.«

Ihnen ist das wichtig?

»Ja. Sehr sogar.«

Warum?

Mehlos atmete lang ein. Leider war das Croissant schon weg, an dem er verlegen hätte herumfummeln können.

»Weil es um Sie geht.«

Santows Blick wurde verschwommen und wäre inzwischen nicht einmal durch eine Glasscheibe gegangen. Sie sah von Mehlos weg in die Menge. Nach einer Weile blickte sie ihn wieder an. Ihre Gesten waren langsamer als sonst.

Ok. Und jetzt wollen Sie mir hier sagen, dass Sie etwas herausgefunden haben.

»Ja. Zwei Dinge.«

Bitte. Ich sehe Ihnen zu.

Santow griff zu ihrem Café. Mehlos' Verlegenheit war verschwunden. Er war froh, durch diesen Teil gekommen zu sein, den er sich schon als heikel vorgestellt hatte. Er hatte überlegt, ob er es wirklich tun sollte. Brighton, recherchieren, entdecken. Aber seine natürliche Neugier und sein Drang, sich in das Leben anderer einzumischen, hatten gesiegt. Und schließlich war da noch etwas …

»Dieser Admiral von Morwi hat einen ungewöhnlichen Namen. Nicht, dass er seinen Titel führt. Die Welt ist voll von Grafen, Doktores, Honorarkonsuln, Kommerzienräten und Militärs, die so etwas ständig angeben. Von *Mr. Proper* bis *Burger King*.«

Kommen Sie zur Sache, Mehlos.

»Soviel Sie auch recherchierten, Santow, Ihnen ist es nicht gelungen, jemanden mit diesem Namen zu finden. Wie auch.«

Nein. Der Name war natürlich falsch. Rauf und runter recherchiert: es gibt auf der ganzen Welt keine von Morwis.

»Aber auch aus den falschesten Namen kann man vielleicht etwas ablesen. Schließlich werden sie bewusst gewählt.«

Ein Kapitän, der höher hinaus wollte?

»Wenn Sie sich an unser Abenteuer auf Lansdowne erinnern, fällt Ihnen bestimmt ein, wie wichtig Anagramme waren.«

Sehr wichtig, Mehlos.

»Elementar, Santow.«

Es beginnt, mich zu kribbeln, Mehlos – diesen Weg bin ich noch nicht gegangen. **Santow überlegte und nahm ihr Tablet aus der Handtasche.**

»Wundert mich nicht, Santow, Lansdowne ist ja noch nicht so lange her. Obwohl mir es, wenn ich ehrlich bin, wie eine Ewigkeit vorkommt.«

Santow öffnete einen Text Editor und gab den Namen »Admiral von Morwi« ein. Sie klappte den Ständer des Tablet auf und platzierte es so, dass sie beide den Namen in großen Buchstaben auf dem Display sehen konnten:

Admiral von Morwi.

»Sehen Sie es? Ich habe gut reden, denn ich weiß, wonach wir suchen müssen.«

Hier gibt es viele Möglichkeiten.

»Ja. Bei einem Admiral drängen sich natürlich Wörter im nautischen Zusammenhang auf. Da gibt es einige: *Armada, Narval, Marin, Alarm, oliv* ... Und sogar einen *Warlord*.«

Oder der Lord.

»Nicht der schon wieder. Es sind aber noch jede Menge andere Wörter drin. *Invalid*. Oder: *Vorwand*. Passt ja auch irgendwie.«

Und: *Marmor. Arrival.* Oder *Ravioli*.

»Soll ich welche bestellen?«

Nicht jetzt, wo es gerade spannend wird, **Santow hatte Feuer gefangen.**

»*Drama. Diwan. Minimal. Malaria. Voilà! Darin wir mal vorm.* Leider Nonsens.«, Mehlos war in seinem Element.

Domina!

»Huch!«

Huch ist nicht drin. Spießer.

»Entdecke ich neue Seiten an Ihnen, Santow?«

Träumen Sie weiter, Mehlos.

»Wirr. Das IST drin«. Santow ignorierte das.

Vornamen sind vielleicht einfacher. Suchen wir mal nach denen. Nachnamen können ja fast beliebig sein, **sie zog die Stirn kraus.** Wir suchen ja schließlich einen Namen, nicht wahr?

»Ja.«

Wiliam *oder* Liam!

»Lässt leider ein Haufen Buchstabenmüll zurück, aus dem wir unmöglich einen Nachnamen bauen können. Vergessen Sie nicht, dass Anagramme alle Buchstaben vollständig verwenden.«

Ich gebe auf.

»Der Weg ist das Ziel, macht doch Spaß!«

Vielleicht ist genau das Ihr Problem, Mehlos. Zu viel Beschäftigung mit Spielen, ohne auf den Punkt zu kommen. Passt jedenfalls hier nicht. Sie haben es schon gelöst, also sagen Sie es mir bitte.

Mehlos nahm sich das Tablet, setzte sich nach hinten und tippte einen Buchstaben nach dem anderen in den Editor ein. Dann drehte er es um, so dass Santow lesen konnte:

Wladimir Romanov.

Santow ließ sich in ihrem Stuhl nach hinten fallen.

Den gibt es doch wirklich. Das ist eine historische Person.

»Ja. Wladimir Kirillowitsch Romanow. Großfürst von Russland und Urenkel des russischen Zaren Alexander II., Großneffe des Zaren Alexander III. und Urenkel der britischen Königin Victoria. Das ist ziemlich weit oben in der adligen Hackordnung. Mehr Blau geht nicht.«

Lebt er noch?

»Geboren wurde er 1917. Verstorben ist er 1992 in Miami, Florida. Typischer Ort für ältere Herrschaften, die sich nach einem erfüllten Leben ein bisschen in der Sonne ausruhen möchten.«

Dann hätte er aber 1997 nicht in Brighton sein können.

»Weiß man's? Der Hochadel hat bestimmt Möglichkeiten, die Zeit zu überlisten. Vielleicht hat jemand den Namen benutzt. Auftrag. Oder Gesinnung. Oder Gefallen.«

Möchten Sie mir damit sagen, dass ich der Familie der Romanows entstamme? Habe ich gerade das Zarenreich geerbt?

»Sie gäben sicher eine ganz wundervolle Zarin ab. Leider gibt es schon einen. Ihr Status wäre nur von kurzer Dauer.«

Vermutlich. Aber Sie sprachen von zwei Erkenntnissen.

Was ist die andere?

»Ich war im Hotel Gosford. Nein, haben Sie keine Angst, Santow, ich habe die *mothers* nicht getroffen, mich nur umgesehen und mit zwei Angestellten geplaudert. Eine stattliche Dame aus der Küche, die früher das Zimmermädchen war, und ein freundlicher mittelalter Herr mit einem weißen Schnauzbart an der Rezeption.«

Moira Mosley und Frederik Bell.

»Ja. Das waren ihre Namen. Beide waren 1995 im Gosford und konnten sich erinnern. An den Admiral. Und Sie, Sie sind dort eine Legende. Das Kind aus Zimmer 12. Der Admiral übrigens auch: der Mann, der spurlos verschwand.«

Santow machte einen schmalen Mund und nickte.

Ich habe oft mit beiden über diesen Mann gesprochen. Aber nicht viel erfahren können. Er ging mit seinem Koffer auf das Zimmer und am nächsten Morgen war er nicht mehr da.

»Und ich war im Zimmer 12. Es hat sich wohl nicht viel dort verändert. Verstaubter Charme, wenn ich das so sagen darf.«

Das ist so.

»Dann wird Ihnen auch aufgefallen sein, dass das Zimmer einen blumigen und sehr femininen Eindruck macht. Ein alter Seebär fühlt sich da bestimmt nicht wohl. Keine Fernrohre aus Messing auf dem Tisch, keine ausgestopften Fische an den Wänden. Bell hat erzählt, dass morgens kein Mann das Hotel verlassen habe, nur Frauen, und es zwischen Zimmern und Rezeption keinen Hinterausgang gibt. Er und Mosley wissen das deshalb alles noch, weil sich dieser Tag dank Ihrer Ankunft sehr in ihr Gedächtnis eingeprägt hat. Wenn man dann noch Mosleys Antwort auf meine Frage kennt, welche der Kosmetika und Gerätschaften sie denn morgens ersetzt hat und ob das Bidet benutzt wurde – und man dann hört: »Einwegnagelfeile und Tagescreme« sowie »ja, wurde es« – glauben Sie mir, das macht hier kein Mann –, lässt das alles eigentlich nur einen Schluss zu:

Der Admiral war eine Frau.

»Er kam als Mann und ging als Frau. Völlig LGBT-konform.«

Santow stützte ihr Kinn auf die Faust und dachte nach.

Und das alles haben Sie mit nur einem Besuch erkannt?

»Ich wusste, nach was ich zu suchen hatte.«

Warum?

»Gefühl. Sie hatten mir schon von dem Mann erzählt, der den Koffer schwer trug, aber äußerst vorsichtig mit ihm umging. Macht doch kein Seemann. Und die Sorgfalt, mit der Sie gebettet wurden, spricht eher für mütterlichen Instinkt.«

Plausibel. Und ich bin seit über zwanzig Jahren nicht darauf gekommen, Santow sah Mehlos an und der Blick hätte jedem Mann gefallen. Er genoss es.

»Neutrale Außensicht und schon fast pathologisches Interesse für alles, was mit Ihnen zusammenhängt. Darf ich etwas vorschlagen?«

Santow nickte.

»Sie lassen das jetzt erstmal sacken. Vielleicht liege ich ja auch völlig falsch. Dann bewerten wir die Situation neu und überlegen uns, wie wir der Wahrheit ein Stück näher kommen.«

Ich muss das nicht sacken lassen. Weiter.

»In der *Hyde Park Agency*?«

Gern. Am besten gleich.

»Dann los«, sagte Mehlos, »ich rufe uns ein Taxi.« Sie standen auf.

»Wissen Sie übrigens, mit wem ich hier gerade gefrüh-

stückt habe? Also, bevor Sie kamen.«
Francis wird es nicht gewesen sein.
»Nein. Aber Sir Michael.«
Sir Michael?
Mehlos nickte hinauf zu den blau gerahmten Fenstern des Hauses, neben dem sie gesessen hatte. Darunter war eine der *Blue Plaques*. Die runden blauen Plaketten von *English Heritage*, die anzeigten, dass eine bedeutende Persönlichkeit, die einen wichtigen Beitrag zur Gesellschaft geleistet hatte, eine Zeit im jeweiligen Gebäude verbracht hatte. Mehlos lächelte und beide lasen die blaue Plakette an der Hauswand:
»Monty Python, Filmmaker, Lived here 1976–1987«.

Black Cab

Sie liefen die Neal Street das kurze Stück in Richtung Norden. Auf der Shaftesbury Avenue ließ Mehlos ein paar Taxen vorbeifahren, bis er ein uraltes, schwarzes sah, das er heran winkte.

»Nehmen Sie es mir nicht übel, Santow, aber elektrisch und chinesisch werden wir noch genug fahren. Bitte!«, und hielt ihr die Wagentüre auf.

Alles andere hätte mich auch gewundert.

Der Cabbie stammte aus einer ähnlichen Zeit wie sein Wagen und die fleckige Cordkappe.

»Green Street, Ecke Park Lane, bitte.«

»Über Oxford Circus oder Trafalgar?«, kam es zurück.

Der Kleidung nach waren seine beiden Fahrgäste keine Touristen. Der Fahrer machte sich daher erst gar nicht die Mühe, eine Sightseeing–Route vorzuschlagen. Das hier waren Londoner wie er, die sich auskannten.

Mehlos entschied sich für die Fahrt über den Trafalgar Square. Länger, aber dafür über die Mall und entlang St James Park, den er sehr mochte.

Jetzt, wo ich Zarin bin, hätten Sie eigentlich auch eine Kutsche organisieren können, Mehlos.

»Das wird noch kommen. Bitte denken Sie aber dann an Ihren ergebensten Diener, Hoheit«, er sah im Rückspiegel, wie der Cabbie eine buschige Augenbraue hob.

Sie waren auf der Höhe von Covent Garden, blieben

hinter ein paar Wagen stehen und Mehlos' Blick fiel auf ein Plakat vom *Red Nose Day*. Ein bekannter Fernsehmoderator mit einer runden, knallroten Clownsnase grinste den Betrachter an.

»Ich liebe den *Red Nose Day*«, sagte Mehlos, »Sie nicht auch, Santow?«

Sich um Kinder und die Älteren zu kümmern, ist immer eine gute Sache.

Der *Red Nose Day* war eine Charity, die vor allem diese beiden Gruppen bedachte.

»Hören Sie mir bloß auf mit dem *Red Nose Day*, Sir. War eine der düstersten Tage in meinem ganzen Leben«, sagte der Cabbie und sah seine Fahrgäste im Rückspiegel an.

»Das wollen wir jetzt aber hören«, sagte Mehlos und Santow blickte nach einer kurzen Wiederholung von Mehlos interessiert zurück.

»Well, …«, begann der Cabbie und sah dabei aus, als hätte sich sein Kaugummi gerade in eine unreife Zitrone verwandelt, »ich war über dreißig Jahre mit Louise zusammen. Richtig verheiratet. Klar, war nicht alles Sonnenschein, aber so im Vergleich zu anderen, noch gut. Wir hatten gespart, die Wohnung in Croydon gerade verkauft und wollten nach Malta ziehen. Dort schon was gefunden und alles perfekt gemacht. Und eines Morgens geht Louise aus dem Haus, gibt mir vorher noch einen langen Kuss im Bett, wie schon lange nicht mehr, und als ich in die Küche komme, war da nicht das Frühstück, sondern auf dem Tisch stand eine Flasche Gin. Daneben ein Zettel: BIN WEG. GELD AUCH. Und dann lag da noch eine von diesen roten Nasen. Die aus Plastik, die so aussehen, wie eine Tomate. Das war nämlich am *Red Nose Day* vor einem Jahr. Habe geheult wie am Todestag von Lady Di. Und seitdem muss ich wieder Taxi fahren. Meine Louise. Möge ihr der

Teufel in den Arsch fahren, wo immer sie jetzt ist. Also bitte keinen *Red Nose Day* mehr!«

Do something funny for money!, schoss es Mehlos durch den Kopf, der bekannteste der Sprüche des *Red Nose Day*, und noch bevor er es aussprechen konnte, boxte ihn Santow in die Seite, die genau das schon geahnt hatte. Mehlos biss sich auf die Lippen und ließ ein paar Beileidsbekundungen hören, die dem armen gebeutelten Cabbie Seelentrost spendeten.

»Ich hätte mich halt mehr um die Familie kümmern sollen, statt nur Taxi oder die anderen im Pub. Weiß ich jetzt auch. Aber trotzdem, an der Sache mit dem Teufel halte ich fest!«

Mittlerweile waren sie am Trafalgar Square angekommen. National Gallery, links St Martin-in-the-Fields. Sie fuhren zum Westen aus dem Kreis, durch den weißen Admirality Arch auf die Mall und direkt auf Buckingham Palace zu. Über dem Palast wehte der Union Jack; der König war nicht zu Hause. Kurz davor bogen sie rechts ab und kamen dann nach St James. Sie kamen an Mehlos' Barbershop vorbei, zu dem schon Charles Dickens und Winston Churchill gegangen waren und zu dessen altem italienischstämmigen Barbier Mehlos eine engere Beziehung hatte als zu seinem Bruder Francis. Oben auf Piccadilly bogen sie links ab und waren auch schon bald in Mayfair. An der Green Street, Ecke Park Lane stiegen sie aus. Mehlos gab ein mehr als großzügiges Trinkgeld und betrachtete es als seine diesjährige Spende für den *Red Nose Day*, was es in irgendeiner Form ja auch war.

Hyde Park Agency

Das Haus in Green Street, Ecke Park Lane, war ein innen wie außen aufwändig restauriertes Gebäude aus der viktorianischen Zeit mit einem nach außen gewölbten Erker in gebrochenem Weiß und schon seit langem im Besitz der Familie Mehlos; Kleos Henry Mehlos hatte es von seinen Eltern bekommen, die sich vor etlichen Jahren entschieden hatten, ihr Leben zwischen der Côte d'Azur und den Hamptons zu verbringen und nur selten in ihr Heimatland zurückkehrten. Im ersten Stock hatte Mehlos seine *Hyde Park Agency* eingerichtet, deren Zweck es mehr oder weniger war, sich in das Leben anderer einzumischen, wenn der Anlass versprach, spannend, ungewöhnlich, ansatzweise unlösbar oder am besten gleich alles zusammen zu sein. Im ersten Stock wohnte er selbst; die wunderschöne Wohnung darüber mit einem der besten Ausblicke von London auf den Hyde Park hatte er Reginald Cavendish und seiner Frau Elizabeth überlassen, seinem älteren Haushälterpaar, das nach einem Skandal im St James' Palace, dem Haus der Queen Mum, aus den Diensten der Royals ausschied und nun besser wohnte als zuvor. Für die Dachgeschosswohnung, der ehemaligen Dienstbotenwohnung, hatte er mit dem Royal Opera House in Covent Garden die Vereinbarung getroffen, dass Künstler auf Tournee dort für die Dauer ihres Engagements kostenlos wohnen konnten. So waren diese Zimmer oft und divers bevölkert von Vertreterinnen und Vertretern von Musikgattungen aller möglichen Nationalitäten und diese trugen an manchen Abenden mit Aufführungen im Salon der Hyde Park Agency ebenso ungewöhnlich wie inspirierend zum kulturellen Erlebnis im Hause bei. So erinnerte sich Mehlos gerne an die Crossover-Interpretation von *Tubular Bells*, eines kreolischen Ensembles am Flügel und mit Steel Drums, aber weniger gerne an die darauffolgende Party, auf der ein Teil des Mobiliars und der Basquiat in Mitleidenschaft gerieten. Die restlichen Wohnungen im Hausteil nebenan hatte er vermietet und bedauerte dies nur in einem Fall, da der Mieter aus Qatar zwar selten in London logierte, aber wenn er dies tat, private Events feierte, die Mehlos' *Tubular Bells*-Party an Kollateralschäden noch weit übertrafen. Nur das ansonsten angenehme Wesen des Mieters und seine blumige Ausdrucksweise hielten Mehlos davon ab, sich nach einem neuen Bewohner umzusehen.

In der Hyde Park Agency stand im Salon mit dem runden Erker ein altes Chesterfield-Sofa aus dunkelrotem Samt, das Joanna Santow sofort zu ihrem Lieblingsplatz erkor und sich so oft wie möglich dort hineinfläzte, was Mehlos darin bestärkte, mit diesem Möbel die richtige Wahl getroffen zu haben.

* * *

Ich dachte, Sie wollten sich endlich ein Smartphone zulegen, Mehlos. Stattdessen sehe ich Sie immer noch mit diesen ... Teil. Naja ... »Relikt vergangener Innovation« trifft's besser. Das ist soo Nuller.

Mehlos sah noch kurz auf das winzigkleine Display seines Telefons, das aussah wie eine kantige Banane, schob die beiden Teile zusammen und steckte es weg.

»Es hat alles, was ein Telefon braucht. Und den nicht zu unterschätzenden Vorteil, dass man mit ihm telefonieren kann. Wann immer man möchte. Ich kann die längsten Telefonate führen, während Sie schon wieder verzweifelt auf der Suche nach einer Ladestation sind. Für die ganzen restlichen Sachen habe ich hier meinen Computer zu Hause.«

Mehlos nickte zu einem silbernen, eleganten Computer auf einem antiken Schreibtisch, »sollte ich irgendwann unterwegs, zum Beispiel in Neal's Yard, die Notwendigkeit verspüren, mich eines solchen mobilen Gerätes zu bedienen, haben Sie zur Not ja immer noch Ihr Tablet dabei.«

Aha. Dazu brauchen Sie mich also.

»Wenn Sie wüssten, wie Recht Sie haben. Tee?«

Gern.

Mehlos veranlasste es und kurze Zeit später brachte Cavendish auf einem Silbertablett eine Kanne mit dampfendem Earl Grey, zwei schmucklose Tassen und ein paar Scones. Er schenkte beiden ein.

»Ihr Bruder Francis war heute Morgen hier, Sir. Da er Sie nicht antraf, bat er um einen Anruf. Es lag ihm einiges daran«, sagte Cavendish und zog sich zurück, als er sich vergewissert hatte, dass die Botschaft angekommen war.

Mehlos ging nicht darauf ein, sah sich kurz im Salon um, rollte einen alten braunen Lobby Chair heran und setzte sich in respektvoller Distanz zu Santow rechtwinklig zum Sofa. Er nahm sich eine Tasse mit Untertasse, machte es sich bequem und pustete über den Tee.

Wenn's nach Ihnen ginge, bin ich jetzt also Russin, zeigte Santow und nahm sich ebenfalls eine Tasse Tee, macht Ihnen das keine Angst?

»Nicht mehr als sonst auch. Bis zur Gewissheit ist es indes noch ein langer Weg. Ich weiß, wie Ihnen dieses Thema am Herzen liegt, völlig verständlich. Ebenso, dass Sie mit Ihren Forschungen nicht weiterkommen. Wir sprachen schließlich schon oft darüber. Ich gebe zu, dass hier für mich ein ungeheurer Reiz von der Sache ausgeht. Gerade, weil es so unmöglich scheint.«

Dass dieser Reiz eigentlich mehr von der Person, die in seinem Sofa saß, ausging, als von der geheimnisumwobenen Herkunft, ließ er erst einmal außen vor.

Ein Rätsel, um des Rätsels willen ..., Santow trank von ihrem Tee.

»Ausnahmsweise sollte mal nicht der Weg das Ziel sein, sondern das Ziel selbst.«

Heißt?

»Ganz einfach: Sie werden das Geheimnis Ihrer Herkunft klären. Wenn Sie möchten, gerne mit mir.«

Wünsche ich mir sehr. Aber ... es geht mir gerade ein bisschen holterdiepolter. Sie schreiben mir eine kurze Einladung, wir treffen uns in der Öffentlichkeit ... und Sie konfrontieren mich mit Überlegungen, die mich in meinem tiefsten Innern berühren und erzählen mir es so, als seien wir inmitten einer von unseren – zugegebenermaßen immer sehr spannenden und inspirierenden – Aufgaben. Bitte nicht falsch verstehen, Mehlos! Ihre Gedanken und was Sie gefunden haben, sind unglaublich. Ich bin bisher auf beides noch nicht gekommen. Auch, dass Sie sich so intensiv damit beschäftigt haben ... mir fehlen die Worte ... hinreißend. Aber ...

Mehlos hatte aufgehört, über seinen Tee zu pusten und sah Santow an.

... aber ich fühle mich ... ich weiß nicht, wie ich es ausdrücken soll ... *nicht ernstgenommen* ... trifft es nicht, denn das tun Sie. Es ist irgendetwas zwischen *zu schnell* und *ich fühle mich außen vor gelassen*. Verstehen Sie das? Was es mit mir macht. Sie verschwinden über das Wochenende nach

Brighton, sozusagen in mein Elternhaus, ohne mir vorher etwas zu erzählen, und stellen mich vor vollendete Tatsachen in einem Café.

Mehlos stellte seine Tasse ab und dachte nach. Sie hatte Recht. Der Wunsch, sie zu beeindrucken, war stärker, als eine einfühlsame Vorgehensweise zu beachten.

»Das ging ziemlich nach hinten los. Mein Eifer, Ihnen zu gefallen, war zu stark. Ich habe zu wenig Rücksicht auf Ihre Gefühle genommen. Eigentlich habe ich gar nicht darüber nachgedacht, weil mich das Rätsel so in seinen Bann gezogen hatte, dass mir alles andere weniger wichtig war. Und als ich die Erkenntnis hatte, gab es nichts anderes, als möglichst schnell damit bei Ihnen zu prahlen. Ich kann Sie nur bitten, das alles zu entschuldigen.«

Brillant analysiert! Zeigt, dass eine Chance auf Besserung besteht. Entschuldigung selbstverständlich akzeptiert. Auf der anderen Seite ist es ja auch sehr schmeichelhaft.

»Uff.«

Ja, uff, Santow ahmte Mehlos Gesichtsausdruck nach und stieß ein Wölkchen Luft aus, das funktioniert aber nur, weil mir zum einen das Thema wichtig ist und zum anderen ...

Ding-da-dadamm!

Santows Tablet gab den Eingang einer Nachricht bekannt.

DA-DAAAA!

Auf dem Schreibtisch wachte Mehlos' Computer auf und zeigte eine Nachrichtenseite.

Mehlos' Festnetztelefon klingelte.

Mehlos' Mobiltelefon klingelte.

Es klopfte und Cavendish trat herein:

»Sie sollten sich das ansehen, Sir.«

Watch! News

Sie standen um den antiken Schreibtisch mit dem großen Monitor herum. Cavendish hatte mit der Maus den Ton auf die höchste Lautstärke gestellt. Auf dem Schirm lief eine Sondersendung von *Watch! News* London. Der Sender, der sich für nichts zu schade war, wenn es um Reichweite und Quoten ging.

Die Moderatorin mit lockigen blonden Haaren, die gerade vom Themsewind zerzaust wurden und sich medusenhaft über ihr Gesicht legten, stand auf dem Pier von *Butler's Wharf*. Jedoch nicht mit dem ehemaligen Lagerhaus-Komplex im Hintergrund, sondern mit dem Stacheldraht umwickelten Eisentor des Piers, hinter dem sich malerisch die Tower Bridge auftat. Ein blauer Streifen mit »Jennifer Caherne, *Butler's Wharf* Pier – *live at crime scene*« klärte die Zuschauer auf, dass es nicht um Touristik oder den Schiffsverkehr auf der Themse ging, sondern um echtes Verbrechen. Hier und jetzt. Gelegentlich blickten Menschen im Hintergrund in die Kamera, die jedoch sogleich von einem Produktionsaufseher mit Türsteherfigur verscheucht wurden. Nach einem besonders gemeinen Schwinger des Mannes auf einen dicklichen Zuschauer, bei dem diesem die rote Baseballmütze herunterfiel, sagte Mehlos, auch mit einem Blick auf die Moderatorin:

»Das ist in der Tat ein ganz übler Tatort. London wird immer unsicherer. In jedem Zuschauer kann ein Randalierer stecken. Ich bin froh, dass die Dame einen Beschützer hat, auch wenn er ihr bestimmt nachher den größten Teil ihrer Einnahmen wieder abnehmen wird. Cavendish, danke, dass Sie uns darauf aufmerksam gemacht haben.«

Hören Sie doch mal bitte für einen Moment auf, selbst zu senden. Da ist mehr – und es ist unglaublich, wenn es stimmt, zeigte Santow, die *Breaking News* von einem seriöseren Sender auf ihr Tablet bekommen hatte.

»Es geht um Daniel Hearst, Sir«, sagte Cavendish.

»Wann geht es einmal nicht um Daniel Hearst?«, entgegnete Mehlos. Daniel Hearst war das Enfant terrible der britischen Kunstszene und schon seit langem einer der bestbezahlten Künstler der Gegenwart. Seine seltenen Gemälde und dafür umso zahlreicheren Objekte wurden astronomisch gehandelt. Skandalös und unvergessen: gegen eine Spende von einer dreiviertel Million Pfund kaufte er vom Royal Museum in Edinburgh den dort ausgestellten Balg des ersten Klonschafs Dolly, füllte ihn mit Dutzenden von Embryos aus einer Abtreibungsklinik, goss alles in einen transparenten Würfel aus Acryl ein und gab dem Objekt den Namen *Cheep life*. Und so ging es weiter: vergoldete Tretminen, vom Papst geweihte Hostien in bunten Kartoffelchips-Tüten oder eine Flüssigkeit aus einem öffentlichen Pissoir in Energydrink-Dosen, abgefüllt mit dem cool gestalteten Label »His Hearstness«. Alles, was er auf den Markt brachte, mehrte seinen Ruhm und sein Vermögen.

Ihm soll etwas zugestoßen sein, zeigte Santow, in seinem Atelier in Butler's Wharf.

Mehlos sah wieder auf die Seite mit Jennifer Caherne von *Watch! News*. Der Kameramann war schlauer geworden und zeigte sie in Großaufnahme mit wesentlich weniger Hintergrund. Dann wurden das Gebäude und der

Eingang zu *Butler's Wharf* eingespielt; das breite, ockerfarbene Gebäude und der blaugerahmte Zugang mit den beiden weißen Sprossenfenstern rechts und links. Man sah zwei Einsatzwagen der Metropolitan Police vor den Markisen des Restaurants im Erdgeschoss und noch die Schatten von Einsatzkräften, die im Laufschritt mit Westen im Eingang des Hauses verschwanden. Es ging zurück zur Moderatorin, die vielsagend blickte und einen Schritt auf die Kamera zu machte. Mehlos war sich sicher, dass viele jetzt instinktiv ihre Brieftasche festhielten, und er sagte es auch.

»Wir sind ja unter uns …«, flüsterte Jennifer Caherne verschwörerisch, mit einer Stimme, die ein *Herr der Ringe*-Regisseur sofort für Gollum eingesetzt hätte,

» … deswegen kann ich ja sagen: es sind nicht nur Einsatzkräfte der Met unterwegs ins Atelier … wir haben auch einen Reporter reingeschmuggelt, der uns gleich Bilder liefern wird, von dem, was da oben los ist!«

Dann machte sie, stolz auf sich und die Idee, einen Fotografen mit der hinreichend bekannten Met-Uniform auszustatten und dem Trupp hinterher zu jagen, mit blauem und verschwenderisch aufgetragenem Lidschatten ein Zwinkerauge, was Mehlos besonders abstoßend fand.

»So beugt sie sich wahrscheinlich auch in Autos hinein, um deren Fahrer zur Akzeptanz ihres ambulanten Angebotes zu bewegen.«

Mehlos! Santow schaute lachend, aber missbilligend.

Ein Krankenwagen fuhr vor und stieß beim Bremsen an einen Tisch des Restaurants. Der Tisch fiel um.

»Wahnsinn, was hier los ist!«, rief Caherne und fuhr sich durch die Haare. Dann sah sie wieder in die Kamera und nahm das Mikrofon hoch.

»Jeden Moment kann es so weit sein – die Fotos unseres Mannes aus dem Atelier von Daniel Hearst. Bleiben Sie dran! Gleich wissen wir mehr.«

»Also, das kann jetzt wirklich dauern. Der *Watch!*-Maulwurf war bestimmt nicht der Erste, sondern der Letzte im Trupp. Fällt weniger auf. Die sind vor weniger als 30 Sekunden da hoch. Daniels Atelier ist im fünften Stock, ganz hinten sehr weit links. Ich war schon dort. Bis der oben ist, dauert es noch ein paar Minuten. Haben wir vielleicht inzwischen Nachrichten aus einer Quelle, die nicht unbedingt aus dem Schaustellermilieu stammt? Was haben Sie gehört, Cavendish, bevor Sie zu uns hereinkamen und meinten, wir müssten das sehen?«

»BBC, Sir. Daniel Hearst soll tot sein, Sir. Aufgefunden in seinem Atelier.«

Das ist leider keine schöne Nachricht, zeigte Santow, die nickte und ihr Tablet hochhielt, das die *Breaking News* eines Internet-Magazins zeigte: DANIEL HEARST TOT. *Teuerster Skandal-Künstler der Welt in Atelier leblos aufgefunden.* Dazu ein Bild der *Butlers's Wharf* und daneben eines von Hearst selbst und ein weiteres seines berühmtesten Werkes *Cheep Life.* Dolly in Aspik.

»Weiß man mehr?«, fragte Mehlos.

Nein, nur Erklärungen zu Hearst oder seinen Werken. Nichts zu seinem Tod.

»Wird noch kommen«, Mehlos sah wieder auf den Monitor. Aus einem Einsatzfahrzeug der Met lief ein großer, blonder Mann mit raspelkurzen Haaren und einem Schlagstock in das Gebäude hinein.

»Das ist der Team Leader der Met, der auch *Watch!* gesehen hat und nun nach einem Fotografen in Met-Uniform sucht. Wollen wir mal hoffen, dass er wenig Respekt vor der Presse hat und mit seinem Schlagstock gut umgehen kann. Wenn ich ehrlich bin, muss ich zugeben, dass der

Fotograf vorher noch ein Bild schießen könnte ... Aber nur eines«, Mehlos hielt einen Finger hoch.

Jennifer Caherne heizte die Stimmung weiter an und rechnete jede Sekunde mit dem Bild aus dem Atelier.

»Gleich ist es so weit! Das erste Foto! Aber Bob hat auch eine Go-pro an seinem Körper. Wir schalten mal drauf. Regie!«

Ein Fenster wurde eingeblendet. Darüber *BobCam*. Doch das Bild war nur verrauschtes Schwarzweiß.

Mehlos griff in seine Westentasche und sah auf seine Taschenuhr.

»Sie könnten in der Tat bald im Atelier sein. Der Fotograf hat nicht mehr als eine Minute Vorsprung vor dem Team Leader. Nicht viel. Ich will es nicht, aber ich werde so langsam nervös ...«

Auf dem Schirm flackerte die BobCam. Man sah schräg Polizisten von hinten, die liefen. Bob hechtete ihnen anscheinend hinterher. Dann wurde das Kamerabild wieder verrauscht.

Sah so aus, als seien sie schon im Atelier, da waren große Bilder an den Wänden, zeigte Santow.

»Ja, erkenne ich wieder«, sagte Mehlos.

Eine Zeitlang nichts mehr, außer Jennifer Caherne, die ihre Zuschauer am Sender kleben ließ.

Dann schaltete sich wieder die BobCam ein. Man sah den Team Leader direkt auf Bob und seine Kamera zulaufen. Mit wutverzerrtem Gesicht hob er den Schlagstock und schlug zu. Das Bild der BobCam wurde schwarz. Mehlos meinte, noch ein »Au!« gehört zu haben, schob es dann aber einem Wunsch als Vater des Gedankens in die Schuhe.

Aus.

Mehlos und Santow sahen sich an. Mehlos hob eine Augenbraue.

Bei Jennifer Caherne spiegelte sich der Frust für eine Zehntelsekunde in der Mimik. Was sollte sie jetzt weiter ihren Zuschauern erzählen? Wie ihr Interesse fesseln? Es schien alles so perfekt. Dann tippte sie an ihr Ohr. Etwas kam über den Ohrstecker herein. Sie hörte lange zu. Erst ungläubig, dann begeistert. Nickte. Hob ihr Mikrofon, fuhr sich durch die schlangengleichen Haare und sah wieder in die Kamera. Mehlos hatte selten Seriosität und anteilnehmende Besorgnis so gut geheuchelt gesehen. Caherne legte los:

»Moment! Ich höre gerade von der Regie, dass wir doch ein Foto haben. Ein sehr, sehr gutes. Scharf. Detailliert. Von Daniel Hearst! Es ist aber … sehr verstörend. Ich sage das wirklich jetzt nicht nur so: Wenn Sie leicht zu beunruhigen sind … sehen Sie bitte nicht hin. Haben Sie schwache Nerven? Bitte nicht hinsehen! Sie tun es auf eigene Gefahr«, Caherne machte eine Pause, um ihre Worte wirken zu lassen. Dann machte sie weiter.

»Bitte sorgen Sie auch dafür, dass jetzt Kinder und Jugendliche *nicht zusehen*. Dieses Bild ist für Kinder und Jugendliche unter sechzehn Jahren *nicht* geeignet. Ich wiederhole: NICHT geeignet!«

Dann wartete sie noch ein paar Sekunden, damit sich noch genug Kinder und Jugendliche vor den Fernsehern versammeln konnten und sah dann ernst und sich ihrer Verantwortung scheinbar bewusst ihre Zuschauer an:

»Regie. Bitte das Bild. Jetzt!«

Der Monitor wurde schwarz. Langsam dimmte das Bild vollständig auf. Oben rechts das Senderlogo. *Watch! News*, schrie es.

Auf einem Bett lag nackt eine männliche Person. Sie lag auf dem Bauch, die Beine gerade ausgestreckt. Der linke Arm hing zur Seite, der rechte Arm war angewinkelt, der

Zeigefinger ausgestreckt. Das Gesicht zur Seite gedreht, sahen die toten, weit aufgerissenen Augen den Betrachter an.

Das war aber noch nicht alles.

Daniel Hearst war vollkommen mit schwarzer Farbe überzogen.

Kingfisher's

»Ein schwarzer Tag für die Kunst.«

Ihr schwarzer Humor ist gewöhnungsbedürftig, Mehlos, zeigte Santow.

»Was für eine ungewöhnliche Art, in eine andere Welt hinüberzugehen. Irgendjemand wollte ein Zeichen setzen. Ich glaube, das ist das Außergewöhnlichste und Interessanteste, was ich jemals gesehen habe. Für Sie auch, Santow?«

Ja. Doch.

»Sie wirken versunken.«

Ich bitte Sie, Mehlos, wir haben gerade etwas sehr Verstörendes gesehen, da ist es doch normal, darüber nachzuhalten.

»Ich frage mich, wer auf eine solche Idee gekommen ist. Einen Menschen mit schwarzer Farbe zu übergießen. Wären wir im Mittelalter oder im Märchen, würde ich annehmen, das wäre Pech. Also, nicht das Gegenteil von Glück – was aus Sicht des Verstorbenen allerdings fraglos passen würde –, sondern dieses Zeug aus Teer, das sie immer von Burgzinnen auf die Belagerer herunterkippten. Ja, Teer, so wie in *Teeren und Federn* – ob das beabsichtigt war?«

Keine Federn.

»Vielleicht kam die Schuldige nicht dazu.«

Die?

»Oder *der*. Ich will mich da noch nicht festlegen. Obwohl, es sieht eher nach einem Verbrechen aus Leidenschaft aus. Ich weiß nicht, wie Hearst orientiert war. Ich habe ihn nie mit jemandem zusammen gesehen. Weder mit Mann noch mit Frau. Vielleicht asexuell, wie Andy Warhol. Also alles offen.«

Aber, warum so?

»Bloßstellen. Hearsts Kunst kommentieren. Seine vielleicht schwarze Seele zeigen. Ihn lächerlich machen. Spaß an der Ausführung haben. Sein eigenes Ego Hearst aufdrücken. Das sind für mich die Suchfelder.«

Wir sind schon mittendrin.

»Ich wollt' wir wären's. Was für eine interessante Aufgabe! Wir werden sehr herausgefordert sein. Alleine die Informationsbeschaffung. Wir haben keinen Fotografen am Tatort. Die Met wird uns außen vor lassen. Sind Sie trotzdem dabei?«

Wie könnte ich nicht?

»Entschuldigen Sie, Sir. Ma'am.«

Cavendish unterbrach den Dialog.

»Ihr Bruder Francis ist am Haustelefon und bittet um ein Wort«, in den Händen hielt er ein Kirschbaumtablett, auf dem ein antikes Telefon aus Bakelit, Holz und Messing stand. Hinter Cavendish lag ein laaanges Kabel auf dem Boden.

Mehlos zog seine Augenbrauen zusammen und sah Santow an. Sie hatte schon Cavendishs Lippen gelesen.

Gehen Sie ruhig ran, Mehlos, ich kann mich einen Moment frisch machen.

»Nichts da. Sie hören brav mit. Wenn ich telefoniere. Mich jedenfalls. Aber ich telefoniere jetzt nicht. Schon gar nicht mit Francis, der mich wirklich nie anruft. Ich habe Ihnen von meinem Bruder erzählt. Es gibt nichts Erfreuliches zwischen uns. Und wir sind gerade mitten in einem Fall, wie Sie ganz richtig sagen. Danke, Cavendish, sagen Sie ihm bitte, wir sind mit Daniel Hearsts Ableben beschäftigt. Auf unbestimmte Zeit.«

»Genau darüber möchte er mit Ihnen sprechen, Sir.«

»Über Daniel Hearsts Tod?«, um Mehlos' Kopf schwirrten lauter schwarze Fragezeichen, die er mit einer Schüttelbewegung verscheuchte und dann zwischen Santos und Cavendish hin- und hersah.

Gehen Sie doch einfach ran, Mehlos, zeigte Santow genervt.

»Moment, Santow, so schnell geht das nicht. Ich habe ewig nicht mit meinem Bruder gesprochen. Dafür haben wir unsere Anwälte.«

Santow rollte mit den Augen und zeigte auf das alte Telefon.

Rangehen.

Von unten ertönte die Hausglocke. Big Ben.

Und reden Sie sich jetzt nicht mit Besuch raus, Santows Gesten wurden energischer.

»Trotzdem würde ich gerne wissen, wer da unten Einlass begehrt ...«

»Das wird der Fahrer Ihres Bruders sein, Sir. Er hat ihn angekündigt.«

»Um was zu tun?«

»Er bringt Sie nach *Kingfisher's*«, sagte Cavendish.

Mehlos erstarrte und sah aus dem Fenster der Rotunde auf den Hyde Park. Die Leute dort liefen herum und ignorierten völlig, was er hier durchmachen musste. Er hatte einfach keine Lust, Francis zu sehen oder zu sprechen und schon gar nicht in ihrem gemeinsamen Elternhaus.

»Warum kommt er nicht selbst? Meine Tür steht ihm immer offen. Also, wenn ich nicht da bin, meine ich.«

»Er darf sein Haus nicht verlassen, Sir.«

»Wer auch immer das veranlasst hat: ich schulde ihm etwas.«

Mehlos, es langt. Sie benehmen sich, als seien Sie beide zwölf.

»Einer von uns tatsächlich.«

Telefon.

Mehlos dachte kurz nach.

»Er möchte mich, oder uns, in *Kingfisher's* sehen, damit wir uns über den Tod von Daniel Hearst unterhalten können, sonst nichts, ist das so richtig, Cavendish?«

»Genau das waren seine Worte, Sir.«

Mehlos sah Santow an. Sie blickte ihm ruhig in die Augen. Dann hob sie beide Brauen und lächelte. Mehlos hielt ihren Blick fest.

»Sagen Sie ihm bitte, dass wir kommen, Cavendish.«

* * *

Im Fond des dunkelroten und makellos polierten Bentley Flying Spur auf dem Weg nach Kensington Palace Gardens entspannte sich ein Dialog, der dem einen wie ein Verhör und der anderen wie ein längst überfälliges Gespräch vorkam.

Sie sind in *Kingfisher's* aufgewachsen, nicht wahr, Mehlos?

»Ja. Der Name meines Elternhauses. Meines Wissens nach das einzige in der Straße mit einem wilden Teich. Der Legende nach soll es da mal Eisvögel gegeben haben, daher der Name. Es ist seit Urzeiten in Familienbesitz. Ich hoffe sehr, das bleibt so. Aber das ist im Family Trust auch so festgelegt.«

Sie haben nie darüber gesprochen, dass Sie eine Familienstiftung haben.

»Wurde von meinem Großvater initiiert und dann von meinem Vater fortgeführt. Sie verwaltet das gesamte Familienvermögen, Immobilien und die Beteiligungen an Unternehmen. Mein Vater konnte nie gut mit Geld umgehen, meine Mutter ist Künstlerin, wie Sie wissen. Die Einzige, die richtig gut darin ist, ist seine Schwester, Dorothy Lea Mehlos«, Mehlos bekam ein warmes Lächeln.

Ihre geliebte Tante Mouse, die Ihnen auch Gebärdensprache beigebracht hat. Sie hat auch auf *Kingfisher's* gewohnt?

»Hat sie. Ja, sie ist gehörlos von Geburt an. Ich habe früher mehr Zeit mit ihr verbracht als mit irgendjemand anders.«

Dann war es toll!

»Nein«, Mehlos machte eine Pause, »es war einzigartig.«

Was macht sie jetzt?

»Sie ist nach Belgravia gezogen, als meine Eltern nach Frankreich beziehungsweise in die Staaten ausgewandert sind und Francis *Kingfisher's* übernommen hat.«

Wären Sie gerne dortgeblieben?

Mehlos überlegte.

»Nein, das ist nicht der Grund für unsere gegenseitige Abneigung. Er hat mich schon in der Wiege getriezt. Ich liebte *Kingfisher's*, früher, aber unser *Speakers'* liegt mir jetzt mehr. Viel mehr los hier und dennoch ruhig. Mouse hatte es wegen der Nähe zur Speakers' Corner und in einem Ironieanfall so genannt.«

Inzwischen waren sie in Kensington Palace Gardens angekommen. Eine der teuersten und gesuchtesten Adressen der Welt. Vorbei am Palace selbst und den Botschaften von Nepal und Frankreich, sowie Anwesen, die selbst für jemand, der jeden Preis bot, nicht zu haben waren, kamen sie zu *Kingfisher's*. Der Flying Spur rollte knirschend auf dem

Kies aus und kam zum Stehen. Als der Fahrer ihnen die Tür aufhielt, sagte Mehlos tonlos zu Santow:

»Diese Wagenfarbe heißt übrigens *Red Dragon*. Ich könnte mir nichts Passenderes vorstellen. Aber machen Sie sich bitte selbst ein Bild von ihm.«

Sie stiegen aus.

Kingsfisher's war eine Mischung aus Villa und Palast in gebrochenem Weiß. Dreistöckig, mit oben liegendem Dienstbotentrakt und mehreren spitzen Giebeln in Grau mit natürlicher Patina.

Bruford, der Headbutler in Livree, erwartete Mehlos und Santow unter den Säulen des Eingangs. Natürlich wusste er von den Spannungen in der Familie, aber es war eine seiner Aufgaben, dies zu ignorieren.

»Guten Morgen, Ms Santow, guten Morgen, Sir, herzlich willkommen auf *Kingfisher's*. Es ist schön, Sie wieder einmal zu sehen. Ich hoffe, es geht Ihnen gut.«

»Guten Morgen, Bruford. Den Umständen entsprechend«, sagte Mehlos.

Mehlos. Bitte. Mir zuliebe. Sehr sparsame Gesten.

»Ich bin gespannt, Santow, wo er uns empfängt«, formte Mehlos tonlos nur mit dem Mund, als sie Bruford folgten, »sicher in meinem alten Zimmertrakt, nur um zu zeigen, dass er jetzt der Chef hier ist. Er hat sie zu Arbeitsräumen umbauen lassen.«

Bruford führte sie durch die Halle, durch weitere Zimmerfluchten, die Santow an ihren Besuch an den für die Öffentlichkeit bestimmten Tagen im Buckingham Palace erinnerten. Fast alles war antik ausgestattet; gelegentlich tauchten Werke sehr teurer zeitgenössischer Künstler auf.

»Wo gehen wir hin, Bruford?«

»Ich habe das Kaminzimmer vorbereitet, Sir.«

»Oh, das ist mal was anderes«, sagte Mehlos tonlos zu Santow und hob eine Augenbraue, »neutraler Boden, dann hat er etwas vor. Das Kaminzimmer war mein Lieblingszimmer. Ich war seit Ewigkeiten nicht mehr dort.«

Denken Sie nicht immer das Schlimmste von ihm.

»Das werden Sie auch bald, keine Sorge«, sagte Mehlos.

Er erinnerte sich an Szenen, die sich zwischen ihm und Francis hier im Haus abgespielt hatten. Wenn er eine Geburtstagsfeier hatte, veranstaltete Francis die größere und beeindruckendere Party im Nebenzimmer und lockte seine Freunde weg. Als er einmal ein Mädchen eingeladen hatte, an dem ihm wirklich etwas lag, hatte Francis eine Schauspielerin engagiert, die sich als Mehlos' langjährige Freundin ausgab, ins Zimmer stürmte und eine Szene machte; das Mädchen kam nie wieder. Mehlos rächte sich, indem er eine damalige Verlobte von Francis dramaturgisch perfekt ansatzweise verführte, als dieser von einer Reise zurückkam und sie auf ihren Verlobten wartete. Francis hatte diese Beziehung sofort beendet und reagierte prompt. In einer von Mehlos' Abschlussprüfungen in Oxford platzierte er einen Strohmann neben ihm, der Mehlos' Unterlagen mit halbleeren Seiten und mit despektierlichen Bemerkungen über Professoren und das New College versehenen Blättern bei der Abgabe vertauschte. Mehlos bemerkte dies im letzten Moment und war von der Aktion so entsetzt, dass er seinen Bruder deswegen anzeigte und sich nur durch lange Diskussionen im Familienkreis zu einer Rücknahme mehr überreden als überzeugen ließ. Das Schlimmste aber waren Francis' bösartige Parodien auf seine Gebärdensprache mit Mouse. So ging er, mit den negativen Gefühlen von Jahrzehnten, nichts Gutes erwartend in das Kaminzimmer, dessen Tür Bruford mit einladender Geste und angedeuteter Verbeugung für Santow und Mehlos aufhielt.

Das Kaminzimmer war ein hoher, holzgetäfelter Raum mit vielen mittelformatigen Aquarellen auf grüner Stofftapete, einige davon von Turner, in Petersburger Hängung. Ein Feuer prasselte im Kamin. Durch das Fenster sah man den Hof und dahinter die Einfahrt von Kensington Palace Gardens. Auf einer barocken Kommode war der Tee bereits angerichtet. Daneben stand ein Silbertablett mit einer Auswahl der edelsten und teuersten Schokoladen, die Mehlos kannte. Sein Bruder machte sich nichts aus Schokolade. Diese waren also nur für ihn. Sehr verführerisch. Sehr geschickt. Ansonsten hatte sich nach Mehlos' Erinnerung im Kaminzimmer wenig verändert.

In der Mitte des Zimmers stand Francis Neville Mehlos.

* * *

Francis trug über einer Nadelstreifenhose einen seidenen, schwarzen Morgenmantel mit Samtkragen, der sein feuerrotes, für Mehlos' Geschmack viel zu langes, lockiges Haar zum Leuchten brachte. Sein Gesicht war mit Sommersprossen übersät. Seine Haut war ein reines Weiß. Da Francis keinen Sport trieb, aber Stammgast in den besten Restaurants Londons war, hatte diese Lebensführung ihre Spuren in Form eines ungesunden Übergewichtes hinterlassen. So ziemlich in jedem Punkt war er das genaue Gegenteil von Mehlos. Francis hatte die Hände in den Taschen seines Morgenmantels, zog sie heraus und streckte sie zunächst Mehlos entgegen, der diese Geste an seinem Bruder noch nicht kannte und beschloss, sie zu ignorieren. Francis schien dies erwartet zu haben, verbeugte sich mit schief gehaltenem Kopf und einem verbindlichen Lächeln mit zu hoch gehobenen Augenbrauen und ging einen Schritt auf Santow zu.

»Und Sie müssen Joanna Santow sein. Es freut mich sehr, Sie kennen zu lernen und Sie auf unserem Familiensitz begrüßen zu dürfen.«

Francis' Stimme war tief und wohl moduliert. Hätte man ihn nur gehört, hätte man ihm sein unbedingtes Vertrauen geschenkt. Mehlos hatte ihm schon mehrfach vorgeschlagen, doch einfach nur am Telefon Leuten Aktien, gebrauchte Autos oder Schlangenöl zu verkaufen und die Familiengeschäfte Mouse zu überlassen.

Santow ergriff seine Hand, Francis nutzte die Chance zu einer warmen Begrüßung. Santow ließ sich angedeutet die Hand küssen und Mehlos hatte vor seinem geistigen Auge das Bild eines schwammigen Putzerfisches, der sich gerade an einem eleganten Rochen festsaugte.

»Achso, ich vergaß«, sagte Francis mit einem Seitenblick auf Mehlos, »ich werde auf mein sauberes Mundbild achten. Kleos hat Ihnen bestimmt von unserer Tante Dorothy erzählt. *Mouse* haben Sie bestimmt schon gehört. Durch sie habe ich auch ein paar Grundkenntnisse in Gebärdensprache.«

Mehlos drehte die Pupillen an die Decke, war aber höflich genug, für einen kurzen Moment seine Augen zu schließen. Santow lächelte und machte die Gesten für »Sehr schön, das freut mich«, die weich in das Daumen-hoch-Zeichen übergingen.

»Es ist wirklich sehr schön, Kleos, dass ihr gekommen seid. Ich habe es bis zu diesem Moment eigentlich nicht geglaubt. Wir hatten so viele Anlaufschwierigkeiten ...«

»Seit etwas über dreißig Jahren, meint er, Santow«, sagte Mehlos.

Lassen Sie uns das jetzt nicht zum Thema machen.

»Sie haben so recht, Joanna Santow«, sagte Francis, »bevor ich erzähle, was ich auf dem Herzen habe, ... Tee?«

Sehr gerne.

»Danke nein.«

»Es gibt auch Schokolade, Kleos.«

»Vielleicht irgendwann einmal.«

Santow wusste, was Mehlos sich da gerade antat und als Francis sich zur Kommode mit dem Tee umdrehte, zeigte sie ihm ein Grübchengrinsen und schüttelte kurz den Kopf.

»Setzt euch doch«, Francis nahm die Kanne mit Tee, eine kleine Milchkanne, eine Schale mit Zitronenscheiben sowie drei Tassen für alle Fälle und kam mit einem Tablett zu einer Chesterfield-Sitzgruppe, auf deren grünem Leder sich Mehlos und Santow niedergelassen hatten. Francis balancierte ebenso vorsichtig wie ungeschickt das Tablett und versuchte sich daran zu erinnern, wie es Bruford und die anderen immer machten.

Hören Sie bitte auf, so quer zu sein. Er bemüht sich doch, zeigte Santow Mehlos verdeckt, als Francis ihren und seinen Tee eingoss.

Das Gegenteil von »gut« ist »gut gemeint«, funkte Mehlos zurück. Francis stellte das Tablett auf einen mit dunkelrotem Leder bezogenen, tiefen Clubtisch.

»Was ist nun mit Daniel Hearst?«, fragte Mehlos, als Francis sich in einen Sessel ihnen gegenüber gesetzt hatte.

Francis nahm seine Tasse hoch und blies über den Tee.

»Gut. Fangen wir direkt an. Daniel ist auf sehr ungewöhnliche Art gestorben. Er wurde komplett mit schwarzer Farbe übergossen.«

»Das haben wir schon gesehen«, sagte Mehlos.

»Das Foto von *Watch!*?«, fragte Francis.

Santow nickte. Mehlos sagte nichts.

Wie kann man an schwarzer Farbe sterben?

Francis sah zu Mehlos und hob das Kinn.

Obwohl es etwas war, um das ihn sein Bruder bat, kam Mehlos der Aufforderung nach.

»Sie atmen auch durch Ihre Haut. Werden die Poren geschlossen, ersticken Sie. Es müssen aber große Teile Ihrer Haut bedeckt sein und die Farbe muss Sie dicht umschließen.«

Ist schon mal jemand so gestorben?«

»Jill Masterson«, sagte Francis.

»Strawberry Fields«, sagte Mehlos.

Santow dachte einen Moment nach, nickte und überlegte dann, ob James-Bond-Filme vielleicht eine gemeinsame Basis besserer brüderlicher Beziehungen sein könnten.

»Daniel Hearst lag offensichtlich auf dem Bauch und wurde mit der schwarzen Farbe übergossen. Das ganze Bett war voll, am Rand lief alles runter auf den Boden. Eine riesige Lache drumherum. Wie im Film. Wahrscheinlich wurde er vorher betäubt«, sagte Francis, »die Kanister mit der Farbe standen neben dem Bett. Dazu lief überlaute Musik.«

»Welche?«

»*Dark Side of The Moon* von Pink Floyd. Endlosschleife.«

Weder die Musik noch die Kanister waren Thema im Fernsehen. Woher wissen Sie das?

»Täterwissen«, sagte Mehlos.

Francis sah ihn an. Dann Santow.

»Genau das ist das Problem. Und darum seid ihr hier.«

* * *

Mehlos sah Santow aus den Augenwinkeln an.

Woher wissen Sie das alles?, zeigte Santow zu Francis.

Francis stellte seine Tasse ab und atmete tief ein. Er sah kurz aus dem Fenster.

»Ich war in seinem Atelier, als er starb. Kurz danach jedenfalls. Sehr kurz danach. Gefährlich kurz danach.«

»Da-*nach* …?«, sagte Mehlos mit hochgezogener Augenbraue.

»Wahrscheinlich ziemlich genau zur selben Zeit, wenn man es genau nimmt.«

In diesem Moment fiel ein Holzscheit im Kaminfeuer krachend in sich zusammen und alle sahen lange hin.

Santow war die erste, die wieder zurückfand.
    Können Sie uns das im Zusammenhang erzählen?

»Ja, natürlich«, sagte Francis und legte seine Hände auf die Sessellehnen. »Daniel Hearst ist nun mal der teuerste britische Künstler der Gegenwart. Oder war es. Abgesehen davon, dass sein Werk inspirierend ist, ist es eine sichere Anlage. Der einzige Weg für die Preise ist: nach oben. Und jetzt natürlich besonders. Wie Sie vielleicht wissen, bin ich seit Ewigkeiten mit Daniel Hearst befreundet. Wir waren zusammen auf der Schule. Unsere Familien kennen sich«, er sah zu Mehlos, der einmal kurz nickte. Santow sah, dass er ungern seinen Bruder bestätigte, aber es war wohl ein Faktum. Francis fuhr fort:

»Ich hatte früher für unsere Eltern schon einiges von ihm angeschafft; hängt oder steht jetzt fast alles bei ihnen in den Staaten. Wir haben es direkt bei ihm gekauft, ohne Galerist. Die 40% hat sich Daniel lieber selbst genommen, was uns aber recht war. Neben vielen anderen guten Eigenschaften war er allerdings ruhm- und geldgierig.«

»Beim Letzteren kannst du mithalten«, sagte Mehlos.

»Du profitierst auch davon, also hör' bitte auf«, sagte Francis, »mit fast jedem neuen Werk hat Daniel das jeweils teuerste Kunstwerk der Gegenwart *ever* erschaffen. Und aktuell hatte er eins fertig, das alles andere in den Schatten stellen sollte. Er hatte wohl etwas noch nie Dagewesenes und Einzigartiges produziert. Von der Konzeption, von der Ausführung und ganz sicher vom Preis her. Die Krönung seiner Laufbahn, das teuerste Kunstwerk eines lebenden Künstlers, das der Markt je gesehen hat. Das war mein Anlass und deshalb habe ich ihn besucht. Wir wollten dieses Werk unbedingt haben.«

»Wir?«

»Unser Family Trust«, sagte Francis.

»Vertreten durch dich.«

»So ist es. Wie es in der Satzung steht.«

Was sollte es denn kosten?

»99 Millionen Pfund.«

»99. Wie passend, nicht 100?«

»Nein. 99«, Francis sah Mehlos an und sah für einen Moment aus wie eine Wachsfigur aus Madame Tussauds.

»Die Schwelle«, sagte Mehlos, »wie praktisch.«

»Nicht ich habe den Kaufpreis festgelegt, sondern Daniel.«

Erzählen Sie weiter, zeigte Santow, Sie waren bei Daniel, um es zu kaufen.

»Oh nein«, sagte Francis und nahm wieder seine Teetasse mit beiden Händen, »ich hatte es schon gekauft. Ich war da, um es endlich abzuholen!«

»Mit 99 Millionen in einem Koffer?«

»Die hatte ich schon überwiesen. Und das könnte jetzt zum Problem werden. Als ich zu Daniel ins Atelier kam, sah ich das, was ihr auf dem Foto gesehen habt. Aber mein Kunstwerk war nicht da.«

»Und die Met könnte denken, dass du dich darüber und den Verlust der 99 Millionen schwarz geärgert hast und ihm ein passendes Leid antatest.«

»So oder so ähnlich.«

»Hast du?«, fragte Mehlos.

»Ich bitte dich.«

Um was für ein Kunstwerk handelt es sich? Ein Bild? Eine Plastik oder eine Installation?, **zeigte Santow.**

»Das ist das wirklich Spannende daran …«, Francis atmete tief ein und sah dann erst zu Santow, dann zu Mehlos, » … ich habe nicht die geringste Ahnung.«

* * *

»Gehst du nicht ein wenig leichtfertig mit dem Familienvermögen um, wenn du 100 Millionen Pfund für ein Überraschungsei ausgibst?«

»99 Millionen.«

»Bitte …«

»Solange da *Daniel Hearst* draufsteht, kann drin sein, was will, es wird immer eine gute Investition sein. Aber sei beruhigt, andere hätten es auch gekauft. Ich habe seinen Zuschlag aufgrund unserer alten Freundschaft bekommen. Und es muss wirklich etwas Außergewöhnliches sein. Etwas, das es so noch nicht gibt.«

Aber mehr wissen Sie nicht?

»Doch.«

Was denn?, eine Geste.

»Den Namen.«

Des Kunstwerkes?

Francis nickte und schenkte sich einen Tee ein, nachdem er gefragt hatte, ob seine Gäste ebenfalls welchen wollten; Santow akzeptierte, Mehlos lehnte erneut ab.

»Und?«, sagte er.

Francis hatte ein verträumtes Lächeln auf den Lippen, als er langsam und deutlich antwortete:

»Daniel Hearst nannte es: Das Nichts.«

* * *

»Dann hast du für Nichts, 100, Pardon, 99 Millionen bezahlt«, sagte Mehlos.

»So könnte man das sagen.«

»Was ist deiner Meinung nach jetzt unsere Rolle? Warum sind wir hier?«

»Ich möchte dich, euch, um etwas bitten.«

Mehlos ließ sich nach hinten fallen. Das war, seit er sich erinnern konnte, noch nie vorgekommen. Francis hatte noch nie um etwas gebeten. Entweder nahm er sich etwas oder war nicht interessiert.

»Wir hören dir zu.«

Francis stellte die Tasse auf seinem Schoß ab und sah zwischen den beiden hin und her.

»Ich hatte, als ich ihn entdeckte, sofort die Polizei gerufen und den Rettungsdienst. Ich bekam die Anordnung, nichts anzufassen, auch Hearst nicht, bis die Met eintreffen würde. Sie waren ungelogen in weniger als 5 Minuten da. Vielleicht war das falsch und ich hätte einfach gehen sollen.«

»Wer hat dich ins Atelier gelassen? Hearst wird es ja wohl nicht gewesen sein.«

»Ich mich selbst. Er hat ein Keypad am Eingang und mir den Code getextet.«

»Wann?«

»Gestern Abend.«

Mehlos warf einen Blick auf die Kommode mit der Schokolade. Er erkannte Tafeln von *Caravelli*, seine Lieblingsmarke und schwer zu bekommen. Francis kannte seine Schwächen und fuhr schwere Geschütze auf.

»Was möchtest du von uns?«, fragte Mehlos seinen Bruder.

Francis atmete tief ein. Er sah Mehlos fest an.

»Finde das Nichts!«

Mehlos sah seinen Bruder genauso fest an wie der ihn.

»Warum?«

»Da gibt es viele Gründe. Erstens: ich ... wir haben es bezahlt. Zweitens: Es ist mit Sicherheit ein außergewöhnliches Kunstwerk. Niemand sollte es besitzen, außer uns.«

»Hm.«

»Aber der wichtigste: ich bin momentan der Lieblingsverdächtige der Met. Ich war da und hatte die Gelegenheit. Ich habe ein Motiv: Enttäuschung, weil ich das Werk schon bezahlt und nicht bekommen habe. Kann ich mir natürlich zurückholen, ging über Treuhandkonto. Aber die Met hat meine Texte mit Daniel gelesen und gesehen, dass ich zum Abholen komme. Und: ich könnte es selbst gestohlen haben, um das Geld zu sparen, nachdem ich ihn umgebracht habe.«

»Hast du?«

»Ich bitte dich«, Francis verzog den Mund, »ich bin nur nicht gleich mitgenommen worden, weil ich meinen Kontakten versichert habe, dass ich *Kingfisher's* nicht verlassen werde und mich jederzeit zur Verfügung halte.«

Ihre Kontakte bei der Met?, zeigte Santow.

»Meine Kontakte bei denjenigen, die der Met Anweisungen geben. Und zu dem noch eins darüber.«

»Dann sind wir beim Premierminister.«

Francis schürzte die Lippen, zog die Schultern hoch und schaute vielsagend.

Mehlos blickte aus den Augenwinkeln zu Santow.

»Wir sollen also etwas finden, von dem wir nicht einmal wissen, was es ist.«

»Ich kenne die Geschichte von Lansdowne. Wenn es jemand schafft, dann du. Beziehungsweise ihr.«

»Um dich vor einer Anklage oder Inhaftierung zu retten?«

»Du weißt, was in der Satzung unseres Family Trust steht. Eine Anklage wäre schon zu viel.«

Mehlos stand auf.

»Ich habe auch eine Bitte, Francis.«

»Und die wäre?«

»Werde alleine damit fertig. So wie immer. Kommen Sie, Santow.«

Francis schloss für einen Moment die Augen. Dann sah er seinen Bruder von unten an. Seine Haut schien noch weißer als sonst.

»Ich bitte dich, Kleos. Nur diesen Gefallen. Es ist sehr ernst. Familie.«

»Sorry«, Mehlos ging zur Tür und sah sich nach Santow um. Auch sie stand auf, ging durch das Zimmer an der Kommode vorbei, sah sich die Wand mit den Aquarellen an und blieb mit dem Rücken zum Fenster stehen, nachdem sie eine Weile auf den Hof gesehen hatte.

Findet ihr nicht, dass ihr euch endlich wie zwei normale Brüder benehmen solltet?

»Mein Reden.« Francis.

»Etwas spät.« Mehlos.

Nein, dafür ist es nie zu spät.

Aber Mehlos hatte das Zimmer schon so gut wie verlassen.

Santow traf ihn in der Halle, als er Brufords Angebot, den Fahrer zu holen, ablehnte. Sie ging mit ihm schweigend die Auffahrt entlang und beide verließen *Kingfisher's*.

Serpentine

Mehlos und Santow standen in Kensington Palace Gardens vor dem Gebäude der französischen Botschaft.

Rabenbruder!

»Sag' ich doch«, sagte Mehlos.

Ich meine Sie.

»Dachte ich mir.«

Auch wenn er so gar keine Ähnlichkeit mit Ihnen hat, ist er dennoch Ihr Bruder.

»Warum hat er sich dann nie so benommen?«

Haben Sie ihm denn jemals die Chance dazu gegeben?

»Eigentlich ständig. Aber glauben Sie mir, er hat es niemals genutzt. Im Gegenteil.«

Jetzt braucht er Sie aber.

»Haben Sie Lust auf einen Spaziergang durch den Hyde Park, Santow? Wir könnten uns beim Serpentine auf eine Bank setzen und die Enten füttern. Das ist sinnvoller verbrachte Zeit, als sich mit Francis zu unterhalten.«

Sicher? Aber gut. Serpentine.

Sie gingen durch die teuerste Straße Londons und Santow war sich sicher, dass hier lauter Menschen mit ebenso teuren wie selbst verursachten und überflüssigen Problemen wohnten. Mehlos zog sein Jackett aus und trug es über dem Arm. Sie gingen am Kensington Palace vorbei, dem ersten Wohnsitz von Lady Di und dem Prince of

Wales nach ihrer Hochzeit. Auch hier begann eine Tragödie.

Sie bogen in den Mount Walk ein und kamen am Round Pond vorbei, einem kleinen Teich auf der Rückseite des Palastes. Nur vereinzelte Spaziergänger waren unterwegs, hauptsächlich Touristen, die aus dem Hyde Park kamen und sich ein wenig von der royalen Atmosphäre einnehmen lassen wollten. In Gedankengänge vertieft, kamen sie zum größeren Gewässer, Serpentine, und Mehlos schlug eine Bank zum Sitzen mit Blick auf das Wasser vor. Von einem Stand in der Nähe holte er noch zwei Café Crème in Pappbechern und Santow blickte in der Zeit nachdenklich auf den Lady Di Memorial Fountain unweit hinter ihnen. DAS waren wirkliche Probleme. Dann kam er zurück und setzte sich in respektvollem Abstand neben sie.

»Lassen Sie uns zurückkommen zu Admiral von Morwi und allem, was dazugehört, Santow.«

Pardon, wie bitte?

»Es ist das weitaus interessantere Problem. Und es hat mit Ihnen zu tun.«

Das interessantere Problem.

»Ja. Und wir werden es lösen.«

Ich kann mich erinnern, dass jemand Feuer und Flamme war, das Geheimnis des Todes von Daniel Hearst zu klären. Er wurde komplett mit Schwarz überzogen. Und jetzt soll das langweilig sein? DAS langweilig …?

»Völlig«, Mehlos nahm einen Schluck von seinem Café, verzog den Mund und stellte den Becher neben sich. »Puh! Haben die da eine Flasche Rohrreiniger hinein gekippt?«

Gute Ablenkung. Läuft hier aber nicht.

Mehlos nahm wieder seinen Becher. »Nicht schön, wenn man so einfach zu durchschauen ist.«

Gewöhnen Sie sich dran.

»Nichts lieber als das …«

Sie müssen ihm helfen.

»Weil er mein Bruder ist? Also zumindest nach der Faktenlage im Stammbaum und den Berichten meiner Eltern, die ich für glaubwürdig halte.«

Ja, genau. Möchten Sie einen Bruder im Gefängnis?

»Wenn er es verdient hat, einverstanden. Und bitten Sie mich nicht, aufzuzählen, warum. Wir würden uns hier eine Erkältung holen, weil wir bis heute Nacht sitzen würden.«

Was würde passieren, wenn er angeklagt wird?

»Er würde sofort als der Vorsitzende unseres Family Trust entbunden werden. Das steht in den Statuten. Mein Großvater und Vater waren da sehr entschieden. Zu Recht.«

Wer würde ihn ersetzen?

Mehlos besah sich seinen Pappbecher und trank einen großen Schluck vom Rohrreiniger. Auf einer Bank in der Nähe ließ sich ein dünner Mann in schwarzem Anzug mit Melone nieder.

»Ich wäre das.«

Man könnte meinen, das wäre Ihr Ziel, wenn man Sie nicht besser kennen würde. Sie haben mir oft genug gesagt, wie wenig Wert Sie darauf legen, sich um die Familiengeschäfte zu kümmern.

»Das ist richtig. Ich werde mich ganz sicher nicht damit beschäftigen. Meine erste Handlung wäre, zurückzutreten und Mouse die Sache wieder zu überlassen. Das ginge. Sie wäre die Richtige. Für den Trust vielleicht sogar ein Gewinn gegenüber Francis.«

Würde sie das machen wollen?

»Mir zuliebe vielleicht. Oder wir könnten jemand von draußen holen. So wie Geoffrey.«

Geoffrey Purdey, Ihr Studienfreund, der Banker.

»Wirtschaftsanwalt. Genau. Top qualifiziert und loyal.«

Was ist das für eine »Schwelle«, von der Sie mit Francis gesprochen haben?

»Das ist ein Limit für Investitionen, ab dem Francis seine Entscheidungen abstimmen muss. Darunter kann er machen, was er möchte.«

Wie hoch?

»Ab 100 Millionen Pfund. Also größere Beteiligungen.«

Und wer muss da zustimmen?

Mehlos blickte zuerst auf seinen Becher, dann auf das Wasser des Serpentine hinaus. Ein paar Tretboote mit lachenden Kindern schwammen darauf, die sich einen Spaß daraus machten, auf die Enten zuzufahren, die sich wiederum daran gewöhnt hatten, aber trotzdem mit genervtem Gequake davonflogen.

»Ich muss das.«

Dann müssen Sie ja doch mit Francis reden.

»Nein. Das geht über Anwälte. Und ich habe einen Beratervertrag mit Geoffrey gemacht, der aufpasst, dass alles mit rechten Dingen zugeht, sinnvolle Investments getätigt werden und Francis keine unethischen Entscheidungen trifft. In Rüstungsfirmen. Oder Unternehmen, die mit Lohndumping oder Kinderarbeit ihr Geld verdienen. Francis wäre da wohl weitaus weniger wählerisch.«

Dann können Sie ihn ganz schön ärgern, oder? Komisch. Irgendwie glaube ich, dass Sie genau das machen.

»Möchten Sie noch einen Café? Oder Cookies?«

Nein, danke, wie Sie so schön sagen, wenn Ihr einziger Bruder Sie um etwas bittet. Und ich möchte mich auch nicht über mein Zarenreich, Rasputin oder das Bernsteinzimmer unterhalten. Jetzt geht es um Daniel Hearst. Wer steckt dahinter?! Und wie Sie Ihren Bruder da raushalten. Und, es gibt noch ein weiteres, gewichtiges Argument.

»Und welches?«

Santow zog aus ihrer Handtasche die Tafel *Caravelli*, die sie im Kaminzimmer von *Kingsfisher's* hatte verschwinden lassen, und hielt sie Mehlos wedelnd vor die Nase. Santow lächelte verführerisch und bekam zwei Grübchen auf ihren Wangen.

Und, wenn das nicht langt – wir haben die beste Aufgabe, die je irgendjemand haben kann!

»So? Welche denn?«

Wir suchen das Nichts, von dem kein Mensch weiß, was es ist!

Speakers'

Mehlos war in der Hyde Park Agency und saß an seinem Schreibtisch mit dem mattsilbernen Computer.

Als sie im Hyde Park an der Speakers' Corner vorbeigekommen waren und Santow dort eine verlassene Holzkiste gesehen hatte, war sie darauf gestiegen und hatte einem imaginären Publikum gestenreich klargemacht, dass sie jetzt das Nichts suchen würden. Beide. Sie und dieser Typ da unten im Anzug, der sich ja schließlich schon die Ärmel hochgerollt hatte. Das Nichts. Was immer es sein möge. Ein Bild. Ein gaaanz großes Bild. Oder eine Nebelmaschine, die schwarzen Dampf pustete. Vielleicht aber auch ein tiefes Loch, das irgendwo gegraben war. Wie aufregend!

Und *sie* würden es finden. Das Nichts. Endlich täte das mal jemand! Mehlos, der sich etwas verlegen umgeschaut hatte und an Santows Verstand gezweifelt hätte, hätte er es nicht besser gewusst, hatte niemanden gesehen, außer einem sehr dünnen Mann in schwarzem Anzug und Melone, der vorbeigegangen war, seinen eng gerollten Regenschirm zum Gruße gehoben, und anerkennend genickt hatte. Dann waren Schulkinder in Uniform gekommen, die die Frau auf der Kiste gesehen und gekichert hatten. Santow war schließlich von der Kiste gestiegen, weil sie noch etwas vorhatte, nicht ohne ihm noch einmal einzuschärfen, dass es jetzt um wirklich Dringenderes ging als ihre Herkunft.

Mehlos rief ein Kommunikationsprogramm auf und sah zur Seite, während sich die Fenster und Elemente öffneten.

Die Tafel *Caravelli* lag ungeöffnet auf seinem Schreibtisch. Sehr verführerisch, aber eindeutig die falsche Herkunft. Nach einem kurzen Moment des Überlegens ließ er sie in einer der Schubladen verschwinden. Dann sah er sich die Seiten der BBC an und las alles, was sie über den Tod von Daniel Hearst zu berichten und zu kommentieren hatte. Der Tenor war, dass das Vereinigte Königreich, ja, die ganze Welt, einen bedeutenden Künstler verloren hatte, der es immer verstand, sich neu zu erfinden, dabei er permanent polarisierte, aber neben der Provokation unbestreitbar in neue Bereiche vordrang und doch durch und durch ein Engländer war, der sein Land, dessen Erfindergeist und die Monarchie liebte. Mehlos rief noch kurz die Seite von *Watch! Online* auf:

»DAN's BLACK FRIDAY« war dort die Headline. Darunter das Foto, das er schon kannte, neben vielen anderen Prominenten, die die Gelegenheit nutzten, auf sich aufmerksam zu machen und in dem Sender eine unkritische Plattform fanden.

* * *

»Kleos, wie du dich freust, mich zu sehen!«

Geoffrey Purdeys Gesicht erschien in einem Fenster, als Mehlos beim Lesen eines Kommentars von Claire Woolfson den Mund verzog, einer Influencerin, die nach eigenen Angaben Daniel so gut kannte wie sonst niemand, während er sich sicher war, dass sich die beiden noch nie begegnet waren.

»Jeff, guten Nachmittag, sorry, nein, ich war gerade auf *Watch!*. Daniel.«

Auch Geoffrey kannte Daniel Hearst persönlich. Jeff noch besser als Kleos, der Daniels Parties verließ, wenn die sich langsam senkende Hemmschwelle zu Exzessen in bedrohliche Nähe zu geraten schien.

»Ganz schlimme Sache«, sagte Jeff und strich über seinen schwarzen, exakt gestutzten Vollbart. Offensichtlich hatte Kleos ihn in seinem Büro in der City erwischt, denn Geoffrey trug einen dunklen Anzug mit Krawatte. »So etwas Verrücktes habe ich nur im Film gesehen.«

»Schwacher Trost, aber deshalb rufe ich nicht an.«

»Warum nicht?«, Geoffrey kniff die Augen zusammen, »mysteriös, spektakulär und keiner hat eine Vorstellung davon, wer das war und warum das passiert ist. Ist doch genau dein Ding. London und die Welt werden in den nächsten Tagen über nichts anderes reden!«

Ding!

Noch ein Fenster poppte auf Mehlos' Bildschirm auf. Fiona Appleby. Freundin aus Kindertagen. Früher Architektin, jetzt Inhaberin des beliebtesten Restaurants in Soho. *The Quinge.*

»Fiona! Melde mich gleich. Bin noch mit Jeff im Call.«

»Okay, habe gesehen, dass du online bist. Selten genug. Nichts Besonderes. *Bye for now!*«

Das Fenster wurde zu einem schwarzen Loch und Mehlos hatte mal wieder das Gefühl, dass sie Amy Winehouse immer ähnlicher sah.

»Fiona?«, fragte Geoffrey.

»Ja.«

»Okay, warum hast du angerufen? Kann ich was tun?«

»Family Trust. Gab es da neulich Anträge zum Ankauf oder Verkauf von Kunst? Bedeutende Beträge über der Schwelle?«

»Hat das was mit Daniel zu tun?«

»Weiß ich noch nicht. Francis hatte mich gebeten. Gab es?«

Geoffrey zupfte sich am Bart und sah nach rechts oben.

»Hmm, warte ... nein ... nichts Bedeutendes jedenfalls und nichts im letzten halben Jahr. Verkauft haben wir ein paar Stellas und den Hockney gestiftet, wie von dir initiiert. Gekauft gar nichts. Auch keine Anträge auf Kauf oder Verkauf.«

»Sicher?«

»Absolut«, Geoffrey sah fest aus dem Monitor heraus. »Warum?«

»Nur so.«

»Nix, *nur so*, dich interessiert was!«

»Hat Francis mit dir mal über Daniel gesprochen?«

»Nein. Wie du weißt, rede ich mit ihm nur, wenn ich muss. Meine Loyalität gehört dir.«

»Okay. Spricht für dich.«

»Also machst du dir doch Gedanken um Daniels Tod.«

»Ich werde einen Teufel tun.«

»Oh«, sagte Geoffrey, »dann hat es was mit Francis zu tun. Dieser Satz ist bei dir für ihn reserviert. Sorry, muss in anderen Call. Mal wieder Zeit für Lunch? Quinge?«

»Melde mich.«

»Bring deine Freundin mit! Byee.«

»Sie ist nicht meine Freundin ...«

»Ändere das!«

Das »... *leider*« bekam Geoffrey nicht mehr mit.

Mehlos klingelte Fiona an. Das Videofenster öffnete sich.

»Hi!«, sagte sie und lächelte warm.

»Hey«, sagte Mehlos.

»Wollte fragen, ob du vorankommst.«

»Mit ...?«, fragte Mehlos, obwohl er es wusste.

»Joanna Santow. Nach deinem Trip nach Brighton.«

»Ja, das war sehr ergiebig. Wenn Santow einverstanden ist, erzählen wir dir davon. Zeit, dass ihr euch kennenlernt.«

»Ich bin dabei. Kommt vorbei. Chef's table.«

»Lieb von dir. Machen wir wirklich.«

»Freu' mich.«

»Das von Daniel gehört?«, fragte Fiona.

»Ja, natürlich.«

»Unglaublich, nicht wahr? Das klingt doch wie geschaffen für dich. Was für eine Aufgabe! Wann geht es los?«

Mehlos rollte innerlich mit den Augen. Gar nicht, wenn es nach ihm ging. Fiona kannte den Konflikt mit seinem Bruder, nicht die neusten Details, aber am Computer wollte er mit ihr nicht weiter darüber reden.

»Wann also?«, sagte Fiona.

»Wir kommen diese Woche im Q vorbei.«

»Sehr gut. Freu' mich. Gib mir vorher einen *Buzz. Bye for now.*« Fionas Fenster verschwand und Mehlos fragte sich, ob sie sich alle zusammen mit Francis gegen ihn verschworen hatten.

Gerade als er sich mit einem Sherry auf die rote Chesterfield-Couch legen wollte, um über Brighton und die nächsten Schritte nachzudenken, die Schokolade in der Schreibtischschublade weitgehend ignorierend, kam auf seinem alten Mobiltelefon eine Textnachricht herein, für deren Absender er einen besonderen Ton reserviert hatte. Santow.

Bin in der Tate Modern. Kommen Sie doch mal. Turbinenhalle.

Mehlos stellte die Sherryflasche wieder zurück und sah aus den Fenstern der Rotunde auf den Hyde Park. Vor etwas mehr als einer Stunde hatte Santow dort ihre Rede über das Nichts gehalten und der Welt versprochen, dass sie es finden würden. Schon eine interessante Aufgabe. Sehr sogar!

Wenn es doch nur nichts mit Francis zu tun gehabt hätte.

TEIL II

Tate Modern Gallery

Das Taxi hielt nach einer schnellen und ereignislosen Fahrt am Themseufer zwischen der City of London School und dem Headquarter der Internationalen Heilsarmee.

Mehlos stieg aus und lief die wenigen Meter zum nördlichen Ende der Millennium Bridge. Wann immer er die Tate Modern besuchte, wählte er diesen Weg über die schmale Hängebrücke nur für Fußgänger, die ihm ein wunderbares Panorama zur Linken auf die Tower Bridge und das *Shard* bot, das mit seinen Spitzen tatsächlich an den Wolken kratzte und seinen Namen, *die Scherbe*, mehr als verdiente. Daneben das nach Originalplänen wiederaufgebaute Shakespeare Globe Theatre und geradeaus die Tate Modern – der dunkle Ziegelbau des ehemaligen Kraftwerks, dessen Schornstein gerade und kantig fast 100 Meter aufragte und der Welt selbstbewusst zeigte, wo zeitgenössische Kunst am besten präsentiert wurde.

In der Mitte der Millennium Bridge drehte sich Mehlos herum und blickte genau auf die Kuppel von St Pauls. Dann sah er einmal um seine ganze Achse … freute sich, dass er in London war und fragte sich, von wo man sonst so viele Landmarks auf einmal sehen konnte. Leichter Nieselregen setzte ein und er beeilte sich, in die Tate zu kommen.

Er lief direkt in die Turbinenhalle, in der einer der Flugzeugträger ihrer Majestät problemlos hätte gewartet werden können. Schon von weitem erkannte er Santow, die sich umgezogen hatte und nun ein gut geschnittenes dunkelblaues Kleid trug. Hätte ihm jemand gesagt, dass sie das Ganze hier entworfen und gebaut habe, er hätte es sofort geglaubt.

Ging schnell, Mehlos.

»Immer die Frage, wer einen ruft, Santow. Was machen wir hier?«

Kommen Sie einfach mit.

Sie führte ihn durch Glastüren zum Treppenhaus und in den zweiten Stock.

Augen zu.

Mehlos gehorchte, wurde an der Hand genommen, was in ihm jede Menge Glückshormone auslöste und den Wunsch, die Tate Modern sei doppelt so groß, wie sie war, und der Weg würde dementsprechend länger dauern. Doch schon nach ein paar Minuten, die ihm wie Sekunden vorkamen, waren sie offensichtlich am Ziel angekommen und Santow legte ihre Hand über Mehlos' Augen. Dann drehte sie ihn etwas, nahm sie weg und klopfte ihm zweimal an die Schulter. Mehlos öffnete die Augen.

Vor ihm sah er eine Ansammlung von Rohren, die ineinander verschlungen waren, wie die Nudeln auf einem Teller Spaghetti. Die Rohre waren so groß, dass man sich zwar hätte klein machen müssen, aber ohne Weiteres hindurchgepasst hätte. Jedes Rohr begann weiß, mit der Mündung nach oben, wurde dann immer dunkler, bis es in einem völligen Schwarz endete und im Boden verschwand.

Von wem ist das?, fragte Santow, die sich vor die Tafel mit den Erklärungen zum Kunstwerk gestellt hatte.

Mehlos fragte sich, ob er ihr den Gefallen tun sollte und »Daniel Hearst« sagen, entschied sich aber dann, das nicht zu tun, da das Stellen banaler Fragen nicht zu Santows Repertoire gehörte. Mit einem »jedenfalls *nicht* von Daniel

Hearst«, verschaffte er sich Zeit. Ein kleines Glöckchen klingelte. In einer Ausstellung von Plastiken im Yorkshire Sculpture Park hatte er etwas Ähnliches neben einer Skulptur von Henry Moore gesehen. Wenn er sich doch nur an den Namen erinnern könnte. Irgendwas mit T. Nachname. Aber wie weiter? Ta... Te... Ti... To... Tu.... To! Toa..., Tob... Toc... er ging das ganze Alphabet durch. Das beste Gefühl hatte er bei Tob... und Tow... Also Toba... Tobb... Ha! Toba. Tobakian. Alan Tobakian. Oder: Alex Tobakian. 50 : 50 Chance. Los!

»Alan Tobakian«, Mehlos gab sich Mühe, es möglichst lässig klingen zu lassen.

Sie haben gelinst!

»Nein. Habe ich nicht. Würde ich zugeben. Aber warum führen Sie mich hierher?«

Ich versuche, uns klarzumachen, wie das Nichts aussehen kann. Leider haben wir nicht die geringste Ahnung. Diese Röhren führen ins Nichts. Das hier ist der erste Schritt.

»Hm.«

Wie ... hm?

»Ich drück's mal so aus: Rein gar nichts interessiert mich an diesem Nichts. Es ist wahrscheinlich nur ein gigantischer Schwindel.«

Weil es Francis helfen könnte.

»Wir haben andere Dinge zu tun.«

Ach. Welche denn?

»Admiral von Morwi finden, zum Beispiel.«

Santow rollte die Augen an die Decke und schnappte Mehlos am Ärmel.

Mitkommen.

Wenige Minuten später waren sie mit dem Fahrstuhl oben im Schornstein angekommen. Mehlos holte an der Bar noch zwei Becher mit Café und trat auf die Aussichtsplattform heraus, auf der Santow schon wartete. Sie stand mit dem Gesicht in westlicher Richtung. Wimbledon. Sie dachte an Lansdowne Manor. Mehlos gab ihr einen Café und ticke die Becher kurz an, wie beim Anstoßen mit Champagner.

Das letzte Mal oben auf dem Turm war es tatsächlich Champagner. Hat Ihnen Francis das Taschengeld gestrichen?

Da gute Worte nicht halfen, hatte sie beschlossen, die Provokationsschrauben etwas anzuziehen.

»Francis. Wie kommen Sie auf den? Gefällt er Ihnen? Ich könnte bei ihm ein gutes Wort für Sie einlegen. Wie er Sie angesehen hat, oder vielmehr Teile von Ihnen, als Sie ihm den Rücken zuwandten, würde es sicher nicht auf taube Ohren stoßen. Möchten Sie?«

Mehlos, ich habe genug.

»Von ihm. Das verstehe ich. Und das nach so kurzer Zeit. Ich habe meine ganze Jugend dazu gebraucht.«

Von Ihnen.

Für einen Moment sagte Mehlos nichts. Damit hatte er nicht gerechnet. Bahnte sich hier ein GAU an? Er sah ebenfalls in den Westen und dann Santow in die Augen. Komisch. Er hatte immer gedacht, Braun sei eine warme Farbe.

»Ich höre Ihnen zu.«

Als wir das mit Daniel Hearst erfahren haben, waren Sie Feuer und Flamme, dieses Rätsel zu lösen. Seit Ihr Bruder Sie darum bat, dieses Nichts zu finden, das damit ziemlich sicher im Zusammenhang steht, und Sie bat, ihm zu helfen, ist es auf einmal die langweiligste Sache der Welt. Sie benehmen sich so kindisch, dass man Sie einfach nicht ernst nehmen kann. Was immer zwischen Ihnen passiert ist, rechtfertigt nicht, dass Sie seine Bitte um Hilfe ausschlagen.

»Es war schon ein bisschen mehr, als mir ein Spielzeugauto zu klauen.«

Ich weiß. Es ist aber völlig egal. Familie. Ich habe keine. Keine echte jedenfalls. Und genau daher weiß ich, wie wichtig sie ist. Und schlucken Sie bitte jetzt das herunter, was Sie gerade sagen wollten, nämlich dass sich Francis bitte genauso daran halten möge.

Mehlos nahm einen Schluck Café und versenkte einen ziemlich ähnlichen Satz in den Tiefen seines Bewusstseins.

Er sah einem Boot nach, das themseabwärts auf die Tower Bridge zufuhr und fragte sich, ob die beiden schwarzen Schornsteine nicht zu hoch für eine Unterfahrt waren und es gleich gewaltig scheppern würde. Eigentlich war ein Zusammenstoß unvermeidlich.

Es gibt keinen Grund, ihm nicht zu helfen. Keinen. Wir müssen das einfach tun. Wenn Sie anderer Meinung sind, habe ich mich ziemlich in Ihnen getäuscht.

Mehlos biss sich auf die Lippen. Santow wusste zu wenig über Francis und seine Schikanen.

KEINEN GRUND!

Das Boot war kurz vor der Brücke.

Es ist aber zunächst nur das Ergebnis wichtig: ihn entlasten. Und wenn Sie so verbohrt sind, sehen Sie es mal so: wir könnten bei dieser Suche auch jede Menge Spaß haben. Hearst ... vollkommen mit Schwarz überzogen ... ein gestohlenes Kunstwerk, von dem keiner weiß, was es wirklich ist ... mein Gott, Mehlos, was muss man Ihnen noch bieten? Den goldenen Schlüssel zu einer Schokoladenfabrik?

»Da gibt es schon noch was«, dachte Mehlos, und gleich hinterher, »... aber ich werde den Teufel tun und das jetzt erwähnen ...«

Und ich kann es kaum erwarten, dass Sie, dass wir, dieses Rätsel zusammen lösen. Sind Sie auf einmal so begriffsstutzig? *You have the chance to impress a girl!*

Ohne Probleme fuhr das Schiff unter der Tower Bridge durch. Mehlos war dem üblichen Perspektivenfehler aufgesessen.

»Ich gebe zu …«

Na, endlich!

»… es hat was.«

Santow nahm einen Schluck von ihrem Café und sah Mehlos über den Becher an. Der hatte den Eindruck, dass das warme Braun in ihren Augen zurückkehrte. Sie hatte Recht. Daniel Hearsts Tod war einzigartig. Und die Suche nach einem Nichts war es auch. Mehlos musste sich eingestehen, dass er schon seit geraumer Zeit nachdachte, was es überhaupt sein könnte.

»Gibt es aktuell eine Hearst-Ausstellung in London? Oder sonst wo?«

Schon nachgesehen. Nein. Nur eine in Brisbane, Australien. Gallery of Modern Art. Vor zwei Monaten eröffnet.

»Ist nicht um die Ecke.«

Nein.

»Dafür jede Menge permanent hier in den Museen und in Sammlungen. Schadet nicht, da mal einen Blick drauf zu werfen.«

Ahh … da hat wohl jemand die Glut wieder entfacht … sehr gut!

»Vielleicht hat da jemand nachgeholfen. Gut gepustet, Santow! Gibt es hier was?«

Ja. Drei. Eine riesige Tafel mit Zahlen, eine Bar, die er entworfen hat und in der man nur Gifte bekommt, die aussehen wie Spirituosen, und Fotos einer vergangenen Ausstellung, die mit dem Klonschaf Dolly, die hier stattfand, bevor sie auf Weltreise ging.

»Haben wir uns schnell angesehen. Zur Orientierung. Wir müssen aber zuerst woanders hin.«

Na?

»*Butler's Wharf*. Sein Atelier. Nur diesmal müssen wir hinein.«

An einen sicher abgesperrten Tatort. Aussichtslos. Die Met wird uns nicht hineinlassen.

»Die nicht«, Mehlos atmete tief ein, »aber Francis. Er sagte doch, dass Daniel ihm den Türcode geschickt hatte.«

Nein.

»Was, nein? Doch, sagte er.«

Nein, auf Ihre Frage, ob ich ihn darum bitte. Das machen mal schön Sie selbst. Bei dieser Gelegenheit können Sie ihm auch gleich sagen, dass Sie ihm helfen werden.

»Kommen Sie nicht gleich mit dem Schlimmsten. Aber, wir werden Daniels Tod aufklären. Und das Nichts finden. Gar keine Frage.«

Und Ihrem Bruder helfen.

»Kollateralschäden gibt es leider immer.«

Santow verzog den Mund.

»Ich werde mich darum kümmern.«

Jetzt Tate unten?

»Okay.«

Sie suchten und fanden den Raum, der Daniel Hearst gewidmet war. In der Mitte die Installation »Holy Spirits«. Eine schillernde und verspiegelte Bar in Regenbogenfarben mit hunderten von Flaschen im Regal, die alle aussahen wie teure Spirituosen und nach Angaben von Hearst echtes und schnell wirkendes, tödliches Gift enthielten. Auch die Etiketten der Flaschen waren im Detail gestaltet. Es gab *Dramazotti*, *London Kill Dry Gin* und *Chivas Lethal* in Flaschen, die den Originalen zum Verwechseln ähnlich sahen. Davor die Figur eines ebenso realistisch gestalteten Barkeepers, der die Besucher angrinste und die Züge des Todes trug. Diese Installation wurde von zwei Museumswächtern betreut, die schon einige Besucher abgehalten hatten, sich einer Flasche zu bemächtigen, was zweifellos zur Popularität Hearsts beitrug.

Nach einer kurzen Inspektion und dem Ergebnis:

Hier finden wir nichts ... und »... außer einem kleinen Präsent für Francis«, wandten sich Mehlos und Santow dem anderen der beiden Hearst-Werke zu: Das Werk hieß »Elizabeth & Ben«. Eine vielleicht sieben Meter lange und drei Meter hohe Tafel, auf der eine Milliarde Nachkommastellen der Zahl Pi zu sehen waren. Die Zahlen standen schwarz und gelegentlich farbig auf dem weißen Untergrund und hatten leicht unterschiedliche Größe und Stärke. Aus der Nähe sah man nur ein Zahlengewimmel, ging man aber weiter zurück, dann entstand vor dem Auge eine Art Pendel, das irgendwo oben aufgehängt war und von rechts nach links schwang und Bewegungsstreifen erzeugte, wie in einem Comic. Kleinere bunte Scheiben flogen vom Pendel weg, so als ob es sie aufgescheucht hätte. Auf dem Bild war rechts unten ein großer schwarzer Punkt.

Ist das nichts?

»Der Punkt? Schon gut gemacht«, sagte Mehlos, »aber momentan noch nicht zu entschlüsseln für uns. Wir haben zu wenig Kontext. Machen Sie bitte ein Bild. Wir merken uns: eine Milliarde Zahlen, drei schwarze Scheiben, 14 rote, 15 blaue.«

3,1415. Pi. Die Kreiszahl.

»Genau.«

Weiter?

»Ja.«

An einer Wand war das *Making of Cheep Life*, die Installation mit dem embryonengefüllten Balg des Klonschafs Dolly im transparenten Acrylwürfel. Jede Menge Fotos und Texte zur Dokumentation. Sie sahen sich alles aufmerksam an und konnten keinen Bezug zu irgendeinem Nichts erkennen, ohne in die metaphysische Ecke abzudriften, was beiden zunächst Spaß machte, aber keinen wirklichen Erkenntnisgewinn versprach.

Zurück in die Agency – und Sie rufen Francis an?
»Jaja.«

* * *

Sie verließen zusammen die Tate Modern. Als sie aus dem Gebäude kamen, fiel Mehlos ein dünner Mann in schwarzem Anzug und Melone auf, der eine Zeitung zusammenfaltete, mit ihr nach jemandem winkte, sie dann unter den Arm nahm und verschwand.

Mr. Rahul

Sie liefen Bankside flussabwärts zum Globe Theatre, das Mehlos immer wieder begeisterte und ihn dazu ermunterte, so lange Shakespeare Szenen zu zitieren, bis sich Santow in einer theatralischen Geste die Ohren zuhielt und Mehlos zu verstehen gab, dass sie eigentlich gar nichts hören könne, woraufhin dieser mit zusammengekniffenem Mund schwieg und sie beide rechts in den New Globe Walk einbogen. Ein paar Meter weiter hinter einer Kreuzung lud ein Taxi einen Fahrgast aus und Mehlos hob die Hand, um den Fahrer auf seine nächsten Kunden aufmerksam zu machen.

In diesem Moment kam aus der Straße rechts eine große, schwarze Limousine gerollt und blieb stehen. Sie blockierte beiden Weg zum Taxi. Die schwarze Fensterscheibe auf der Beifahrerseite senkte sich geräuschlos und ein Mann blickte sie freundlich an. Mehlos hob eine Augenbraue. Es war der dünne Mann im schwarzen Anzug mit Melone.

»Mr. Mehlos. Ms. Santow. Sie möchten zurück zum Hyde Park. In Ihre Agentur. Darf ich Sie zu dieser Fahrt einladen? Sie würden mir eine große Freude machen.«

Mehlos versuchte, sich nichts anmerken zu lassen, und es gelang ihm fast. Santow sah aber, wie ihn eine Spannung überkam, die sie so noch nicht wahrgenommen hatte.

»Sie sind jedenfalls einer der bestangezogenen Cabbies,

die ich kenne. Sagen Sie bloß, auch Ihre Frau ist am *Red Nose Day* durchgebrannt.«

»Wie bitte? Ich verstehe nicht ...«, der Mann hob die Augenbrauen und lächelte. Er hatte einen leichten indischen Akzent.

»Bei wem dürfen wir uns denn für diese Aufmerksamkeit bedanken?«

»Oh, bitte entschuldigen Sie, ich vergaß mich vorzustellen. Bitte verzeihen Sie auch die Unhöflichkeit, Sie aus einem Wagen heraus anzusprechen, Pardon!«

Der Mann öffnete die Tür, stieg elegant aus und verbeugte sich. Mehlos kam es vor, als knickte ein schwarzer Spazierstock in der Mitte ein.

»Mein Name ist Rahul. Ich freue mich, Sie persönlich kennenzulernen.«

»Sie hätten uns doch schon ganz unkompliziert in Palace Gardens oder am Serpentine ansprechen können«, sagte Mehlos.

»Ich weiß, ich weiß«, sagte Rahul, ich wollte mir zunächst aber ein Bild machen, dass Sie wirklich die Richtigen sind.«

Die Richtigen was oder für was?, zeigte Santow und Mehlos übersetzte.

»Lassen Sie uns das doch während der Fahrt besprechen«, sagte Rahul und hielt die hintere Wagentür mit einem solch gewinnenden Lächeln und leichter Verbeugung offen, dass Mehlos einfach eine niederträchtige Gesinnung vermuten musste und bei ihm daher alle Alarmglocken schrillten. Noch dazu, nachdem er einen Blick auf den kahlköpfigen Fahrer geworfen hatte, bei dem manch illegaler Spielsalon sich glücklich hatte schätzen können, ihn in Krisenzeiten zu seinem Personal zählen zu dürfen.

Einverstanden?, das war jetzt Mehlos.

Sehen fast harmlos aus, antwortete Santow.
Drum gefährlich. Mehlos.
Warum können wir nicht sicher sein, Mehlos?
»Nichts ist trügerischer als eine offenkundige Tatsache, meine liebe Santow«, sprach Mehlos tonlos.
Ich bin neugierig. Risiko?
»Sehr gerne«, sagte Mehlos, was sowohl an Santow gerichtet war, als auch an Rahul, der mit einem freundlich-interessierten, aber völliges Unverständnis spiegelnden Gesicht zwischen den beiden hin und her sah.

Mehlos ergriff die Wagentür, um sie aufzuhalten, aber auch um Rahul zu signalisieren, dass sie aktiv und freiwillig einstiegen. Etwas zu ungezwungen für seinen eigenen Geschmack, ließ er sich in den Fond gleiten, in dem Santow schon Platz genommen hatte. Auch Rahul stieg ein, schnallte sich an, aber drehte sich gleich um zu seinen Fahrgästen und legte die Ellenbogen bequem auf die Vordersitze und sein Kinn auf einen Handrücken. Ohne ein weiteres Wort fuhr der Fahrer los. Auch wenn Rahul seine Melone aufließ, hatte es was von einem Treffen unter alten Freunden, was Mehlos zu erhöhter Wachsamkeit aufrief. Er sah kurz auf die Türen, aber es machte nicht »klack!« und die Verriegelung wurde nicht ausgelöst. Rahul hatte Mehlos' Blick bemerkt.

»Nicht doch«, sagte er mit einem fast enttäuschten Ton.
»Das kriegen wir sicher später, wenn wir ausschlagen werden, was Sie von uns möchten«, sagte Mehlos, »jetzt sind wir aber mehr als gespannt, was es denn nun ist. Und natürlich, wem wir diese Großzügigkeit zu verdanken haben. Sie arbeiten sicher für eine höhere Macht; setzen Sie uns ins Bild, Mr. Rahul.«

Rahul lächelte entschuldigend wie der Rezeptionist eines Luxushotels, der einem lieben, alten Gast, der unangekündigt erschien, leider mitteilen musste, dass kein Zimmer mehr frei sei, auch in der höchsten Kategorie nicht. Gar nichts mehr. *Desolé. Very sorry!*

Mehlos seufzte theatralisch und Santow fragte:

Warum sind wir denn hier?

»Was sollen Sie uns denn erzählen oder vorschlagen«, sagte Mehlos.

Rahul nahm eine aufrechte Position an und nickte.

»Ich mache es ganz einfach und klar, denn wir wollen keine Zeit verlieren. Daniel Hearst. Wir haben erfahren, dass Sie gebeten wurden, ein bestimmtes Kunstwerk zu finden. Unser Interesse an diesem Werk ist groß. Sehr groß. Wir möchten Sie bitten, wenn Sie es gefunden haben, es nicht Ihrem Bruder zu geben, sondern mir. Selbstverständlich werden wir die knapp 100 Millionen Pfund Ihrem Bruder sofort zurückerstatten, zuzüglich jeder beliebigen Summe, die Sie für richtig erachten – für Ihre Bemühungen. Oder, was immer Sie sonst möchten. Sagen Sie es einfach. Es wird niemand einen Verlust haben.«

Wir reden über Nichts, zeigte Santow und Mehlos übersetzte.

»Sozusagen«, sagte ein lächelnder Mr. Rahul.

»Wer ist *wir*?«

Der Rezeptionist konnte seinem alten, lieben Gast auch bei dessen Nachfrage nichts anbieten und war untröstlich.

»Was haben wir zu befürchten, wenn wir diese Bitte abschlägig bescheiden? Nur rein interessehalber«, fragte Mehlos.

»Ach bitte, das wäre zu unangenehm, darüber nachzudenken, glauben Sie mir.«

Inzwischen hatte Mehlos bemerkt, dass sie durch ein Viertel fuhren, das nicht unbedingt auf dem direkten Weg von der Tate Modern zum Hyde Park lag. Eigentlich gar nicht. Es war eine heruntergekommene Gegend im Süden Londons, in der wirklich niemand gerne aussteigen würde. Die Limousine hielt. In dieser Straße war sie ein Zeichen des Hohns mit ihrer perfekt polierten Erscheinung und zog sofort lokale Bewunderer an, die bereit waren, das mit ihren Knüppeln und Steinen zu ändern. Schon flog der erste an die Heckscheibe. Im Zusammenzucken war Mehlos dankbar, dass es offensichtlich Panzerglas war. Rahul hob kurz die Hand und der Fahrer fuhr den Angreifern davon.

»Eindrucksvolle Präsentation«, sagte Mehlos, machen Sie das mit denen nicht zu oft. Entweder die bekommen Sie einmal oder der Effekt nutzt sich ab. Aber danke für dieses Erlebnis.«

Rahul schüttelte den Kopf.

»Ja, es ist wirklich schlimm. Menschen können so unzivilisiert sein. Ich weiß auch nicht, was das soll«, er schwieg eine längere Weile und setzte sich normal in seinen Beifahrersitz.

Plötzlich drehte er sich wieder um.

»Aber zurück zu uns.«

Santow und Mehlos sahen ihn an.

»Ich bitte Sie wirklich«, sagte Rahul, »mein Angebot zu überdenken. Niemandem entsteht so ein Schaden. Und alle können sicher sein, dass das Nichts in die richtigen Hände kommt.«

»In anonyme Hände. Wessen?«

Sorry. Wirklich kein Zimmer mehr frei, Sir.

Mehlos seufzte und sah Santow an. Sie blickte aus dem Fenster. Mittlerweile waren sie wieder auf dem richtigen Weg ins West End. Santow sah, dass sie am Big Ben vorbeifuhren in Richtung Green Park. Als sie nach Westminster

Abbey in die Victoria Street einbogen, sah sie Mehlos etwa auf der Höhe von Christchurch Gardens sagen:

»Bitte halten Sie hier rechts, Mr. Rahul.«

»Wir sind aber noch nicht bei Ihnen.«

»Rechts bitte, Mr. Rahul, an der roten Mailbox. Vielen Dank.«

Rahul nickte unmerklich und der Fahrer hielt direkt in der Zone einer Bushaltestelle. Todsünde in London. Und zugleich das Statement: »Who cares? Wir dürfen das.«

»Danke für's Mitnehmen, Mr. Rahul, wir haben uns gefreut, Sie kennenzulernen.«

Er stieg aus, hielt Santow die Tür auf und half ihr aus dem Wagen. Dann warf er die Tür zu. Einen Tick zu forsch, aber auch ein Statement.

Mehlos stemmte die Hände auf die Hüften und sah an der ziegelrot-weißen Fassade des Gebäudes, vor dem sie ausgestiegen waren, hoch und blickte dann Santow an.

»Ich weiß nicht, wie das mit Ihnen ist, Santow, aber nach diesem ganzen wirren Herumgerede habe ich Lust auf eine einfache Portion Fish & Chips.«

Strutton Ground

»Aber vorher mache ich noch einen Anruf«, sagte Mehlos.
Den Anruf?
»Ja. Sie können gerne mithören.«
Sie kamen von der Victoria Street und liefen zum Strutton Ground Market, wo es nach Mehlos' Ansicht im *Lucky Plaice* die besten Fish & Chips von Westminster gab und davon ließ er sich auch nicht abbringen. Sie kamen in die schmale Straße mit etwas heruntergekommenen Stadthäusern. Die meisten hatten zwei Etagen, gelegentliche Mansarden und klebten aneinander wie Rugbyspieler in ausgewaschenen Trikots bei einer Freudenpyramide. Mittendrin bunte Buden und Zelte, in denen alles Mögliche angeboten wurde, wie Haushaltsgegenstände, Getränke, selbst gemachtes Porridge und noch viel mehr, wenn man den Standbesitzer leise und diskret genug fragte.

Neben einem Stand mit Heften, Zirkeln und Linealen zog Mehlos sein Telefon aus der Anzugsjacke heraus und rief seinen Bruder mit einem Gesicht an, als sei seine alte russische Klavierlehrerin vorbeigekommen, hätte sich das größte und holzigste der Lineale genommen und ihm bei jedem falschen Ton auf die Finger geschlagen. Santow sah aufmerksam zu und hätte sicher gerne genau diese Rolle übernommen. Mehlos wirkte überrascht und steckte dann das Telefon wieder weg.

* * *

Das *Lucky Plaice* war ein schmuckloses Restaurant. Drei ausgetretene Treppenstufen, eine lange Theke, hinter der zubereitet wurde und die einen Ausgabeschalter zur Straße für das Take-Away hatte. Das seit Jahrzehnten unveränderte Angebot war auf schwarze Tafeln mit kleinen, ehemals weißen Buchstaben gesteckt, die längst gelb und fest mit dem Untergrund verwachsen waren. Wenige Plastiktische, mit Kunstleder überzogen, luden nicht zum Verweilen ein, sondern erinnerten den saumseligen Gast daran, dass es so ziemlich überall da draußen schöner war. An den Wänden Angelausrüstung und verblichene Plastikfische, die schon lange nicht mehr frisch waren. Trotzdem war kein einziger Platz mehr frei und vor dem Ausgabeschalter standen die Leute Schlange.

So gar nicht das, was man von Ihnen kennt, Mehlos. Ich bin angenehm überrascht.

»Warten Sie's ab. Es wird besser. Viel. Guten Nachmittag, Freddy.«

Der angesprochene Koch sah auf, legte zwei panierte Forellen zur Seite und wischte sich an seiner Schürze die Hände ab, die weitere triefende Spuren hinterließen. Er beugte sich weit über die Theke und begrüßte mit beiden Händen Mehlos wie einen alten Freund, der er wahrscheinlich auch war. Mehlos nickte zu Santow und stellte sie Freddy vor, der Mehlos dann ein Zwinkerauge machte und Santow eine fettige Hand reichte, die sie herzlich schüttelte.

»Kommt mit«, sagte Freddy und führte sie durch eine Tür neben den Toiletten in ein kleines, enges und dunkles Zimmer, in dem ein zugeramschter Schreibtisch neben zwei Clubsesseln stand. Auf einem Fernseher lief die Übertragung von einer Pferderennbahn. Freddys Büro. Freddy scheuchte eine zottelige Katze aus einem der Sessel und machte den kleinen Tisch zwischen den beiden Clubsesseln frei.

»Wie immer?«, fragte Freddy.

»Auf jeden Fall«, sagte Mehlos.

»Kommt sofort«, sagte Freddy und verschwand.

»Lassen Sie sich nicht von Äußerlichkeiten beeindrucken, Santow. In Wirklichkeit ist alles ganz anders. Sie werden überrascht sein.«

Daran habe mich schon gewöhnt, Sie wirken so seriös.

»Ja, ich weiß auch nicht, warum das immer alle denken, dabei gebe ich mir doch so große Mühe, die Welt vom Gegenteil zu überzeugen.«

Was war nun mit Francis?

Mehlos atmete ein und pustete die Luft durch einen breit gepressten Mund wieder aus.

»Er hat sich gefreut. Sehr sogar.«

Worüber genau?

»Dass wir ihm helfen.«

Das ist doch schön!

»Eigentlich ja. Nur kenne ich das gar nicht von ihm.«

Okay.

»Und er hat sich bedankt.«

Toll!

»... hat er noch nie. Also ... wirklich *nie*.«

Umso besser! Da sehen Sie, wie wichtig ihm das ist, Mehlos.

»Offensichtlich ...«, sagte Mehlos und sah gedankenverloren auf den Fernseher. Im dritten Rennen in Sandown Park ging gerade *Brother's Keeper* durch die Ziellinie.

Was ist mit dem Code zu Daniel Hearsts Atelier?

»Das war etwas seltsam, als ich gerade danach gefragt habe, hat er aufgelegt.«

Klar. Die Met hört sein Telefon ab, und er möchte Sie nicht belasten.

»Den Code brauchen wir trotzdem. Ich bitte Cavendish, ihn über Bruford zu organisieren.«

Achja ... das Leben kann so einfach sein, mit Personal ...

»Moment!«

Ja? Was ist?

»Ich habe gerade Text bekommen.«

Was? Von wem?

Mehlos hielt Santow das winzige Display seines alten Mobiltelefons hin.

31-41-59

Ziemlich sicher der Code für Daniels Atelier.

»Fällt Ihnen noch was auf, Santow?«

Primzahlen?

»Auch. Also, ich meine: kann sein. Kenne die nicht auswendig. Aber es ist die Zahl Pi ohne Komma.«

Es sind Primzahlen. Aber wer hat das gesendet?

»Nummer unterdrückt.«

In diesem Moment kam Freddy herein und der Gewinner im sechsten Rennen in Wetherby war *Goldfish*.

Freddy trug ein Tablett mit allem, was ein Fish & Chips Paradies zu bieten hatte. Mehlos nahm es ihm ab und nach wenigen Minuten kam Freddy noch einmal herein und brachte den Rest. Dann verschwand sein Pferdeschwanz in der Tür mit einem »Enjoy!«

Das ist also ein authentisches Fish & Chips?

»Unbedingt. Freddy setzt die Marke. Hier ist *Cod* und hier *Haddock*. Nehmen Sie einfach, was Ihnen besser gefällt. Ich nehme dann das andere. Chips soviel Sie möchten.«

Was ist das hier in der Plastikflasche? Abgelaufenes Desinfektionsmittel?

»Kann sicher als solches eingesetzt werden. Nein, Essig. Ohne Herkunftsangabe. Kein Balsamico, kein Feinkostprodukt. Ich bin sicher, Freddy kauft es hektoliterweise von einer Fabrik, die auch Düngemittel und Rattengift herstellt. Wahrscheinlich sogar in denselben Tanks. Sie werden aber gleich selbst sehen: einmal auf die Chips gespritzt, macht es abhängig. Darf ich?«

Nur zu.

Mehlos besprenkelte Santows Chips großzügig, bevor er seine eigenen damit bedachte.

Danke.

»Ahh! Ich bin gespannt, was Sie sagen, Santow!«

Santow probierte und musste zugeben, dass es seinen eigenen Reiz hatte. Sie probierte den Haddock, für den sie sich entschieden hatte, und übertrieb.

Paradies.

»Sagte ich es nicht. Londons Gastro-Szene wäre eine andere ohne Freddy.«

Davon bin ich überzeugt.

»Was sagen Sie übrigens zu diesem Rahul. Wie passt der ins Bild?«, Mehlos pikste seine Gabel in den panierten Kabeljau, der goldgelb gebraten und mit dem Schwanz nach oben gebogen übergroß auf seinem Teller lag.

Er scheint uns seit unserem Besuch bei Ihrem Bruder gefolgt zu sein.

»Ist er. Ich habe ihn vor dem Haus, im Park und beim Serpentine gesehen.«

Für wen, glauben Sie, arbeitet er?

»Können viele sein. Mein erster Gedanke: jemand von der organisierten Kriminalität, der sich durch Kunstsammeln Anerkennung und bürgerliche Akzeptanz kaufen will, sich aber dabei seiner üblichen Methoden bedient. In Frage kommen da alle Ethnien und die üblichen Kartelle. Wen haben Sie im Verdacht?«

Klingt plausibel. Ich dachte an das Klischee *verrückter Sammler, dem alles Recht ist.*

»Kann genauso sein.«

Kennen Sie da wen?

»Drei oder vier könnte ich Ihnen da schon nennen.«

Lohnt es sich, die mal alle anzusehen?

»Ganz sicher. Das kostet aber Zeit. Ich denke, wir kommen schneller voran, wenn wir unsere Energie – das klingt jetzt blöd – in das Nichts stecken. Denn wie es aussieht, haben die es ja auch noch nicht gefunden. Zumindest der oder die nicht, die oder der hinter Rahul steht.

Aber es könnte doch sein, dass einer dieser drei oder vier für Daniels Tod verantwortlich ist.

»Möglich wär's.«

Wer sind die?

»Sammler, mit denen wir uns schon auf Auktionen bekriegt haben. Aber bis wir die alle durchleuchtet haben, ist das Nichts längst im Nichts verschwunden. Deswegen, denke ich, haben wir zunächst mal einen Weg.«

Daniels Hearsts Atelier.

Santow sah nachdenklich auf ihre Fish & Chips.

Was halten Sie denn von diesem Mr. Rahul, Mehlos?

»Hm. Komischerweise finde ich ihn gar nicht mal so unsympathisch. Nicht, dass ich ihm in irgendeiner Form über den Weg trauen würde, natürlich. Erinnert mich in seinem schmalen schwarzen Anzug und der Melone an einen Stummfilmkomiker, dem gleich was Schreckliches zustößt. So eine Art Buster Keaton aus Bollywood. Wer weiß, wo sie ihn aufgetrieben haben.«

Dass er uns anscheinend seit unserem Besuch bei Francis verfolgt, spricht dafür, dass Francis überwacht wird. Der Fahrer wusste sofort, wohin es mit uns gehen sollte, ohne Anweisungen von Rahul. Ein weiterer Hinweis darauf, dass ein wenig geplant wurde.

»Auch die Nummer mit dem schäbigen Viertel. Fast keine Kommunikation zwischen den beiden. Und trotzdem gut choreographiert.«

Was sagt uns das?

»Jemandem muss wirklich viel an diesem Nichts liegen ...«

Jetzt aber erst mal in das Atelier.

»Genau. Nichts wie hin. Fertig und zufrieden mit dem Fisch, Santow?«

Ganz große Kunst, Santow lächelte mit heruntergezogenen Mundwinkeln und sah mit gemischten Gefühlen auf die Flasche mit dem Essig.

»Komisch. Immer, wenn Sie so schauen, denke ich, Sie meinen genau das Gegenteil.«

Im dritten Rennen in Sandown Park siegte *Doubting Thomas*.

Butler's Wharf

»Den letzten Kilometer legen wir zu Fuß zurück. Okay für Sie, Santow?«
Das Black Cab hatte sie am Eingang von *The Shard* abgesetzt.
Wenn wir schon Tatort und Ermittlungsgebiet der Met betreten, sollte es ja nicht ganz so einfach nachzuweisen sein, wie über Taxiprotokolle.
»Smartphone schön aus? Die Funkmasten wissen immer, wo wir sind.«
Logisch.
»Akku vom Gerät getrennt?«
Wie soll das denn gehen?, Santow wedelte mit ihrem Tablet.
»So«, Mehlos zog von seinem alten Mobiltelefon mit einem *Klack!* den Akku ab und steckte beides in eine jeweils andere Hosentasche.
Sie wollen ja nur auf die angebliche Überlegenheit Ihrer antiquierten Kommunikationsinfrastruktur aufmerksam machen, **Santow spielte böse.**
»Wollen wir aus Ihrem Tablet die SIM-Card nehmen und WiFi wie Cloud deaktivieren?«
Woher wissen Sie denn sowas?
»Gelesen. Freunde. In der Tube gehört.«
Habe ich schon im Taxi gemacht.
»Wollen wir es solange ins Wasser legen? Themse?«

Werden Sie nicht paranoid, Mehlos.

»Oh, es kommt noch besser. Hier. Anziehen.«

Mehlos zog zwei paar Silikon-Handschuhe aus der Tasche und wedelte damit Santow vor der Nase herum.

Wo haben Sie die denn her?

»Freddy nimmt Hygiene in der Küche ernster, als es den Anschein haben mag ...«

Santow schnappte sich mit einem Griff die Handschuhe, die vor ihren Augen baumelten, und fluppte sie an.

Die OP kann beginnen.

»Sehr gut, Dr. Santow.«

Dann liefen sie noch ein paar Minuten durch unspektakuläre Geschäftsviertel und waren schließlich vor dem Eingang zu *Butler's Wharf* angekommen. Kein Einsatzwagen, keine Presse, nur ein paar Katastrophentouristen, die vor dem Gebäude herumlungerten und gelegentlich Fotos mit ihren Smartphones machten.

»Sehen Sie hier irgendwo einen schwarzen Anzug? Schmale Größe? Eine Melone vielleicht?«

Schon gecheckt. Nichts. Wir wurden auch im Taxi nicht verfolgt.

»Okay.«

Wie kommen wir ins Gebäude?

»Kommen Sie.«

Mehlos warf einen Blick auf die Firmenschilder am Eingang, klingelte und der Concierge an der Rezeption öffnete ihnen.

»Guten Nachmittag. Barry Gaynor und Gloria White von *Wilkinson, Tweedle & Dumfries*, wir haben einen Termin bei Roger Powell von *Sharpwell, Davies & MacNeill*«, sagte Mehlos nachlässig und geschäftig. Wir kennen uns aus und fahren hoch«, bis auf die drei letzten, eine Immobilienagentur im Haus, war so ziemlich alles erfunden. Der Mann nickte und grüßte sie freundlich. Sie gingen zum Aufzug und die Tür schloss sich hinter ihnen.

Ich fühle mich geehrt, mit Barry White im selben Aufzug sein zu dürfen. Sie haben abgenommen, Santow sah Mehlos im Spiegel an.

»Ich habe viel zu Ihrer Musik getanzt, Ms. Gaynor.«

Wo müssen wir hin? Sie waren ja schon hier.

»Ganz hoch«, sagte Mehlos, drückte auf den Knopf und die Kabine fuhr sanft los.

* * *

Mit einem *Ding!* öffnete sich die Aufzugstür nach einer kurzen Fahrt.

»Links. Daniel hat den ganzen Trakt.«

Teuer.

»Er konnte sich das leisten«, sagte Mehlos. Sie liefen durch einen Gang mit Neonröhren an der Decke, der hell begann und sich gegen Ende blutrot färbte. Dann standen sie vor einer großen Stahltür mit einer Sichtklappe in Augenhöhe. Santow fühle sich an eine Gefängniszelle erinnert. Darunter ein weißes Plastikband mit großen blauen Buchstaben: POLICE LINE – DO NOT CROSS.

Rechts von der Tür waren ein Eingabepanel und ein Kameraauge in einer Halbkugel.

Risiko?, zeigte Santow, werden wir hier aufgezeichnet?

»Nein. Soweit mir Daniel erzählt hat, ist das nur Show«, sagte Mehlos.

Polizeiabsperrung. Risiko?

»Welche Polizeiabsperrung?«, fragte Mehlos und gab die sechsstellige Nummer ein, die er auf sein Telefon getextet bekommen hatte:

31-41-59.
Die schwere Tür klickte auf.

Santow war überrascht, sie hatte das chaotische Ambiente eines Künstlerateliers erwartet; riesige Leinwände, Farbtöpfe, ja, ganze Farbeimer, unbehauene Steine, unerklärliche Metallkonstruktionen mit Farbresten und über allem der Geruch von Leinöl, Acrylfarben und Lösungsmitteln, wie sie es aus anderen Ateliers kannte. In was sie aber eintauchten, war eine Mischung aus Großraum-Büroatmosphäre, am ähnlichsten noch der eines Architektenstudios und der Gediegenheit eines Boardrooms, aus dem heraus man auch einen internationalen Konzern hätte führen können. In der Tat hätte man ihn für ein Fotoshooting einem Hochglanzmagazin zur Verfügung stellen können, ohne befürchten zu müssen, dabei schlechter als eines der Top-Fortune Unternehmen abgeschnitten zu haben. Auf dem dunkelgrauen Steinboden war ein buntes Leitsystem mit langen Streifen und Pfeilen aufgemalt, die die Besucher zu den wichtigsten Zonen im Atelier führten und auch gleich über die dort wahrzunehmenden Funktionen informierten:

Das blaue »THINK« führte zu einem Charles Eames Lounge Chair mit Ottoman: in Violett lief »INSPIRATION« zur Dachterrasse und teilte sich davor in einen zweiten Pfeil, der zu einem Regal mit Büchern, vorwiegend mit Ausstellungskatalogen anderer Künstler ging; Gelb leitete mit »AVAILABLE« zu einem Tisch mit sechs Stühlen und Monitor am Kopfende – hier konnte man sich wohl die verfügbaren Werke ansehen –, »WORK« in Magenta lief zu einem langen Arbeitstisch und in Blau ging es zu »SHOP & PAY«, einer teuren Sitzecke mit einem tiefen Couchtisch in Form eines gläsernen Sarges, in dem man die präparierten

Körper kleinerer Haie erkannte. »SHIT« in Braun führte zu den sanitären Anlagen, zweigte aber auch auf die violette INSPIRATION ab und endete dann direkt am Regal mit den Katalogen der Künstlerkollegen. Dann führte »NEW« in Schwarz zu einer langen weißen Wand mit einigen Bildern und Fotos, schließlich ging es dann in Rot und mit »FUCK!« ins Schlafzimmer und zur letzten Ruhestätte Daniel Hearsts.

»Ob man es gemerkt hätte, wenn jemand Schwarz und Rot vertauscht hätte«, sagte Mehlos, »Daniels Tod sieht mir auch mehr aus wie eine Installation. Definitiv NEW.«
Dann sehen wir uns das doch zuerst an.
»Okay!«
Sie liefen entlang der roten Linie, auf der in regelmäßigen Abständen FUCK! auftauchte, zum Schlafzimmer von Daniel Hearst.
»Es ist mir schon ein bisschen unangenehm, Santow, sorry, dass es hier so direkt zugeht, aber einen bunten Pfeil mit »ERST MAL NETT WAS ESSEN GEHEN« oder »BLUMEN NICHT VERGESSEN« gibt es hier leider nicht.«
Ich werd's verkraften. Gibt es hier auch einen grauen Pfeil mit »BESSER MAL DIE KLAPPE HALTEN«?
»Schon verstanden. Bitte.«
Sie waren am Schlafzimmer angekommen und Mehlos hielt Santow die Tür auf. Es war ein riesiger Raum mit spiegelndem Parkettboden, einem fantastischen Blick auf die Themse und einem barocken, goldenen Himmelbett in der Zimmermitte. In den Ecken standen vier hohe und ungemein teuer aussehende Lautsprecher in Form von Nautilusschnecken mit Klavierlackfinish. Die komplette Decke des Raumes war ein riesiger Spiegel. Dann wurde ihre Aufmerksamkeit von der Stirnseite des Raumes gefan-

gen genommen, diejenige, in deren Richtung der Kopf des toten Daniel Hearst lag. In der Mitte hing eine riesige runde Leinwand. Sie war schwarz. Ein gigantischer schwarzer Punkt. Mittendrin stand in weißen Buchstaben:

NICHTS IST PERFEKT

Mehlos und Santow standen eine Weile davor und gingen dann zum Himmelbett. Der Dachhimmel hatte in der Mitte eine große Aussparung mit freier Sicht auf den Spiegel. Um die Bettpfosten herum noch einmal das gleiche Absperrband wie vor der Tür: POLICE LINE – DO NOT CROSS.

Die Leiche Daniel Hearsts war entfernt worden. Die Matratze, ursprünglich dunkelrot, war nun fast komplett schwarz: die Farbe troff erstarrt über den goldenen Bettrahmen auf das Parkett und hatte dort große Lachen gebildet. Gelegentlich waren Streifen zu sehen.

»Vermutlich von der Met beim Bergen der Leiche.«

Ziemlich sicher.

»Und diese schwarze Farbe hat eine seltsame Konsistenz, als ob da irgendetwas beigemischt wäre, finden Sie nicht, Santow?«

Ich erkenne keinen Unterschied, Mehlos.

Eine Weile sagten beide nichts. Mehlos besah sich die Bettpfosten genau, Santow blickte einmal unter das Bett.

Dann trafen sich ihre Augen in der spiegelnden Decke. Beide sahen nur ihre Köpfe. Für einen Moment war Daniel Nebensache und beiden war anzusehen, dass sie darüber nachdachten, welche Gedanken wohl dem jeweils andren durch den Kopf gingen. Dann begann Santow.

Ganz schön viel Farbe.

»Ja. Langt für ein ganzes Zimmer.«

Die muss doch jemand über ihn gekippt haben.

»Der oder die Mörder. Oder die Mörderin. Vielleicht auch die Mörderinnen.«

Ja.

»Können Sie auf Ihrem Tablet nochmal das Foto von *Watch!* laden?«

Ausgeschaltet. Akku weg. In der Themse.

»Sorry. Natürlich. Ich vergaß.«

Was wollten Sie sehen?

»Die Farbe muss irgendwo hergekommen sein. Sehen Sie irgendwas von den Kanistern, von denen Francis erzählt hatte? Abdrücke oder so? Eher nicht, oder?«

Kann nichts erkennen. Aber wir sehen dann mal nach.

Mehlos nickte stumm und sah dann wieder zum Betthimmel hoch. Er blickte in den Spiegel und sah Santow an.

»Darf ich Sie um was bitten, Santow?«

Natürlich.

»Könnten Sie sich das mal von oben ansehen? Sieht im Spiegel alles ganz normal aus, aber vielleicht entdecken Sie auf dem Rahmen des Betthimmels ja was.«

Okay. Räuberleiter?

Mehlos ging zum nächsten Pfosten und baute mit seinen Händen eine Stufe. Santow achtete darauf, nicht in die Farblachen zu treten, fasste Tritt und zog sich am Pfosten hoch. Mehlos beobachtete alles im Deckenspiegel und war mit seinem Los nicht unzufrieden. Santow besah sich den Himmel von oben. Nichts. Dann noch einmal die Stirnseite des Raums mit dem schwarzen Punkt. Nichts ist perfekt. Unten folgte Mehlos ihrem Blick.

»Und?«, fragte er nach einer Weile, als er bemerkte, dass Santow ihn ansah. Santow verzog den Mund und stieg herab.

Sorry, aber freihändig ist nicht. Mein Steigbügelhalter hat zu sehr gezittert. Vielleicht hat er sich irgendwelche Freiheiten in der Wahl seines Blickfeldes herausgenommen.

»Hat er nicht. Und wenn, würde er es nicht zugeben. Gab es was? Also, da oben, meine ich.«

Alles ganz normal.

»Okay.«

Er hat also hier gelegen und wurde übergossen.

»Ja. Sehr wahrscheinlich von der Seite. Von irgendjemand also. Leider keine Spuren auf dem Parkett erkennbar.«

Übergossen. Das merkt man doch. Selbst im Schlaf.

»Dann ist er vermutlich betäubt worden. Oder schlicht und einfach ermordet. Wird im Autopsie-Bericht stehen. Auch interessant: die Trockenzeit dieser Farbe und wie schnell der Tod eintritt.«

Kriegen wir den Bericht?

»Man könnte Francis fragen. Bei dieser Gelegenheit auch gleich, wie er es gemacht hat.«

Hören Sie schon auf, Mehlos.

»Okay. Ich frage ihn.«

Die Met wird hier schon alles abgesucht und die Spuren gesichert haben. Atelier, Küche, Gläser. Wie ihm etwas verabreicht worden sein könnte. Oder sie machen das noch.

»Vermute ich auch. Nicht unsere Aufgabe.«

Sehen wir uns mal an, was es unter dem Pfeil mit NEW gibt? Vielleicht finden wir dort Hinweise auf das Nichts.

»Okay«.

Sie gingen zurück in den Hauptraum des Ateliers und suchten den Pfeil in Schwarz mit »NEW«. Am Ende stand ein langer Holztisch, auf dem leere Skizzenblöcke, jede Menge Metallschalen mit Stiften, Linealen und Radiergummis sowie ein 3D-Drucker mit vielen thermischen Filamenten in allen Farben, mit denen man die Objekte ausdrucken konnte. Ein paar der ausgedruckten Objekte lagen herum. Ein großer, schwarzer Zylinder, eine sehr dicke Scheibe, etwa in der Größe einer CD mit einem Loch in der Mitte. Mehrere kleine Scheiben, die aussahen wie Münzen. Alles in Schwarz.

»Vielleicht hat Daniel hier seine Installationen erst einmal als Modell entworfen. Spricht für eine systematische Vorgehensweise.«

Insgesamt habe ich den Eindruck, dass er schon sehr viel dachte, plante und nicht einfach drauflos malte.

Sie wandten sich dem schwarzen Pfeil mit »NEW« zu. Sie gingen ihn entlang und kamen zu der langen weißen Wand mit Bildern und Fotos.

Im Zentrum der Wand hing eine etwa drei Meter große quadratische Leinwand. Sie war weiß grundiert und zeigte eine Uhr mit drei konzentrischen goldenen Kreisen und römischen Ziffern in schwarz. Der Stundenzeiger hatte an der Spitze die Form eines Pik im Kartenspiel. Die angezeigte Zeit war 09:45 Uhr.

Hmm. Eine Uhr.

»Lassen Sie uns die anderen Bilder ansehen, Santow.«

Ein paar Meter entfernt, so, als ob sie die Wirkung der großen Uhr nicht stören durften, hingen mehrere kleinere Bilder in einer Reihe. Alle waren schwarz gerahmt. Es waren Seiten, die offenbar aus einem Skizzenblock Daniel Hearsts stammten – oben waren die Abrisse der Perforation; unten rechts war auf jedem Blatt ein ©*Daniel Hearst* eingedruckt.

Auf dem ersten Blatt die Skizze eines Mannes, etwa Ende vierzig, etwas fettleibig mit rasiertem Schädel und dunklen Stoppeln. Er trug eine schwarze Nerd-Brille und sein

Mund, kaum mehr als ein gerade wahrnehmbarer Strich, grinste den Betrachter spöttisch an.

»Daniel. Selbstportrait«, sagte Mehlos, »… gut getroffen und gut angefertigt. Anders als viele provozierende Künstler der Gegenwart konnte er wirklich zeichnen.«

Mir gefällt es auch, aber so richtig sympathisch wirkt er auf mich nicht.

»Dieses Gefühl stellt sich bei mir beim Betrachten des nächsten Bildes ein«, sagte Mehlos, atmete schwer aus und zog eine Augenbraue hoch.

Die zweite Skizze zeigte auch einen Mann. Jünger als Hearst, aber ebenso mit einer gewissen Fülligkeit. Seine Haut war bleich mit Sommersprossen. Zum Darstellen seines langen, lockigen Haares hatte Hearst einen Rötelstift benutzt. Der Mann sah mit einer Mischung aus Unwillen und Dominanzanspruch aus dem Skizzenblatt heraus.

Das ist Francis, nicht wahr, zeigte Santow mit zusammengekniffenen Brauen.

»Ich hätte ihm noch zwei Teufelshörnchen aufgesetzt …«, sagte Mehlos, »… Sie haben nicht zufällig einen Stift dabei, Santow? Dicker, schwarzer Filz oder sowas?«

Santow beschloss, nicht darauf einzugehen und zeigte auf die dritte Skizze. Eine Frau, vielleicht Mitte Dreißig, in einem Business-Kostüm und silbernem Pagenkopf. Hearst hatte sie mit energischen Strichen von vorne angelegt. Trotz ihrer herben Gesichtszüge und ihres fast hypnotischen Blickes, für die Hearst als einzige Farbe außer Silber ein kaltes Blau verwendet hatte, konnte man ihr eine gewisse Attraktivität nicht absprechen. Ihr Arme waren vor der Brust verschränkt und blockten alles ab, was man auch nur an sie herantragen wollte.

Kennen Sie sie, Mehlos?

»Nein. Und ich muss sagen, dass ich es auch nicht allzu

eilig habe, sie kennenzulernen. Aber das müssen wir wohl, früher oder später.«

Sammlerin? Was mit Kunst?

»Möglich wär's. Oder irgendwas, bei dem sie nerven kann. Vielleicht Scheidungsanwältin.«

Aber den hier haben wir schon gesehen. Wenn auch etwas anders, Santow deutete auf ein viertes Bild. Es war ein Poster von René Magrittes bekanntestem Gemälde Der Sohn des Menschen. Ein dünner Mann in einem schwarzen Anzug mit weißem Hemd und einer roten Krawatte. Sein Gesicht war nicht zu erkennen; direkt davor schwebte ein grüner Apfel mit ein paar Blättern.

»Ohne Apfel und mit schwarzer Krawatte sieht er tatsächlich aus wie dieser Mister Rahul. Es wird immer spannender.«

Auf einem weiteren Skizzenblatt hatte Daniel Hearst mit einem grünen Stift eine Hanfpflanze mit drei Blättern gezeichnet. Als nächstes kam ein riesiger schwarzer Rahmen mit einem komplett schwarzen Bild.

»Wundervolles Nichts«, sagte Mehlos, »das kann wirklich alles sein.«

Er blickte das glaslos gerahmte Bild von der Seite an, ging ganz nahe heran und befühlte auch die Oberfläche.

»Tasten Sie mal das komplette Bild ab, Santow, bitte. Spüren Sie was?«

Mit ihren Fingerspitzen befühlten sie jeden Quadratzentimeter der Oberfläche. Aber alles war glatt.

»Wäre auch zu schön gewesen, wenn da in Brailleschrift die Adresse des Schließfaches draufstehen würde, in dem das Nichts liegt. Hier kommen wir nicht weiter.«

Trotzdem hob er vorsichtig mit beiden Händen das Bild hoch und sah dahinter. Auch auf der Rückseite stand nichts geschrieben.

»Zumindest nichts versteckt. Ich muss sagen, so langsam geht mir dieses ständige Nichts auf den Wecker.«

Wird schon, zeigte Santow und besah sich das nächste Bild. Das hochformatige Foto eines Smartphones in Übergröße. Das Display war schwarz.

»Das war zu erwarten. Schwarz. Nichts. Schwarz. Und so weiter. Wir können suchen, bis wir selbst schwarz werden.«

Warum das Bild eines Smartphones?

»Ich habe eine Idee«, sagte Mehlos und nahm das Bild von der Wand. Er hielt Santow den Rahmen hin. Auf der Rückseite klemmte ein echtes Smartphone. Santow lächelte und hob die Augenbrauen, während Mehlos das Telefon aus dem Rahmen schüttelte. Er ließ es in seine Hand rutschen.

Die Spurensicherung der Met war dann wohl weniger gründlich.

»Warum sollte man sich auch an Kunst vergreifen?«, sagte Mehlos und hing den Rahmen zurück. Dann schaltete er das Telefon ein.

»Geladen. Fast noch 90%. Aber natürlich geschützt.«

Das Smartphone verlangte die Eingabe einer vierstelligen Nummer und wies großzügig darauf hin, dass, wer auch immer, jetzt drei Versuche habe.

0945, zeigte Santow und wies auf das riesige Bild mit der Uhr, die Viertel vor Zehn zeigte.

Mehlos wartete einen Moment.

»Gute Idee. Wollen wir? Wir haben drei Versuche.«

Haben Sie eine bessere Idee?

»Momentan nicht«, sagte Mehlos und gab die Nummer ein.

BÄÄHPP! sagte das Telefon und zeigte hämisch an, dass man jetzt noch zwei Versuche habe.

»Mistding!«, sagte Mehlos und steckte das Smartphone ein, »beim nächsten Mal denken wir mehr nach.«

HEY!, zeigte Santow, das ist ein Beweismittel!

»Ganz recht.«

Die Met wird das nicht mögen. Wir machen uns noch mehr strafbar.

»Okay. Wir leihen es uns ja nur aus und hängen es wieder zurück. Fast versprochen. Und was wir finden, teilen wir mit der Met. Wir waren eben gründlicher bei der Suche. Die Met hatte eine faire Chance.«

So kann man es auch sehen.

»Wo Sie gerade über die Sicherung von Beweisen reden, Santow ... wir brauchen ein Foto von dieser Wand und jedem der Bilder.«

Wir könnten die Karten aus meinem Tablet entfernen, dann kann uns niemand orten. Und dann fotografieren. Sicher genug?

»Okay.«

Schnell führte Santow die Aktion aus und achtete darauf, dass Ortung über GPS oder das Einbuchen ins Mobilfunknetz nicht möglich war.

Haben wir's?

»Denke schon. Eine Sache vielleicht noch ...«

Sie warfen schon schnell einen Blick auf die Endstation des gelben Pfeils AVAILABLE, aber dort ergaben sich keine Erkenntnisse.

»Sieht so aus, als sei das Nichts gerade nicht verfügbar.«

Das haben Nichtse wohl so an sich.

»Lassen Sie uns einen schönen Platz zum Nachdenken finden, Santow. Jetzt aber nichts wie weg hier.«

* * *

Als sie *Butler's Wharf* über den Haupteingang verließen und über Shad Thames in Richtung Tower Bridge liefen, stand auf dem Dach des Gebäudes gegenüber ein Mann, der interessiert auf sie hinuntersah und seine Melone im Wind festhielt.

Potters Fields Park

»Drin oder draußen? Pub oder Park?«

Ich bin für draußen. Die frische Luft wird unsere Gedanken beflügeln.

»Dann also Park. Wir haben hier die Wahl. Dem traurigen Anlass entsprechend St Johns Churchyard oder den fröhlichen Potters Field Park. Beide haben Bänke.«

Potters, please.

»So sei es. Dann können wir uns auch beim Italiener dort mit einer charmanten Kleinigkeit versorgen. Überlassen Sie das gerne mir. Suchen Sie uns inzwischen eine schöne Denkbank aus.«

Sie gingen an der City Hall vorbei, die nach Mehlos' Meinung aussah, wie ein auf einem Tisch festgeklebter grauer runder Marshmallow im Sturm, was er Santow nicht vorenthielt, dann aber schnell, wie versprochen, zum italienischen Caffe abbog und von diesem mit einem ebenso bunt wie vielfältig bestückten Tablett zu Santow in den Park zurückkehrte, die sich auf der erstbesten Bank, die sie finden konnte, niedergelassen hatte.

»Ausgezeichnete Wahl, Santow. Ich hoffe, von Ihnen Ähnliches zu hören, bezüglich des kleinen Arrangements, das ich mir erlaubt habe, uns zu organisieren. Cappuccino nach elf oder Latte Macchiato? Mandelhörnchen oder italienische Pizzakringel? Einer ist mit Tomaten. Wasser gibt's für beide.«

Sie haben sich mal wieder übertroffen. Nehmen Sie schon das Mandelhörnchen.

Mehlos setzte sich zu Santow, achtete darauf, dass es nicht zu nahe war und stellte das Tablett zwischen beide auf die Bank.

Santow entschied sich für den Latte Macchiato und nahm ihr Tablet aus der Handtasche. Sie wischte zur Skizze Daniel Hearsts, der Frau mit dem silbernen Pagenkopf.

Wir müssen herausfinden, wer sie ist.

»Bekommt man so etwas mit reverser Bildersuche?«

Nein. Habe ich probiert. Kein sinnvoller Treffer. Aber ...

Mehlos atmete tief ein.

»Jaa, okay ... ich frage ihn.«

Geben Sie sich keine Mühe. Ich habe Francis schon das Bild mit entsprechender Frage geschickt.

»Woher haben Sie seine E-Mail-Adresse?«

Er hat mir geschrieben. Offensichtlich hat er einen neuen Account angelegt.

»Ach.«

Ja.

»Wann? Zeigen Sie mal!«

Gleich nach unserem Besuch bei ihm.

Santow wischte auf ihrem Tablet und zeigte Mehlos die Nachricht.

»Nur *Danke!*?«

Ja.

»Aha«, Mehlos hauchte das Word mehr, als dass er es sprach, »kam schon Antwort?«

Bis jetzt nicht.

»Wischen Sie mal weiter durch die Bilder.«

Daniel Hearst. Francis. Die Frau. Magritte. Hanf. Schwarz. Smartphone.

Mehlos schüttelte den Kopf.

»Keine Idee. Und eine vierstellige Nummer für das Smartphone sehe ich auch nicht.«

Ich genauso wenig.

Ein älterer Mann mit einem Stock und einem kleinen Hund undefinierbarer Rasse ging an ihrer Bank vorbei. Der Hund blieb stehen, schnüffelte an einem Bein der Bank auf Mehlos' Seite und hob seinen Hinterlauf.

»Ich hätte es nicht besser ausdrücken können«, sagte Mehlos, der nachdenklich zusah.

Der Mann zog den Hund weg und entschuldigte sich.

Dann kommt jetzt die Hauptsache!

Santow zog das Bild der Uhr auf maximale Größe und legte es zwischen sie beide. Dann nahm sie sich einen Pizzakringel. Den mit Tomate.

Auch rund.

»Sehr.«

Viertel vor Zehn. Kennen Sie irgendetwas, das um diese Uhrzeit passiert ist?

»Nein. Vielleicht seine Todeszeit. Könnte in etwa hinkommen. Aber das wäre zu absurd«, sagte Mehlos.

Allerdings.

»Das Pik kurz vor der Zehn? Ein Bezug zu einem Kartenspiel?«

Wüsste nicht, welcher.

Mehlos legte nachdenklich die Fingerspitze an den Mund und pustete die Backen auf.

»Es gibt keinen.«

Nichts ist perfekt, zeigte Santow, ist das eine bestimmte Uhr?

Mehlos trommelte mit der Fingerspitze an seine Lippen.

»Ich komme auf nichts. Und auf das Nichts schon gar nicht.«

Vielleicht ist die Uhr selbst wichtig.

»Was meinen Sie damit?«

Kennen Sie diese Uhr?

»Auf den ersten Blick könnte man denken: Big Ben. Ist sie aber nicht.«

Nein. Big Ben hat keine Ziffern.

»Nein.«

Was könnte das für eine Uhr sein?

»Alt. Wenn sie groß ist, was wir nicht wissen, vielleicht aus Gusseisen.«

Eher etwas Öffentliches.

»Ja. An einem Rathaus. Theater. Museum. Oder in einem …«

Bahnhof.

»Wollte ich gerade sagen.«

Eine Bahnhofsuhr!

»Möglich wär's. Googeln Sie doch mal die Uhren aller größeren Londoner Bahnhöfe. Viele sind es ja nicht. Waterloo. Paddington. Victoria …«

Es ist King's Cross. King's Cross. 9 3/4, Santow ergriff Mehlos' Schultern und schüttelte sie im Rausche der Gewissheit.

»Wie kommen Sie denn darauf?«, Mehlos war perplex, so fest und von sich aus hatte ihn Santow noch nie angefasst.

Potter!

»Der Park hier. Genau. Wird sich jetzt und hier etwas Besonderes ereignen? Ich bin dabei! War vielleicht was in Ihrem Latte Macchiato, das Sie so wuschig werden lässt? Bekomme ich auch einen Schluck?«, Mehlos war freudig erregt.

Nicht der Park. Harry Potter! Sagen Sie bloß, das sagt Ihnen nichts …

»Doch, doch, wenn auch jetzt nicht so genau ... Bahnhof ... Uhr ...«

Es ist nicht die Uhr. Die hängt nur dort. Wir müssen aufs Gleis. Das Gleis Neundreiviertel!

Hektisch wischte Santow auf ihrem Tablet, fuchtelte mehr, als sie sich ausdrückte, und hielt Mehlos das Foto einer Bahnhofsuhr unter die Nase. Sie sah genauso aus wie die Uhr in Daniel Hearsts Atelier.

Diese Uhr hängt in King's Cross. Es ist Viertel vor zehn. Genau neundreiviertel Uhr. Wir müssen auf das Gleis Neundreiviertel in King's Cross.

»Und warum genau dorthin? Was gibt es dort? Und was ist Neundreiviertel überhaupt für ein Gleis?«

Santow gab Mehlos einen kräftigen Schubs an den Schultern, so dass er an die Banklehne knallte und ziemlich verdutzt dreinschaute. Dann lehnte sie sich selbst in der Bank zurück und verdrehte die Augen in den Himmel.

Das darf doch jetzt echt nicht wahr sein ...

King's Cross

»Okay. Die laufen dann mit ihren Gepäckwagen durch die Wand zwischen Gleis Neun und Gleis Zehn und – *puff!* – sind dann am Zug nach Hogwarts«, bei *puff!* klatschte Mehlos in die Hände.

So ungefähr. Santow konnte es immer noch nicht fassen, dass Mehlos die Bücher nicht gelesen, oder, wie sie, studiert hatte. Schade, dass er sich nichts aus Fantasy machte und die Realität vorzog. Sie machten beide einen Hupfer an die Wagendecke, als das Taxi über eine Bodenwelle sauste.

Mehlos sah nach vorne am Fahrer vorbei aus dem Fenster. Das viktorianische Ziegelgebäude von St Pancras tauchte vor ihnen auf. Also waren sie gleich bei King's Cross.

»Das heißt, irgendwo am Gleis gibt es einen seltsamen, undefinierten Raum, in dem man wunderbar das Nichts verstecken kann. Und ich meine nicht den Harry Potter-Souvenirshop, den es dort zweifellos gibt.«

Wie man's nimmt … es ist dort jedenfalls ein halber Gepäckwagen in die Mauer hineingebaut, der gerade in der Wand verschwindet. Halbe Koffer und ein halber Eulenkäfig sind auch drauf. Die Leute stehen Schlange, um ein Foto zu machen. Sie fassen an die Stange des Wagens, springen dann hinten mit den Füßen hoch, so dass es aussieht, als verschwänden sie in der Wand. Eben wie Harry Potter.

Instagram ist voll davon, Santow zeigte Mehlos ein paar Beispiele auf ihrem Tablet.

»Ein Wagen verschwindet im Nichts … Ein durchaus passender Ort für sein neuestes Werk. Man kann viel über Daniel Hearst meinen, aber nicht, dass er keinen Humor hat«, sagte Mehlos.

Das Cab hielt an. Mehlos bezahlte, sprang links aus dem Wagen, lief hinten um das Taxi herum, hielt Santow die Tür auf und beide gingen in den Bahnhof hinein.

Mehlos mochte King's Cross. Die geschwungene Innenarchitektur mit ihren transparenten Elementen ließ über Dach und Seiten viel Licht hinein, das die Reisenden auf ihrem Weg zu den Gleisen begleitete. Offensichtlich kannte Santow sich aus, denn sie führte Mehlos zielsicher zu einer Schlange von etwa zehn Leuten, die anstanden, um ihr Foto mit dem in der Wand verschwindenden Gepäckwagen zu machen. Er betrachtete den halben Wagen und das Umfeld lange. Dann sah er auf die Uhr.

»Kurz nach acht. Ist das auch eine mythische Zeit im Buch?«

Nein. Santow mochte es nicht, wenn man sich über Harry Potter lustig machte, und Mehlos merkte es.

»Sorry. Natürlich nicht. Haben Sie eine Idee, wo das Nichts sein könnte?«

Leider nein. Hier gibt es wirklich nichts außer den Leuten.

»Und den beiden Koffern auf dem Wagen.«

DORT?

»Warum nicht?«

Das ist aber ein ziemlich kleines Nichts.

»Ich hoffe, das mussten Sie noch nicht zu oft sagen.«

Für einmal hebe ich es mir noch auf.

»Schon gut. Aber wie kommen wir bloß an die Koffer? Oder können hineinsehen? Mit all den Leuten hier geht es nicht. Und die bleiben noch. Bei fünf Minuten pro Bild und zehn Leuten sind wir erst in knapp einer Stunde dran. Eine Tarnkappe wäre gut.«

Hmmm ... möglicherweise gibt es da sowas ..., Santow grinste und bekam zwei Grübchen auf den Wangen, kommen Sie mit ... sie ergriff Mehlos am Handgelenk und zog ihn fort. Vom halben Gepäckwagen weg. Vorbei am Gleis 9 3/4. Hinein in den Harry Potter Shop.

* * *

Nach einer Viertelstunde ging die Tür des Shops auf und eine seltsame Gestalt schwebte heraus. Groß. Lange, weiße Haare, langer weißer Bart. Eine graue flache Kappe und ein ebenso langes, graues, sackartiges Gewand. Darunter trug die Gestalt einen antiquierten Anzug mit Weste, Jacke, Bändern und überhaupt allen Insignien eines weisen Zauberprofessors. Neben ihm eine sehr gut aussehende Brünette in einem eleganten dunkelblauen Kleid, die ihre Haare zu einem Pferdeschwanz gebunden hatte.

»Und werrr bin ich jetzttt?«, fragte die Gestalt mit einer sehr tiefen, sehr dunklen Stimme und sah dabei die Frau an.

Albus Percival Wulfric Brian Dumbledore. Schulleiter von Hogwarts, zeigte die Frau mit ihren Händen und nutzte dabei geschickt den Raum um die Gestalt herum.

»Ich dachte Gandalf«, sagte die Gestalt, die inzwischen wieder ihre normale Stimme hatte.

Anderes Buch.

»Oder Vater Abraham. Wollen wir nicht noch ein paar Stoffschlümpfe für mich kaufen?«

Schluss jetzt, Mehlos. Wir stellen uns jetzt an. Wenn wir dran sind, stellen Sie sich vor den Wagen, nehmen mein Tablet und tun so, als machten Sie Selfies. Dann machen Sie jede Menge Wind und Deckung für mich mit Ihrem Umhang und ich sehe zu, wie ich die Koffer knacke.

»Haben Sie Werkzeug?«

Ich nicht, aber Sie, zeigte Santow, griff in Mehlos' Gewandtasche und zog einen Zauberstab heraus, mit dem sie ihm erst vor den Augen herumfuchtelte und dann kurz und fest in die Seite pikste.

»Au. Ein Zauberstab?«

Nicht irgendeiner. Albus Dumbledores Zauberstab ist der Elderstab! Er ist eines der drei Heiligtümer des Todes und verleiht seinem wohlverdienten Träger besondere Macht.

»Herrje. Das wusste ich gar nicht …«

Aus, Mehlos, der feste Piks wurde zum gemeinen Stich.

»Aua!«

Weichei.

Dann waren sie auch schon am Ende der Schlange angekommen. Es waren etwa acht Jungen und Mädchen in Zauberlehrlingskostümen, die sich bewundernd zu ihrem Professor Dumbledore umdrehten und anerkennend nickten. Drei wollten gleich ein Foto mit ihm machen, was Mehlos zum rollengerechten Brummen und Santow zum breiten Grinsen brachte. Als Mehlos wieder zurückkam, sagte er:

»Immer noch sieben vor uns. Wir stehen bestimmt noch eine halbe Stunde herum.«

Zaubern Sie uns doch was.

Es ging aber schneller, als sie dachten und nach knapp zwanzig Minuten waren sie an der Reihe. In der Schlange hinter ihnen standen schon wieder elf, von denen sechs Bilderwünsche an Dumbledore herantrugen und ganz sicher aufmerksame Zeugen beim Fotoshooting mit Kofferöffnung waren.

Mehlos stellte sich vor den Gepäckwagen und achtete darauf, dass bei seinen großen Gesten Santow aus dem Blickfeld geriet, die gelegentlich auftauchte und so tat, als zupfe sie als persönliche Assistentin des Schulleiters das Gewand dem Anlass des Zugbesteigens entsprechend in Form. Wer genau hinhörte, könnte gelegentlich ein gezischtes »Und?« oder ein geknurrtes »haben Sie's endlich?« hören, das aber sinnlos verpuffte, da Santow keinen Sichtkontakt zu Mehlos' Mund hatte und der ohnehin durch ein Gewirr von grauen und langen Haaren verborgen blieb. Schließlich hätte ein aufmerksamer Beobachter ein »Daumen hoch«-Zeichen der Dame erkennen können, aber die meisten waren schon mit der Planung ihres eigenen Auftritts am Gepäckwagen beschäftigt. Indes, auch Mehlos war nicht sehr aufmerksam und so blieb Santow nichts anderes übrig, als Mehlos' Gesäß zur Landezone eines überaus starken Pikses zu erklären, der ihm zwar signalisierte, dass der Einsatz seiner Partnerin beendet war, ihn aber noch am Folgetage charmant an dieses Abenteuer erinnern würde.

»Haben Sie was?«

Ja.

»Wo ist es?«

Habe es in Ihre linke Tasche gestopft. Bitte nicht hinein fassen! Sah zerbrechlich aus. Wir sehen es uns zusammen an einem sicheren Ort an.

»Okay!«

Was schlagen Sie als sicheren Ort vor?

»Es gibt keinen sichereren als die Hyde Park Agency.«

Okay!

»Nur eine Bitte, Santow.«

Ja?

Sie liefen gerade an einem Zeitschriftenladen vorbei. Alle im Bahnhof sahen Mehlos an und ihm lange hinterher. Auch ein dünner Mann mit einer Melone, der sich hinter einem Fahrscheinautomaten im Verborgenen hielt. In der Schaufensterscheibe spiegelte sich der Zauberprofessor mit langen weißen Haaren und Bart im grauen Gewand.

»Lassen Sie uns bitte ein Cab nehmen, nicht die *Tube*.«

* * *

Angekommen in *Speakers'*, bat Mehlos Cavendish, der keine Miene verzog, als er dem kostümierten Mehlos die Tür öffnete, um ein paar Sandwiches und einen Chardonnay. Mehlos und Santow gingen zum Erker mit den Fenstern und während Mehlos vorsichtig das Gewand auszog und auf einen Bügel hängte, ließ sich Santow mit einem Gesichtsausdruck irgendwo zwischen Zufriedenheit und Spannung auf dem roten Chesterfield-Sofa nieder. Mehlos hielt Santow sein Gewand mit der linken Tasche hin.

»Wollen wir? Machen Sie das besser. Sie haben es schon gesehen und wissen, wie man damit am besten umgeht.«

Okay!

Vorsichtig griff Santow in die Tasche und stellte auf den Couchtisch, was sie im unteren der beiden halben Koffer auf dem halben Gepäckwagen, der in der Wand von Gleis 9 3/4 verschwand, gefunden hatte.

Hyde Park Agency

»Also, das kann alles Mögliche sein, aber das Nichts ist es nicht.«

Mehlos und Santow betrachteten den Gegenstand, den sie aus dem Koffer am Gleis 9 3/4 geborgen hatten.

Kennen Sie das? Ist das eine bekannte Figur aus irgendeiner Serie oder einem Film?

Es war eine kleine Büste, etwas größer als ein Champagnerkorken.

»Nein. Habe ich noch nie gesehen. Offensichtlich hat sie jemand ausgedruckt. Daniel Hearst selbst, wahrscheinlich. Den 3D-Drucker haben wir gesehen. Bei NEW. Schöne englische Farben, das muss man Daniel lassen.«

Er war Hard Core Fan von England und großer Freund der Monarchie, wie man überall lesen kann.

Die Büste kam daher in einem schmutzigen Weiß als Grundton. Sie zeigte einen Mann, hinter dem eine Stuhllehne ragte und der einen blauen Anzug sowie eine Brille trug. Er hielt den Kopf sehr schief. Typische Gesichtszüge waren keine erkennbar, nur ein angedeuteter Seitenscheitel. Die Büste endete unten ungefähr bei der halben Krawatte. Ihren linken Arm hielt die Figur waagrecht vor die Brust; die Hand war flach. Der rechte Arm war ausgestreckt und deutete nach links oben, etwa auf elf Uhr, wäre er ein Uhrzeiger gewesen.

Über die Augen lief quer ein breiter Streifen in Rot; ein weiterer roter Balken ging senkrecht über das linke Auge und bildete mit dem anderen ein Kreuz. Auf dem Rücken der weißen Stuhllehne, die rechts und links zwei kleine Zapfen hatte, leuchtete eine blaue »13«. Der Unterboden der Figur war glatt und hatte die Form zweier querliegender und unterschiedlich großer Trapeze. Ein Satz in Englisch stand dort: *See These Eyes Peeking – Has Everybody Now?*

»Sehen Sie diese Augen spähen – Hat das jetzt jeder?«, Mehlos schnappte sich die Büste und sah sie sich von allen Seiten an, »wo glotzt der hin?« Besonders die Augen studierte er länger. Er sah direkt hinein. Dann stellte er sie wieder zurück auf den Couchtisch. Seine Mundwinkel hingen.

»Keine Signatur, keine Zeichen oder sonst etwas Hilfreiches. Nur der Hinweis darauf, dass diese Augen spähen. Und diese seltsame Form unten. Sieht aus wie ein Sarg. Nur ohne Kreuz.«

Auch Santow nahm die Figur und drehte sie in den Fingern. Sie untersuchte sie genau auf weitere versteckte Hinweise.

Nichts.

Sie stellte die Büste wieder zurück und faltete die Hände vor dem Mund. Eine alte Standuhr im Hintergrund schlug dezent elfmal. Beide zählten im Geist mit und dachten nach.

So spät schon.

»Wie die Zeit vergeht.«

In der Zwischenzeit hatte Cavendish auf einem Tisch in der Nähe die Sandwiches und den Chardonnay angerichtet. Dazu eine Karaffe mit Wasser.

Mehlos nickte mit dem Kopf in Richtung Tisch.

»Wie wär's?«

Okay!

»Nehmen Sie Keith Python mit?«

Keith? Python?

»Diese Büste erinnert mich an eine Mischung aus den Figuren von Keith Haring und den Cartoons aus *Monty Python's Flying Circus*. Nur eben nicht als Zeichnung, sondern als Figur.«

Okay. Ich muss eher an diese Mr. Bean Wackelköpfe denken, die man überall sieht.

»Kann ich nachvollziehen!«

Santow nahm die Büste und ging mit Mehlos zum Tisch. Es war ein langer Holztisch, den er vor Jahren aus einer Schreinerei im East End gerettet hatte, deren Eigentümer nach seinem Tod seinen Betrieb an seine Kinder vermacht hatte und die es sehr eilig hatten, die Schreinerei und das umfangreiche Grundstück zu einem horrenden Preis, der die Einnahmen von Jahrzehnten aus der Schreinerei bei weitem übertraf, an einem Projektentwickler zu verkaufen, der dann Wohnblöcke baute und die Apartments zu einem noch horrenderen Preis an Leute aus der City verkaufte, die es schick fanden, im ehemaligen Arbeiterviertel Stepney zu wohnen. Der Inhaber war ein Bekannter von Mehlos' Eltern und sein Betrieb über Jahrhunderte im Familienbesitz. Bis zur Gentrifizierung von Stepney.

Ich liebe diesen Tisch, zeigte Santow und setzte vorsichtig die Büste zwischen ihre beiden Gedecke.

»Auf diesem Tisch wurden Türen geschliffen und Fenster lackiert, Waren bezahlt, Lehrlinge verdroschen, bestimmt das eine oder andere Schreinerstündchen zelebriert – wobei ich hoffe, dass sich niemand einen Splitter dabei zugezogen hat –, Pakete gepackt, Bohlen gesägt und Bretter verschraubt. Das Schönste ist aber der riesige schwarze

Brandfleck dort. Da fiel eine Petroleumlampe herunter und hat ein Feuer ausgelöst, bei dem fast die ganze Schreinerei abgebrannt ist. Sehen Sie sich den Tisch dort mal von unten an. Das reine Schwarz. Er hat überlebt, weil ihn sein Besitzer liebte und ihn zusammen mit seiner Frau aus den Flammen zog. Ohne den Tisch hätte die ganze Schreinerei nicht funktioniert. George Parr, das war der letzte Schreiner, hat die Story oft erzählt. Der Tisch hat so viel durchgemacht ... da hat er Besseres verdient, als auf den Müll zu kommen. Finden Sie nicht, Santow?«

Ja. Aber das ist noch nicht alles. Da ist noch etwas. Für Sie ganz persönlich.

»Ja«, sagte Mehlos, die Augen auf den schwarzen Fleck gerichtet, und schwieg. Santow sah ihn an und legte die Hände zusammen. Als Mehlos den Blick zu Santow hob, glaubte sie, in seinen Augen ein kleines Schimmern wahrzunehmen.

»Wenn ich jemals Dinge, die man kaufen kann, überbewerte, den Blick für das wirklich Wesentliche verliere oder mit falscher Überheblichkeit auf irgendetwas oder irgendjemanden sehen sollte – machen Sie einfach nur das Zeichen für *Tisch*«, Mehlos legte seine flachen Hände nach vorne, mit den Daumen aneinander, und fuhr sie dann waagrecht auseinander ... Versprechen Sie mir das, Santow?«

Ja.

Mehlos nickte, blickte noch einmal zu dem Brandfleck. Dann lächelte er und gab der Tischkante mit der Hand einen Klaps.

»Aber, offen gestanden, bin ich unsicher, ob ich ihm das gleiche aufregende Leben bieten kann wie seine Vorbesitzer. Hoffentlich sieht er's mir nach.«

Jetzt liebe ich ihn noch mehr.

121

Santow sah Mehlos auf eine Weise an, dass dieser verlegen wurde und sich in eine Idee flüchtete.

»Ah, etwas fehlt noch!«

Na?

»Musik. Einen Moment. Hmm … was passt am besten … Zu Sandwiches, Chardonnay und seltsamen Objekten? Nicht einfach. Aber … Ha! Ich weiß.«

Mehlos ging zu einem alten Grammophon, das auf einem Tisch hinter dem Chesterfield-Sofa stand. Er blätterte ein paar Alben durch, die darunter lagen, und entschied sich für Billie Holiday. Live. Er zeigte Santow die Plattenhülle. Unter den ersten Takten von *Strange Fruit* kehrte er zu ihr zurück.

Ich glaube, das IST passend! Ich kenne den Text. Und ich meine, die Musik zu spüren.

»Danke! Darf ich Ihnen einschenken?«

Santow nickte.

»So eine Art Picknick. Was meinen Sie?«

Beim letzten Mal ist was explodiert[2].

»Oh ja, ich erinnere mich. Das müssen wir aber heute nicht befürchten. Schlimmstenfalls werfe ich einen Teller an die Wand, weil wir mit unserer Figur nicht weiterkommen. Lassen Sie uns auf die Lösung anstoßen«, Mehlos hob sein Glas und Santow ebenfalls.

Wir finden sie.

»Wir finden sie!«

Ding!

Billie Holiday sang *Come Rain Or Come Shine;* Mehlos hob den Finger, sprach den Text und beide lächelten. Er bot Santow ein Sandwich an.

---

[2] Tatsächlich. Eine Champagnerflasche in »Zehn Gäste und ein Mord«.

»Cheddar oder Chicken Tikka?«

Cheddar. Die armen Hühner.

»Vegetarisch?«

Mehr und mehr. Nicht aus Prinzip und nicht immer. Aber das kommt vielleicht noch.

»Okay«, Mehlos entschied sich auch für Cheddar.

Aber wegwerfen sollten wir es trotzdem nicht.

Mehlos beschloss, als nächstes das Chicken Tikka zu nehmen.

Santow griff zur Figur und drehte sie mit dem Gesicht zu Mehlos. Sie sah den Rücken mit der »13«.

Was machen wir jetzt daraus? Mit der Zeit anfangen? Wie bei der Uhr mit Viertel vor zehn? Hier ist es fünf vor neun.

Mehlos sah sich die Figur von vorne an. Der linke Arm war waagrecht vor der Brust. Der rechte nach oben, gerade in Richtung der imaginären Elf.

»Ein wenig wie diese Flaggenmännlein. Gibt es übrigens ein Gleis Fünfvorelf?«

Blödsinn.

»Ich wollte nur sichergehen.

Googeln Sie doch bitte mal dieses Flaggenalphabet, Santow.«

Santow stand auf, holte ihr Tablet aus der Handtasche und stellte es neben sie auf den Tisch. Dann rief sie eine Seite mit dem Flaggenalphabet auf. Hier waren die Flaggenpositionen Buchstaben zugeordnet.

»Danke! Wenn, dann ist es höchstens das O, oder was meinen Sie, Santow?

Ja, das Einzige, was in etwa hinkommt.

»Ein *O*...«

Osten?

»Oscar im Nato-Alphabet ...«

Santow wischte auf ihrem Tablet.

Mindestens acht Bars oder Restaurants mit Oscar im Namen in London …

»Macht sicher Spaß, die alle zu testen. Dauert aber. Glaube nicht, dass Hearst das meint. Zu wenig eindeutig.«

Santow seufzte und fuhr mit einem Finger die roten Balken im Gesicht der Figur ab; der eine waagrecht, der andere senkrecht. Sie kreuzten sich im Auge, das Schwarz übermalt war. Santow tippte auf das Auge.

Warum ist es schwarz?

»Weil das Nichts vielleicht auch schwarz ist. Oder, um es hervorzuheben?«

Die beiden roten Balken auf der weißen Farbe der Figur erinnern an das englische Kreuz.

»Ja. Saint George's Cross. Auch Teil der Union Flag.«

Es ist aber auch zugleich das Wappen von London …

Santow setzte die Figur mit einem *Bonk!* auf den Holztisch, Mehlos stellte synchron sein Weinglas ab.

»London …«

… Eye.

Sie sahen sich an. Santow drehte die Figur auf den Rücken mit der Zahl.

Gondel 13.

»Vielleicht haben wir morgen einen Flug vor uns!«

Man muss das Tage im Voraus buchen, Mehlos, **Santow hatte schon die Buchungsseite aufgerufen,** und man kann keine bestimmte Gondel buchen. Der früheste Termin ist übermorgen Nachmittag.

»Das bekommen wir schneller hin. Morgen früh fliegen wir. Garantiert«, Mehlos ging kurz aus dem Zimmer, kam nach ein paar Minuten wieder und schenkte sich noch ein Glas Chardonnay ein. Er ließ den Wein im Glas rotieren, roch daran und zog die Stirn kraus.

»Was mir mehr Sorgen macht, Santow ... Das London Eye hat British Airways mitentwickelt. Auf manchen Flügen gibt es wegen Aberglaubens keine Reihe 13. Würde mich wundern, wenn es eine »Gondel 13« gäbe.«

Santow bestätigte nach einem kurzen Moment:

Es gibt keine Gondel 13, und sie hob das Tablet hoch.

»Hmm. Wollen wir 31 nehmen? Vielleicht steht die Zahl deshalb auf dem Rücken, weil man sie drehen muss.«

Ist ein Ansatz.

Cavendish kam.

»Sie beide fliegen morgen um Punkt Zehn. Eine komplette Gondel ist reserviert. Es gibt nur keine 13, Sir. Man wartet auf eine andere Nummer, wenn Sie belieben.«

»Wir nehmen die 31.«

»Sehr gut, Sir. Ich werde das veranlassen«, Cavendish ging.

Nur rein interessehalber, wie geht so etwas? Ich frage nicht, was es kostet.

»Das Privileg, mit einem Unternehmen aus dem Family Trust ein guter Kunde für Firmenevents zu sein und die richtige Kreditkarte zu haben.«

So einfach ist das?

»In diesem Falle, ja. Noch ein Sandwich und etwas Wein?«

Okay.

»Was ist hiermit?«, sagte Mehlos und legte das Smartphone auf den Tisch, das sie hinter dem Bild in Daniel Hearsts Atelier gefunden hatten, »haben wir vielleicht einen neuen Code?«

1313?

»Oder 1331«

3131?

»Ich bin für 1331. Erst falsch, dann richtig.«

Risiko.

»Risiko?«

Okay!

Mehlos gab es ein.

Mit einem *BÄÄHPP!*, das sich über sie lustig zu machen schien, teilte das Smartphone mit, dass es nicht daran dachte, seinen Inhalt preiszugeben und der Lohn für den netten Versuch das Limit einer einzigen weiteren Eingabe sei.

Etwas zu fest legte Mehlos das Telefon wieder auf den Tisch zurück.

Den Rest der Zeit verbrachten sie mit Spekulationen, wie man in einer leeren Gondel denn das Nichts unterbringen oder wie ein weiterer Hinweis auf einen anderen Ort versteckt sein könnte, und durch den Wein erreichten die Spekulationen Höhenflüge, die selbst die Ideen von Fantasy-Autoren in den Schatten stellten. Als sie bei »mit Laser in die Fensterscheiben geschrieben« und nein, wir werden in der Ferne Licht blitzen sehen, das codierte Signale aussendet, angekommen waren, wussten die beiden, dass es an der Zeit war, den Abend zu beschließen.

»Wenn Sie möchten, können Sie bleiben. Ich bitte Cavendish eins der Gästezimmer herzurichten. Sie sind im unteren Stockwerk. Ich wohne, wie Sie wissen, oben.«

Das ist lieb, ein andermal gern, heute nicht.

»Okay, möchten Sie gefahren werden?«

Ich nehme ein Taxi.

Mehlos begleitete Santow zur Tür. Draußen winkte er ihr ein Black Cab herbei. Es hielt und er öffnete ihr die Tür.

Es war ein sehr schöner Tag.

»Sie haben keine Ahnung, wie schön.«

Danke.

Santow hauchte Mehlos einen angedeuteten Kuss auf

die Wange und verschwand im Taxi. Mehlos sah ihm lange hinterher, als es die Park Lane hinunter in Richtung Piccadilly verschwand.

Auch die exklusivsten Kreditkarten hatten ein Limit.

London Eye

Mehlos und Santow hatten beschlossen, sich vor dem Flug vor der County Hall zu treffen und den kurzen Weg zum London Eye gemeinsam zurückzulegen. Es war halb zehn.

Als Santow zur County Hall kam, sah sie dort schon Mehlos auf der hohen Mauer vor dem Säulenbogen mit baumelnden Beinen sitzen und sie fragte sich, wie er dort wohl hochgekommen war.

»Guten Morgen, Santow!«

Guten Morgen, Mehlos. Wie?

»Überlegen Sie!«

Räuberleiter von Passanten mit Mitleid?

»Nein.«

Dann sagen Sie's.

»Kiste gefunden. Gürtel an Kiste. Auf Kiste. Kiste an Gürtel hochgezogen und hinter mich und Mauer geworfen. Gürtel wieder angezogen.«

Aha.

»Es gibt immer eine Erklärung. Auch wenn es nicht danach aussieht.«

Und jetzt springen?

Stattdessen ließ sich Mehlos langsam an der Mauer herunter, bis er vor Santow stand.

»Ab zum Eye.«

Haben Sie die Figur dabei?

»Selbstverständlich«, Mehlos öffnete kurz sein Jackett

und zeigte Santow die Figur in der Innentasche, »ich habe das Gefühl, dass wir sie noch brauchen werden. Mein Intermezzo auf der Mauer hatte übrigens einen ganz praktischen Grund. Keinen dünnen Mann mit Melone gesehen. Vielleicht sind wir ihn los. Ist Ihnen wer gefolgt?«

Ich habe ein paar Haken geschlagen und aufgepasst. Nein. Niemand ist hinter uns.

»Okay.«

Sie liefen den Queen's Walk mit der Themse zur Linken. Vom Wasser wehte ein mittelkräftiger Wind, der Mehlos' Haar durchpustete, aber Santows heutigen Pferdeschwanz in Ruhe ließ. Ein Schlepper fuhr nahe neben ihnen flussabwärts und tutete mit seinem Horn.

Dann standen sie vor dem London Eye, das sich sehr, sehr langsam drehte. Es sah aus wie die riesige silberblitzende Felge eines Rennrades, an die ein wirrer Gigant seinen Monatsvorrat an Magentabletten geklebt hatte. Die 32 Gondeln hatten die Form von ovalen Kapseln und waren bis auf die schmale Decke und den Boden vollverglast. Die Station unten am Eye war ein langer Quader, ebenfalls mit viel Glas.

»Sind Sie schon mal mit dem Eye geflogen oder gefahren, Santow?«

Ganz lange her. Muss in den Nullern gewesen sein. Und Sie?

»Schön öfter. Eigentlich ziemlich oft. Es macht mir Spaß.«

Dachte ich mir doch.

Sie gingen an der Schlange vorbei in die Station hinein, hoch in den ersten Stock zu einem Extraschalter. Mehlos gab sich als derjenige zu erkennen, der drei Fahrten um 10 Uhr in der Gondel 31 gebucht hatte.

Drei Fahrten?

»Brauchen wir vielleicht. Und war eben der Deal für ein Corporate Event. Wir wollten ja nicht warten.«

Santow rollte mit den Augen.

»Die 31 kommt zwar gleich, aber wir können auch die nächste Tour nehmen. Möchten Sie in unserer Lounge auf Ihre Geschäftspartner warten, Sir?«, fragte die, nun ja, Stewardess.

»Nein. Wir sind bereits vollzählig. Nur wir beide.«

»Wir haben das Champagner-Frühstück für Sie vorbereitet, Sir. Für acht Personen, Sir.«

Santow schüttelte den Kopf. Mehlos sah sie aus den Augenwinkeln an.

»Los. Wir machen das jetzt.«

»Dann folgen Sie mir bitte, Sir, Ma'am. Ich begleite Sie auf Ihrem Flug und serviere Ihnen«, die Stewardess holte einen Kühltrolley mit einem Champagnerlogo, den sie hinter sich herzog.

Mehlos dachte kurz nach. Besser niemanden dabeihaben versus den Eindruck, den das auf Santow machte, wenn sie jemand mit Champagner in einer leeren Gondel bedienen würde. Zu dekadent. Entschieden.

»Danke, sehr lieb. Aber wir fliegen alleine.«

»Das darf ich nicht, Sir.«

»Doch. Corporate Event. Wir haben Geheimnisse zu besprechen.«

Einige aus der Schlange der Wartenden, an denen sie vorbeiliefen, spitzten die Ohren.

»Wann kommt die 31?«, fragte Mehlos, als sie zur Plattform mit dem Einstieg kamen.

»Aber Sir, das geht nicht.«

»Wann?«

»Sie ist gleich da.«

»Sehr gut.«

In die Gondel, die gerade auf der Startplattform stand, waren alle Passagiere eingestiegen und die Tür schloss sich. Dann fuhr sie los. Die nächste Gondel, die kam, war tatsächlich die 31. Mehlos und Santow traten an Bord, die Stewardess stand auf der Rampe hinter ihnen. Mehlos drehte sich noch einmal um und nahm der Flugbegleiterin den Kühltrolley ab.

»Der darf dann doch mit, wenn Sie ihn schon vorbereitet haben«, Mehlos zog ihn in die Gondel und hob freundlich-mahnend den Zeigefinger zur Stewardess. Die stand mit offenem Mund da, als die Tür sich langsam schloss.

Im Innern der vollverglasten Gondel kam ihre ovale Kapselform durch die weißen Sprossen noch besser zur Geltung. Der Boden war braunes Parkett; die einzige Inneneinrichtung war eine ebenfalls ovale Holzbank in Form der Gondel mit breitem Rand und quer verlaufenden Rillen. Wie Mehlos oft bemerkt hatte, standen die Passagiere meistens nach vorne zur Themse, und wenn sie sich nach zwanzig Minuten sattgesehen hatten, ließen sie sich auf die Holzbank fallen.

Unterstehen Sie sich bloß, mir ein Glas Champagner anzubieten, Mehlos, wir sind nicht zum Vergnügen hier. Und wir sollten es auch nicht kombinieren. Wir müssen weiterkommen!

»Völlig d'accord, Santow. Erlaube ich mir erst, wenn wir einen Schritt weiter sind. Okay?«

Okay.

»Nur dieser Schritt, dieser Schritt ...«

In diesem Moment fuhr die Gondel los.

»Alles absuchen. Sie links, ich rechts«, sagte Mehlos und sie machten sich an die Arbeit.

Akribisch befühlten und besahen sie die Fenstersegmente. Jedes einzelne, inklusive der Sprossen. Die Gondel war bereits aus der Station herausgefahren und hatte ihre Aufwärtsfahrt begonnen. Die Bewegung war sehr langsam, manchmal unmerklich.

Bei der Tür nach hinten trafen sie sich wieder.

»Nichts.«

Vielleicht eine blöde Idee gewesen. Das ist schon alles etwas absurd.

»Sehen wir uns trotzdem die Bank an.«

Nachdem Mehlos ein paarmal an der Bank gerüttelt und auch versucht hatte, ihren Deckel abzunehmen, schlug er vor: »Sie vorne, ich hinten«.

Santow kümmerte sich um den vorderen Teil und Mehlos setzte sich auf die Holzbank. Er suchte den Rand auf der Oberseite und der Unterseite ab und sah zwischen jede einzelne der Rillen. Plötzlich knallte etwas. Er blickte sich um. Santow hatte in die Hände geklatscht und schnipste aufgeregt mit den Fingern. Als sie bemerkte, dass Mehlos schaute, winkte sie ihn herbei. Sie schnipste noch einmal und legte dann ihren Zeigefinger auf den Rand der Holzbank vor sich. Mehlos folgte mit seinem Blick.

Ganz leicht war dort ein etwa fünf Zentimeter breites Doppeltrapez zu erkennen, das jemand mit einem feinen Stift eingezeichnet hatte. Zwei Trapeze, links ein kleines, rechts ein großes. Zusammen hatten sie in etwa die Form eines Sarges. Santow lächelte und Mehlos sah auf ihre Grübchen.

Das kennen wir doch!

Mehlos nickte und fasste in seine Jacketttasche.

Her mit der Figur, Mehlos!

Der Sarg auf der Bank hatte genau dieselbe Größe und Form wie der Unterboden der Figur. Mehlos nahm sie aus seiner Jacke und stellte sie genau auf die Markierung.

»In einem Indiana Jones Film hätte es jetzt ein hohles Klicken gegeben und irgendetwas aus Stein oder altem Eisen wäre aufgegangen. Haben Sie etwas bemerkt, Santow?«
Natürlich nicht.
»Hm. Das Ding gehört jedenfalls hier hin.«
Denke auch.
Beide setzten sich auf die Bank und sahen sich die Figur in ihrem neuen Reich an. Den rechten Arm hielt die Figur mit spitzem Zeigefinger hoch, der linke Arm mit der flachen Hand war waagrecht.
»Hm.«
Hm. Hm.
Mehlos sah sich um. Die Gondel war noch im Aufstieg, aber noch nicht sehr weit.
»Die waagrechte Hand könnte den Zeitpunkt meinen, an dem auch das ganze Eye aus unserer Perspektive so steht. Also unsere Gondel auf drei oder neun Uhr.«
Möglich wär's!
»Dann zeigt die Rechte irgendwohin. Unser Ziel.«
Ergibt Sinn. Aber hängt ab davon, aus welchem Winkel wir auf die Figur sehen.
»Sehen Sie diese Augen spähen – Hat das jetzt jeder? Der Spruch auf der Unterseite. Wir müssen mit der Figur auf Augenhöhe sein.«
Okay. Machen wir das!
Mehlos warf einen Blick auf die Umgebung und die anderen Gondeln. Das Panorama war wunderbar, der Themseverlauf, Westminster links, City mit Saint Paul rechts, dahinter das restliche London und die Greater London Area. Das Eye befand sich gerade im Stillstand und sie waren noch unterhalb der angezeigten waagrechten Position. Dann setzte sich das Rad wieder in Bewegung. In ein paar Minuten würde es so weit sein. Mehlos atmete tief durch

und sah in der Reflexion der Scheiben, dass Santow Ähnliches tat und ihn von hinten ansah. Dann realisierte sie, dass er sie anschaute. Sie lächelte kurz und zog dann ihre Augenbrauen zusammen.

»Bitte!«, Mehlos machte eine einladende Geste auf die Bank, »kommen Sie einfach. Es ist schließlich für einen guten Zweck, im Namen der Wissenschaft oder was auch immer. Wir denken uns nachher was aus. Nur schnell bitte.«

Santow lächelte und legte sich bäuchlings auf die Bank, etwa einen Meter von der Figur entfernt, der sie direkt in die Augen sah.

Passt!, signalisierte sie mit ihrer rechten Hand und stützte mit der linken ihr Kinn.

»Perfekt«, sagte Mehlos, der sich neben sie legte und nach rechts zu Santow sah, »hallo, Santow. Eine völlig neue Santowperspektive.«

Ja ..., zeigte Santow, die Mehlos zum ersten Mal in einer solchen Großaufnahme sah und sich eingestand, dass es alles andere als unangenehm war. Ein Rasierwasser, irgendwas zwischen Sandelholz und Oud, wehte leicht herüber und erzeugte zusammen mit seinem Blick und seiner Zuversichtlichkeit ein Gefühl von Geborgenheit. Am liebsten hätte sie ihm die Haare aus der Stirn gewischt und noch ein bisschen über den Kopf nachgestrubbelt, stattdessen zeigte sie: ... aber keine Angst, ich werde die Situation nicht ausnutzen.

»Ich befürchtete es schon, vielen Dank, das beruhigt mich ungemein«, sagte Mehlos, dem Ähnliches durch den Kopf gegangen war, als er Santows Nähe mit bisher unbekannter Wucht wahrnahm, die er treffend mit *magnetisch* beschrieben hätte, wobei sich die Anziehungskraft und Distanzkraft, jetzt bloß nicht das Falsche zu tun, nahezu aufhoben. Um dieser wirren Gemengelage der Gefühle zu entkommen, warf er einen kurzen Blick nach draußen, stellte fest, dass es gleich so weit sein musste, und nickte kurz mit dem Kopf zur Figur hinüber. Santow kniff kurz den Mund zusammen und sah ebenfalls wieder zur Büste.

Beide lagen nun nebeneinander bäuchlings auf der ovalen Holzbank, was von oben aussah, als lägen dort zwei Jäger auf dem Anstand und in den anderen Gondeln sicherlich den Eindruck erweckte, als hätten es sich zwei Paxe in einer Privatgondel etwas gemütlicher gemacht, als in einem öffentlichen Verkehrsmittel geboten gewesen wäre. Aber niemand bekam mit, was in Gondel 31 passierte.

Die Figur stand leicht schräg in ihrer Markierung auf der Holzbank; die rechte Seite etwas nach hinten. Mehlos und Santow drehten sich auch etwas, um genau gerade auf die Büste zu blicken. Ihr linker Arm zeigte die Waagrechte, in der sie gleich sein mussten, der rechte zeigte nach oben. Im Moment auf das Themseufer mit dem Gebäude der Metropolitan Police. Sie stiegen höher und konnten von oben in das Gebäude der Regierung in der Great George Street sehen, dessen Circular Courtyard in vielen Filmen auftauchte und in Agentenfilmen stets mit einer Hubschrauberlandung aufwartete. Es ging höher und etwas links kam Westminster Palace näher. Immer mehr. Dann kam Big Ben ins Bild, die Gondel blieb stehen. Mehlos und Santow sahen sich um. Ja. Das war die waagrechte Position. Ziemlich genau sogar. Sie peilten erneut die Augen der Figur an. Dann die Spitze des Zeigefingers.

Es ist nicht ganz Big Ben. Es ist etwas rechts davon.

»Ist auch mein Eindruck«, sagte Mehlos, der mit seinem Kopf vielleicht eine Kleinigkeit weiter nach rechts rutschte, als es nötig war, um mit den Augen der Figur auf einer Achse zu sein.

Na!

»Sorry für's Zunahetreten! Dafür weiß ich jetzt, was gemeint ist. Richten Sie sich mal genau auf die Mitte der Augen aus. Und sehen Sie dann auf die Hand. Na? Na!«

Santow rutschte nach links und brachte sich in Position.

Ja. Eindeutig, zeigte sie.

In Deckung mit dem Zeigefinger der Figur lag Westminster Abbey, neben St Paul's die bekannteste Kirche Londons. Krönungsort britischer Monarchen, anglikanischer Heiratsort der Royals.

»Wir sind ganz sicher?«, fragte Mehlos und peilte noch einmal von neuem. Santow machte das Gleiche.

Kein Zweifel. Es ist Westminster Abbey.

»Ja.«

Wie auf ein Kommando setzte sich die Gondel wieder in Bewegung und der Zauber des richtigen Moments war vorbei.

Mehlos und Santow standen gemeinsam auf, sahen sich lächelnd an, hingen kurz, jeder für sich, einer Phantasie nach und blickten dann aus dem Fenster. Sie stiegen weiter über Westminster und die Abbey auf. Mehlos blickte auf den Kühltrolley, hatte aber das Gefühl, sich das Glas mit Santow noch nicht ganz verdient zu haben.

»Warum Westminster Abbey? Ein gebührender Ort für das Nichts. Aber wo genau? Die Kirche ist riesig!«

Vielleicht ist die Antwort auch hier?

Santow nahm sich die Büste und hielt sie in der offenen Hand Mehlos hin.

Wir haben zu wenig darüber nachgedacht, WER das hier sein könnte.

»Ich hatte schon überlegt. Aber die Gesichtszüge geben nichts her.«

Vielleicht gibt es andere Hinweise. Die Brille?

»Zeichen für Intellektueller? Wissenschaftler?«

Ja. Und schauen Sie mal hier, Mehlos, Santow zeigte auf die beiden kleinen Punkte auf der Rückenseite der angedeuteten Lehne der Büste, die haben was zu bedeuten!

»Hat ein normaler Stuhl nicht. Was ist, wenn es keine Punkte sind, sondern eine Art Griffe. Dann ist das kein gewöhnlicher Stuhl, sondern ein ...«

... Rollstuhl.

Ein Bild fügte sich zusammen.

Beide lächelten sich an. Die Gondel war auf dem höchsten Punkt angelangt und kam zum Stehen. Sie sahen hinunter auf Westminster Abbey und vieles wurde klar.

Er?

»Er!«

Santow drehte die Figur auf den Kopf. Beide sahen den Unterboden mit dem Spruch. *See These Eyes Peeking – Has Everybody Now?*

Wir waren blind. Wir hätten es gestern Abend bei Ihnen schon lösen können. Lesen Sie die ersten Buchstaben.

»STEPHEN.«

Genau!

»Stephen. Stephen Hawking.«

Das Grab des Physikers Stephen Hawking war in Westminster Abbey.

»Und der Unterboden hat die Form eines Sarges. Auch ein Hinweis.«

Einfach, wenn man es weiß.

»Hawkings Spezialgebiet waren die Schwarzen Löcher.«

Objekte mit extremer Gravitation. Denen nichts entkommt. Auch das Licht nicht.

Mehlos und Santow sahen sich in die Augen. Sie waren sich einig, einen großen Schritt weitergekommen zu sein.

War Westminster Abbey der Ort, an dem das Nichts versteckt war?

»Wir haben uns eine Belohnung verdient«, sagte Mehlos, ging zum Kühltrolley und kramte dort herum.

»Pfui Teufel!«

Was ist denn los, Mehlos?

»Plastikgläser!

Wir sind eben in so einer Art Flugzeug.

»Herrje. Herrjemine. Das geht doch eigentlich gar nicht. Aber der Champagner ist schön kalt ...«

Dann los.

»Okay.«

Mehlos schenkte zwei Gläser ein und stieß mit Santow an.

»Ding!«, synchronisierte Mehlos das schale *Bupp!*, das die Plastikgläser machten. Santow las es von den Lippen und lächelte. Die Gondel hatte sich wieder in Bewegung gesetzt und die nächste war in der Position ganz oben im Eye angekommen und fuhr auch schon wieder nach unten.

Dann besuchen wir als nächstes die Westmister Abbey?

Langsam tauchte hinter der Kurve des London Eye die übernächste Gondel in Mehlos' Blickfeld auf. Santow stand mit dem Rücken zu ihr. Als Mehlos in die Gondel hineinsah, fiel ihm etwas auf. Alle Passagiere standen auf der Seite zur Themse hin. Nur einer stand abseits und schien zu ihnen herüberzusehen. Es war ein Mann. Sehr schmal. In einem Anzug. Und er trug einen Hut.

»Ja. Aber erst einmal müssen wir sehen, dass wir unseren Schatten loswerden«, sagte Mehlos. Santow drehte sich um und erkannte den Mann mit der Melone. Rahul. Sie drehte sich zu Mehlos zurück.

Okay. Wie?

»Lassen Sie uns beim Lunch überlegen. *Harvey Nichs* okay für Sie? Terrasse?«

Gern. Santow mochte das Kaufhaus *Harvey Nichols.*

Sie tranken aus ihren Plastikgläsern, die Mehlos noch einmal kommentierte, und warteten darauf, dass ihre Gondel wieder an der Plattform unten anhielt. Nach etwa zehn Minuten waren sie dort angekommen.

Als sie ausstiegen, wurden sie Zeugen eines hitzigen Wortgefechts zwischen einer überforderten Stewardess, ihrem hinzugekommenen Manager, einem finsteren Securitymann und einer aufgeregten Hochzeitsgesellschaft. Die Braut war den Tränen nahe. Offensichtlich hatte der Best Man des Bräutigams eine Gondel buchen sollen, dies hatte wohl nicht funktioniert und er versuchte nun verzweifelt, heute noch eine Fahrt zu bekommen, was der Manager indes kategorisch ausschloss. Der Einsatz des Securitymannes, die Gesellschaft zu entfernen stand unmittelbar bevor. Der Manager wechselte zu einem rüden Ton und gab der Security Order.

»Kleinen Moment bitte, Santow. Nur eine Sekunde …«

Ein wenig später schloss sich die Tür von Gondel 31 hinter einer lachenden Hochzeitsgesellschaft und einer überglücklichen Braut.

»Es ist auch noch genug Champagner da …«, rief er dem Bräutigam zu, »Sie haben zwei Runden!«, und da die Tür schon zu war, zeigte er noch schnell zwei Finger und drehte sie dann in einem Kreis. Der Bräutigam verstand und machte das Daumen hoch-Zeichen, das Mehlos zurückgab. Ein Sonnenstrahl drang durch die Wolken und tauchte die Gondel in Licht. Die Braut machte einen Knicks und pustete Mehlos einen Kuss aus der flachen Hand herüber, bevor sich die Gondel in Bewegung setzte. Mehlos und Santow standen nebeneinander und sahen ihr nach, als sie langsam nach oben fuhr. Die Hochzeitsgesellschaft hatte sich auf der ihnen zugewandten Seite versammelt und alle winkten zu den beiden herunter.

»Darf ich ... ganz ausnahmeweise ... meinen Arm um Sie legen, Santow?«

In diesem Fall schon, Mehlos.

Er tat es und Santow legte ihren linken Arm um seine Hüfte. Mit den beiden freien Händen winkten sie der Hochzeitsgesellschaft zurück.

Gondel 31 verschwand im Himmel. Sie blickten ihr, die ungewohnte Umarmung genießend, hinterher und winkten, bis die darauffolgende Gondel ihnen die Sicht nahm.

Knightsbridge

»Was Leichtes, Santow? Vielleicht ein Salat? Flasche Wasser?«

Genau richtig. Danke.

Mehlos klappte die Menukarte zu und bestellte beim Kellner. Dann sahen sich beide um.

Sie hatten sich für die Terrasse im obersten Stockwerk von *Harvey Nichols* entschieden. Man war entweder *Harrods* oder *Harvey Nichols*, was Angebot und Atmosphäre anging. Mehlos und Santow waren beide *Harvey Nichs*.

Fast alle Tische waren besetzt. Stylish aussehende Gäste, meistens aus den umliegenden Kanzleien und Agenturen oder jene, die ihre Shoppingtour kurz unterbrachen. Mehlos wollte einen öffentlichen Ort, an dem er gut beobachten konnte, vielleicht einen Aufzug und mehrere Etagen. Da es hier beides gab, noch dazu einen sehr guten Lunch, war die Wahl leicht gefallen. Und es gab noch etwas. Unterwegs waren sie in einen Elektroladen gegangen und hatten zwei Einwegtelefone gekauft.

»Für alle Fälle, Santow. Man weiß nie.«

Die Salate kamen. Und was noch kam, war eine Frechheit.

»Das ist eine Kampfansage, Santow.«

Zwei Reihen weiter führte der Kellner einen neuen Gast an seinen Tisch. Der Mann im Anzug mit der Melone. Rahul ließ sich nieder, bedankte sich beim Kellner und nickte Mehlos und Santow mit einem freundlichen Lächeln zu, dabei hob er abwartend die Augenbrauen.

Mehlos überlegte sich, die Geste zu erwidern, um so Unbefangenheit zu signalisieren. Aber eine gewisse Wut stieg ebenfalls in ihm auf und er beschloss, auch wenn es ihm schwerfiel, den Mann komplett zu ignorieren.

Santow hatte ihn ebenfalls bemerkt.

Der Ort ist gut gewählt. Hier können wir ihn sicher über die Aufzüge elegant abhängen.

»Ja und nein. Er hat natürlich seine Akolythen dabei, die er versteckt hat und die auf uns warten. Wer immer das ist und dahintersteckt, es scheint ziemlich professionell.«

Francis hat übrigens noch nicht auf meine Frage reagiert, ob ihm die Frau auf dem Bild in Daniel Hearsts Atelier bekannt vorkommt.

»Dachte ich mir.«

Ich hake nach.

»Okay. Jetzt kümmern wir uns um diesen Rahul. Tun Sie einfach so, als ob Sie Spaß am Salat haben. Was hoffentlich der Fall ist.«

Ist es. Was haben Sie vor?

Mehlos lächelte sie an und sah kurz mit den Augen nach links. Das, was es hier noch gab, war die Aussicht auf das Gebäude nebenan. Ein riesiger Bau. Viel größer als die umliegenden Häuser und mit seinen vielen ringsherum angeordneten rechteckigen Fenstern, die fast alle mit Gardinen zugezogen waren, einem gigantischen Maiskolben nicht unähnlich.

»Kennen Sie dieses Gebäude, Santow?«

Nur vom Sehen. Es gefällt mir nicht.

»Dito. Es gibt wirklich Schöneres. *The Park Tower* in Knightsbridge. Luxushotel. Besonders beliebt bei arabischen und russischen Gästen und allen, die auf Luxus, Anonymität und eine hervorragende Security Wert legen. Sehen Sie sich an, was unten so alles vorfährt.« Santow blickte über die Balustrade und konnte den Eingang zur Rezeption gegenüber von Lowndes Square Garden erkennen. Ein hellblauer Lamborghini mit Flügeln und zwei Bentley, einer in schreiendem Gelb, der andere verchromt, standen davor.

»Grässlich. Aber das ist unsere Klientel. Glauben Sie, deren Security lässt mit sich spaßen?«

Ich denke, nein.

»Ich hoffe das doch sehr«, sagte Mehlos und griff zu dem Einwegtelefon, das er sich genommen hatte. Das andere hatte er Santow gegeben. Er tippte eine Nummer, sprach kurz und ließ sich wohl verbinden. Nachdem er seine Story erzählt hatte, beendete er das Gespräch mit einem festen Druck und sah Santow an. Da er sich zur Seite gedreht hatte, auch um dem Blick Rahuls zu entgehen, hatte sie nicht mitbekommen, mit wem und was er gesprochen hatte. Dann lächelte er Santow an.

»Genießen Sie Ihren Salat, Santow. Vielleicht ein wenig beeilen. In ein paar Minuten könnte es etwas laut hier werden«, er selbst sah zu, dass er mit seiner Portion fertig wurde.

Der Kellner trat neben sie und hatte ein Tablett mit einer Flasche Wein in einem silbernen Kühler und zwei schönen Gläsern in den Händen.

»Verzeihen Sie, Sir, Ma'am, das ist ein Geschenk von dem Herrn an diesem Tisch dort drüben«, sagte der Kellner und drehte sich samt Tablett zu Mr. Rahul zwei Reihen weiter um. Rahul hatte offensichtlich denselben Wein, hob sein Glas und grüßte sie damit. »Auf Sie! Sie wissen ja …«, schienen seine Lippen zu formulieren. Der Kellner blickte zurück zu Mehlos.

Der sah auf das Etikett, dann Santow an.

»Ein Meursault, 2015, *Puligny-Montrachet Les Enseignères*, yummy, doch ich würde ihm lieber die Flasche um die Ohren hauen, als auch nur einen Tropfen davon zu trinken, auch wenn es extrem schade ist.«

Meinen Segen haben Sie, Mehlos.

Mehlos war die Höflichkeit selbst, als er zum Kellner sagte: »Das ist sehr freundlich von Ihnen und sehr großzügig von diesem Herrn, aber wir möchten es nicht annehmen. Bitte schicken Sie dem Herrn stattdessen eine Schale Wasabi-Erdnüsse auf meine Kosten oder einen Löffel mit Marmite. Vielen Dank.«

Dann wandte er sich wieder Santow zu, nahm seine Taschenuhr, blickte drauf und ließ sie wieder in der Westentasche verschwinden.

»Na«, sagte er ungeduldig, »das dauert aber …«, griff zu seiner Brieftasche, entnahm ihr ein paar Pfundnoten und legte sie neben seinen Teller, »… nur für den Fall, dass wir gleich Hals über Kopf los müssen. Die Wasabi-Nüsschen habe ich rein gerechnet. Ah. Showtime.«

Und in der Tat bauten sich gerade vier kräftig aussehende Männer in schwarzen Anzügen mehr oder weniger diskret hinter Rahul auf. Ein Kleinerer der vier redete mit ihm: Rahul reagierte ruhig und ungerührt, sah aber kurz zu Mehlos und Santow herüber. Plötzlich traten drei weitere Männer aus dem Inneren des Restaurants zum Tisch hinzu. Auch sie in schwarzen Anzügen und nicht minder verschlagen und durchtrainiert.

»Ah, auch Rahuls Schergen sind hier. Unser Stichwort, Santow. Wir gehen.«

Ohne Hast und Aufsehen zu erregen, zog Mehlos Santows Stuhl nach hinten, begleitete sie ins Restaurant und winkte noch einmal dem Kellner freundlich zu.

Aufzug?

»Rolltreppe.«

Sie fuhren über die Rolltreppe zwischen Food und Sushi-Circle zwei Etagen nach unten, vorbei an den teuersten Fashion-Brands dieser Welt und gelangten ins Erdgeschoss. Düfte. Kosmetik. Die ganze Zeit über hatte Mehlos die Rolltreppen im Blick, aber keiner folgte ihnen. Sie nahmen den Ausgang auf die Sloane Street. Aus einem Taxi stiegen gerade zwei junge Damen in Kauflaune und freuten sich auf ihre Tour. Mehlos übernahm das Taxi und hielt Santow die Tür auf.

»Sloane Square, *Peter Jones,* bitte. *Harvey Nichols* ist uns zu teuer. Ich weiß, kurze Fahrt, aber hier sind 10 Pfund«, Mehlos reichte dem Fahrer einen Schein. Der fuhr los. Die beiden sahen durch das Rückfenster nach hinten. Aus demselben Eingang, aus dem auch sie das Haus verlassen hatten, kam ein Mann im schwarzen Anzug und sah sich nach links und rechts um. Seine Augen blieben am Taxi hängen. Es war nicht auszumachen, ob er sie erkannt hatte. Mehlos hob die Schultern und drehte sich zu Santow.

Sie fuhren die Sloane Street entlang. Links Cadogan Place Park, rechts die Stadthäuser mit ihren roten Backsteinfassaden, weiß gerahmten Fenstern und nahezu unbezahlbaren Wohnungen, für die sich die Londoner hoch verschuldeten. Etwa im unteren Drittel zeigte Mehlos auf ein Haus.

»Hier ist übrigens im Untergeschoss eine Garage. Und ob man es glaubt, oder nicht, dort steht total verstaubt ein Rolls-Royce aus den Achtzigern, den jemand zum Kombi umgebaut hat. Wahrscheinlich der einzige seiner Art.«

Werde ich mir merken, wenn ich mal was brauche, um mein neues Bernsteinzimmer abzutransportieren.

Beide lächelten und dachten für einen Moment an etwas

anderes, als das Nichts zu jagen und von Unbekannten gejagt zu werden. Eine willkommene Abwechslung.

»Wir liegen gut im Rennen«, sagte Mehlos, als Sloane Square näher kam und holte sie damit in die Gegenwart zurück.

Was haben Sie am Telefon erzählt?

»Sage ich gleich. Jetzt sehen wir erst mal zu, dass wir abtauchen. Am besten nach unten.«

Tube

Warum hier?

»Ist die nächste U-Bahn-Station mit zwei Linien. *Circle* und *District Line*. In Knightsbridge hätten wir nur die *Piccadilly Line* gehabt. Hier können sie ein bisschen rätseln. Und: mit beiden kommen wir schnell nach Westminster Abbey. Ohne Aufsehen. Einfach *scha-wupp* hinein.«

Ich fühle mich wie bei diesem Spiel, Scotland Yard, mit Mister X und den Detektiven. Wer sind wir?

»Wie es aussieht, beides, Santow. Haben Sie Ihre Karte?«

Beide gingen mit ihren Dauerkarten durch die Sperre.

Circle oder District?

»Gelb.«

Das war die Circle Line. Die District Line war grün. Beide fuhren mit der Rolltreppe hinunter.

Mehlos mochte die Tube. Ihren Geruch, leicht nach Öl und Gummi, der sich auf seltsame Weise von denen aller anderen Metros auf dieser Welt unterschied, ihre beruhigenden Geräusche und die Disziplin der Fahrgäste. Zumindest tagsüber. Und die Musiker, die Busker, die dort auftraten. Sie mussten alle eine Art Casting in einer Behörde abhalten und waren fast ausnahmslos gut.

Unten auf einem Absatz spielte ein Busker mit einer in Ehren verschrammten Telacaster in Weiß und einem kleinen Verstärker einen Song von den Rolling Stones. *Play With Fire.*

Mehlos lächelte noch, als sich die Tür hinter ihnen schloss.

* * *

Was haben Sie da am Telefon gemacht?, wollte Santow wissen, als sie im Wagen waren.

Zu Westminster waren es nur vier Stationen und sie blieben stehen, obwohl einige Plätze frei waren. Die Tube ratterte los. Ein Büropärchen, er in einem etwas abgewetzten Anzug mit pinkfarbenem Hemd und sie in einem grauen Kostüm, stand direkt neben ihnen und las die kostenlose *Metro*-Zeitung, ohne aufzublicken. Ein paar Touristen aus Schweden in bunter Funktionskleidung waren mit sich und der Tagesplanung beschäftigt. Mehlos sprach ohne Stimme, die Umstehenden mussten nichts wissen.

»Ganz einfach. Ich habe am Desk im Park Tower angerufen und eine Bedrohungslage oben auf der Terrasse erfunden: Ein Mann mit Melone fotografiert das Gebäude detailliert und macht sich Notizen. Er hat auch ein paar verdächtig aussehende Männer dabei. Das hat genügt, um ein paar von der Security hochzuschicken. Wir mussten Rahul und seine Bande nur ein paar Minuten für unseren Abzug blockieren.«

Spiel mit dem Feuer.

»Extreme Situationen erfordern extreme Maßnahmen, Santow.«

Sie hielten in Victoria. Die Türen gingen auf. Und wieder zu. Mehr Touristen kamen an Bord.

Müssen wir noch Tickets für die Abbey kaufen? Für gewöhnlich gibt es da lange Schlangen. Ohne Vorausbuchung wartet man da gut und gerne eine Stunde.

»Daran sieht man, dass Sie nicht zu den Gläubigen unserer schönen Stadt und der anglikanischen Kirchen gehören. Wenn Sie privat beichten möchten, können Sie das natürlich gerne bei mir. Ich bin schon gespannt, was es da so alles zu hören gibt. Abgründe werden sich auftun. Sollte Ihnen das aber zu peinlich sein, wovon ich ausgehe, können Sie auch jederzeit und kostenlos zum Gottesdienst oder zum Gebet in die Abbey.«

Ich komme mit meinen Sünden sehr gut klar. Und die Neugier von Father Mehlos muss man nicht noch fördern. Wann ist denn Gottesdienst?

»Meistens um Viertel nach elf. Da sind wir aber schon zu spät.«

Da spricht, wie mir scheint, ein professioneller Sünder, der sich mit dem Ablass auskennt.

»So halte ich mein Gewissen rein. Ich darf Ihnen aber sagen, dass ich diesen Service des Hauses noch nicht in Anspruch genommen habe. Ich bin dort kein Mitglied.«

Dafür kennen Sie sich aber aus.

»Ich nehme regen Anteil an meiner Umgebung.«

Wir gehen also als Gläubige rein?

»Mir gefällt vor allem das mit dem *jederzeit*. Und es ist ja für einen guten Zweck.«

Den Verursacher einer Todsünde finden. Mord. Und jemanden aus dem engsten Familienkreis entlasten?

»Ersteres bestimmt.«

Sie kamen zur Station St James's Park. *Zisch!* Türen auf. *Bumm!* Türen zu. Touristen rein und Touristen raus.

»Gefallen Ihnen unsere neuen Mitreisenden? Auch, was Sie an den anderen Türen sehen?«

Wie es aussieht, niemand aus dem Team Rahul. Es sei denn, sie haben schnell bunte Plastikjacken angezogen.

»Ich habe auch nichts entdecken können.«

Dann haben wir sie wohl abgehängt.

»Ich hoffe.«

Mehlos überlegte einen Moment, wie Santow in einer Outdoorjacke ausgesehen hätte ... Nein. Das heutige dunkelblaue Kleid war besser. Sehr elegant.

»Die nächste ist Westminster.«

Okay.

Die Tube hielt. In einem Pulk von Touristen verließen sie die Circle Line und fuhren mit einer langen Rolltreppe nach oben.

Westminster Abbey

»Wir müssen zum Personal am Westeingang, Santow. Auch wenn Sie nicht aussehen wie ein Tourist oder jemand, der die £ 27 pro Person sparen möchte … Bitte machen Sie einen bußfertigen Eindruck.«

Passen Sie nur auf, dass Sie uns nicht auffliegen lassen. Mein Gewissen ist rein.

Mehlos und Santow kamen aus der Westminster Station und überquerten die Straße zum Parliament Square Garden, vorbei an Big Ben. Winston Churchill stützte sich immer noch schwer auf seinen Stock und zog eine Schulter hoch. Mehlos zog seine Taschenuhr aus der Weste und blickte kurz mit hochgezogenen Augenbrauen auf die Statue.

»Kleinen Moment, Santow, bitte. Muss jede Sekunde so weit sein.«

Santow sah zuerst in Richtung der Statue von Mahatma Gandhi, lächelte, und dann auf die Uhr von Big Ben.

Ich habe Geduld.

Genau in diesem Moment schlug Big Ben zwölf Uhr. Als erstes kam zwei Mal die Folge der acht charakteristischen Schläge:

Dimm-dumm-dimm-damm, dumm-damm-dimm-dumm.

Dann zwölf sehr, sehr tiefe Einzelschläge.

Mehlos sah zu Big Ben hoch, stellte seine Uhr und zog sie noch ein bisschen auf.

»Der Stolz unseres Königreiches. Die Freude unserer ehemaligen Queen. Präziser als ein Schweizer Uhrwerk. Auf die Mikrosekunde genau. Und das alles mit alter Mechanik. Unglaublich. Die reine Zauberei. Nichts könnte perfekter sein.«

Wirklich zauberhaft. Man kann Big Ben nur lieben. Es ist mehr als eine Uhr.

»Es ist das Symbol unserer Größe und der Beständigkeit. Wenn alle Smartphones und digitalen Uhren ausfallen, weil ein elektromagnetischer Puls aus Russland kommt, wird er immer noch präzise die Zeit vorgeben. Auf die Sekunde.«

Mehlos stellte sich neben Santow und beide sahen zum Uhrturm hoch. Dann sah er sie an.

»Und jetzt gehen wir beichten, Santow.«

* * *

Sie liefen an St Margaret's Church vorbei, der kleineren Pfarrkirche des britischen Parlaments. Wesentlich weniger Touristen interessierten sich für sie.

»Dabei hat sie gleich vier wunderschöne Sonnenuhren am Turm. Zu jeder Seite eine.«

Ist mir noch nie aufgefallen.

»Ja. Sonnenuhren brauchen keine Batterie und gehen selten nach. Eigentlich recht pfiffig. Aber Westminster Abbey ist hier eben der Platzhirsch. Sie duldet keinen kleinen Bruder neben sich.«

Hat das jetzt irgendeinen Bezug?

»Keineswegs«, Mehlos sah Santow unschuldig an, »schauen Sie, Santow, was für eine erhabene Erscheinung«, er öffnete seine Hand zur Kirche vor ihnen. Westminster Abbey. Links das große West Portal mit seinen vier Türmen, jeder mit einem spitzen Hut versehen, in der Mitte das riesige Rosettenfenster, darüber eine Spitze, die von vorne wie ein Dreieck aussah, und die charakteristischen Doppelstreben, die alles dachförmig miteinander verbanden. Spätestens zur Hochzeit des damaligen Prince Charles mit Lady Di hatte sich die Kirche in das kollektive Gedächtnis gebrannt.

Die Schlange der Besucher ging auch heute wieder lang durch den Kirchengarten. Mehlos und Santow liefen an ihr vorbei zum West Portal und gaben dem Personal zu verstehen, dass sie kurz in der Kirche innehalten und sich besinnen wollten.

»Bitte treten Sie ein. Sie kennen sich sicher aus.«

Santow kam kurz ins Schwitzen, da sie befürchtete, der manchmal unbedachte Mehlos könnte den Weg zum Grabe Stephen Hawkings erfragen und sich so kontraproduktiv doch als Tourist zu erkennen geben, aber Mehlos ging direkt in das Kirchenschiff in Richtung der Chorstühle. Ein wenig davor blieb er stehen. Santow, die mit ihm Schritt gehalten hatte, ebenfalls.

»Ein guter Platz für unsere Besinnung und innere Einkehr, finden Sie nicht auch, Santow?«, sagte Mehlos, führte die Hände vor dem Körper zusammen und stand ruhig. Santow war sich sicher, dass er sich tatsächlich einen Moment besann, auch wenn es nicht lang dauern würde.

Sie sah sich um. Wie immer, wenn sie hierher kam, war sie beeindruckt vom erstarrten symmetrischen Fluss des Steins nach oben, der sich dann im Gewölbe so leicht auffächerte, und der klaren Schmucklosigkeit der Kathedrale. Es war, als ob die Auren jedes einzelnen historischen Ereignisses, das hier unten stattfand, waren es Krönungen,

Hochzeiten oder Trauerfeiern, langsam über die Jahrhunderte nach oben stiegen und sich im Deckengewölbe versammelten, um zu den Wissenden zu sprechen und auf die Unwissenden mit Milde herabzublicken.

Santow sah zu Mehlos. In der Tat war die Besinnung schon vorbei, sie sah, wie es ihn in allen Gliedern juckte, etwas zu unternehmen.
  Stephen Hawkings Grab. Wo müssen wir hin?
  Mehlos wies mit einer kurzen Geste ein paar Meter vor sich auf den Boden. Dort war eine großformatige dunkle Platte eingelassen, etwa in den Dimensionen einer Tür. Rechts davon eine fast quadratische kleinere aus Stein. Auf sie hatte Mehlos gezeigt. Mehlos sah sich in der Abbey um und gab Santow mit einem Blick fragend zu verstehen »sehen Sie wen? Melone vielleicht, auch wenn er sie hier nicht aufhaben wird?« Sie blickte sich intensiv um, erkannte aber nichts Beunruhigendes. Dann stellten sie sich vor die letzte Ruhestätte des toten Physikers.
  In den Boden eingelassen war eine dunkelgraue Steinplatte. Caithness Slate aus dem Norden Schottlands; die dunklen Töne des Schiefers standen für die Tiefen des Weltalls. Die Platte war etwa einen Meter breit und etwas weniger hoch.
  In der Mitte ein schwarzes Oval, drumherum eine ebenso ovale Spirale, deren Arme nach außen größer wurden. Dynamik. Ein weißes, leicht nach links geneigtes Fadenkreuz mit dem Kreuzungspunkt mitten im Oval: das Schwarze Loch. Wesentlicher Forschungsinhalt des Physikers am Lucasischen Lehrstuhl für Mathematik an der Universität Cambridge, den Hawking innehatte. So wie Newton vor ihm. Einer der oberen Arme der Spirale war überschrieben mit HERE LIES WHAT WAS MORTAL OF, und der untere

in Großbuchstaben mit STEPHEN HAWKING, 1942-2018. Und dann war da noch eine Formel:

$$T = \frac{hc^3}{8\pi GM}$$

Mehlos bat Santow, ein Foto zu machen.

Da steht viel. Spontan eine Idee, was das mit dem Nichts zu tun hat?

Mehlos stand mit zusammengekniffenen Augen vor dem Grab und Santow sah, wie es in ihm ratterte.

»Einige«, sprach er dann ohne Stimme, nur mit dem Mundbild.

THC?

»Ja, das auch. Aber etwas viel Wesentlicheres.«

Was?

»Erste Idee, was das Nichts eigentlich sein könnte!«

Wow! Was??

»Eine besondere Skulptur oder Plastik. Mit besonderer Farbe. Oder vielmehr Oberfläche.«

Wie kommen Sie drauf?

»Schwarze Löcher. Gleich mehr. Wir brauchen einen ruhigen Ort, an dem wir uns unterhalten können.«

Hier.

»Ja. Da wir tonlos reden können, stören wir niemanden beim Gebet.«

Okay.

Sie fanden einen Platz neben einer der mächtigen Säulen mit freier Sicht auf einen goldenen Holzaltar. Ein Triptychon mit einer Spitze in der Mitte. Nur wenige Kirchenbesucher, allesamt Gläubige, saßen auf den Holzstühlen in diesem Teil der Abbey. Santow hatte sich rechts von Mehlos gesetzt und nahm ihr Tablet vor sich. Sie tippte.

$T = hc^3$. THC?

»Ja«, sagte Mehlos tonlos, »Sie erinnern sich an das Bild der Hanfpflanze in Hearsts Atelier?«

Santow brachte die Aufnahme auf den Schirm. Eine Pflanze, grün. Drei Stiele, drei Blätter.

Tetrahydrocannabinol. Hauptwirkstoff von Cannabis.

»Exakt. Hier haben wir einen Bezug. Hearst wollte uns vielleicht genau hierher führen.«

Möglich wär's.

»Sehr dünne Spur. Vielleicht wollen wir auch nur einen Zusammenhang sehen.«

Was ist das Nichts. Sie sagen, Sie haben es herausgefunden. Welche Farbe meinen Sie?

Mehlos sah sich um. Zwei Stuhlreihen schräg vor ihnen saß eine alte Frau mit geschlossenen Augen. Ein paar Plätze weiter eine Gruppe von Menschen, wie man sie morgens in den Bussen sah.

»Schwarz. Aber nicht irgendein Schwarz. Schwärzer als Schwarz. Das schwärzeste Schwarz der Welt. Die schwarzen Löcher, für die sich Hawking so interessierte, haben mich darauf gebracht. Nichts entkommt ihnen. Nicht einmal das Licht. Ihre Masse ist zu gewaltig. Daran habe ich gedacht.«

Was ist das für ein Schwarz?

»Vanta-Black.«

Schon gehört, aber keine genaue Vorstellung. Erklären Sie es. Oder soll ich bei Wiki …

»Laden Sie es ruhig. Es ist eine Farbe, oder vielmehr eine Oberflächengestaltung, die auf Nanotechnik basiert. Extrem kleine und ausgerichtete Röhrchen, die das Licht einfangen und nicht reflektieren. Wenn Sie eine dieser Oberflächen neben eine Fläche mit gewöhnlichem Schwarz legen, sehen Sie den Unterschied. Das normale Schwarz sieht auf einmal aus wie Dunkelgrau. Ein wirklich erstaunlicher Effekt. Sie finden auf YouTube viele Videos dazu. Sie sehen zum Beispiel ein schwarzes Quadrat. Sie erkennen nichts, außer Schwarz. Dann dreht sich die Platte zur Seite und plötzlich sehen Sie, dass es ein Relief mit einem Gesicht ist, das Sie vorher gar nicht wahrgenommen haben. Sie sehen keine Strukturen, keine Übergänge. Nichts. Es ist das perfekte Nichts.«

Klingt passend.

»Und es ist außergewöhnlich teuer. Teurer als ein Überzug mit Gold.«

Das würde auch die 100 Millionen Pfund erklären. 99.

»Ja. Ich kann mir vorstellen, dass Daniel Hearst so eine Kombination aus Bild mit Skulptur geschaffen und sie mit Vanta-Black überzogen hat. Das ähnelt der Art, wie seine Leiche am Tatort vorgefunden wurde. Mit Schwarz überzogen. Können Sie nochmal dieses Bild vom Sender zeigen?«

Santow lud es aufs Tablet. Beide sahen es sich aufmerksam an.

Es ist von der Seite fotografiert, daher kann man seinen Körper erkennen.

»Den Übergang von seinem Körper zum Bett, das auch voll mit Schwarz ist, hingegen nicht. Spricht dafür, dass es Vanta-Black ist.«

Ja.

»Jemand hat Hearst mit Vanta-Black übergossen. Teures Vergnügen!«

Hier in Wiki steht, dass sich ein britischer Künstler die Rechte an Vanta-Black gesichert hat. Er heißt Anish Kapoor. Komisch, dass man sich eine Farbe sichern kann.

»Hat damals die Kunstwelt aufgebracht, ich erinnere mich … dunkel. Wie das Blau von Yves Klein. Auch seine Bilder liegen im Millionenbereich.«

Haben Sie eins?

»Soweit ich weiß, nein.«

Es gibt aber mittlerweile weitere schwärzeste Schwarze – heißt das so? – wie *Dark Chamaleon Dimers*, steht hier. Mittlerweile im Internet für jeden zu kaufen. Jedenfalls, wenn Sie nicht Anish Kapoor sind, denn das müssen Sie bestätigen. Der bekommt Dimers nicht, **Santow lächelte und sah zu den anderen, die allesamt mit sich selbst beschäftigt waren und nicht zu ihnen herüberblickten.**

»Menschen können schon originell sein«, sagte Mehlos.

Ich halte Ihre Idee für gut: Das Nichts ist ein Kunstwerk aus Vanta-Black!

»Aber wir wissen noch nicht, *wo* es sein könnte.«

Hier ist das Foto von Stephen Hawkings Grabplatte, **Santow zeigte Mehlos ihr Tablet,** suchen wir nach Hinweisen.

»Wir dürfen auch Hearsts Telefon nicht vergessen. Hier«, Mehlos zog es aus seiner Jacke und schaltete es ein. Ein vierstelliger Code wurde erwartet.

Sie haben noch 1 Versuch, sagte das Smartphone und sah sie ungerührt an.

Die Jahreszahlen?, **zeigte Santow,** 1942–2018? Wenn wir es als Rechenaufgabe nehmen, haben wir –72. Nur zwei Stellen.

»Nicht zu vergessen, die Formel unter dem Bruchstrich. $8\pi GMk$.«

Ohne das π klingt es wie ein Postcode aus London? Oder mit »P«, 8PG.

»Ich denke, als vierstelliger Code ist das zu kompliziert. Stephen Hawking, geboren 1942. Halte ich für die einfachste Lösung.«

Wir haben nur noch einen Versuch.

Mehlos sah Santow an.

»Risiko?«

Risiko!

»Wenn's schiefgeht, hole ich meinen Hacker aus dem Urlaub.«

Okay.

Mehlos gab die 1942 ein und hatte einen Daumen fast auf dem Enter-Feld.

»Echt jetzt?«

Santow sah auf den goldenen Altar vor ihnen.

Meinen Segen haben Sie.

Dann griff sie langsam nach seiner rechten Hand, umschloss sie und drückte seinen Daumen herunter.

Ein magischer Moment. Er sah sie an. Sie blickte zurück. In ihren Händen zeigte das Smartphone ein neues Bild. Eine Musik-App öffnete sich. Sechs Songs.

»Wow!«

Puh!

Beide lächelten und hielten ihren Blick fest.

Gewonnen.

Dann sahen beide auf die Playlist. Die Songs waren:

Come together

Something

Maxwell's Silver Hammer

Oh! Darling!

Octopus's Garden

I want you (She's so heavy)

Mehlos lächelte.

»Beatles. Das ist die erste Seite von *Abbey Road*.«

Wie passend. Abbey! Aber woher wissen Sie das so genau?

»Auch wenn es weit vor meiner Zeit war, hat Mouse es mir näher gebracht. Sie liebt dieses Album. Francis war immer Stones. Ich war Beatles. Auch wenn beide weit vor unserer Zeit waren. Wir hatten oft Streit deswegen.«

Was sonst? Aber beide außerhalb meiner Reichweite. Beatles und Stones, meine ich.

»Schauen Sie trotzdem mal schnell, was sonst noch auf dem Phone ist. Sie sind geübter darin.«

Santow wischte hin und her. Aber bis auf die Songs und ein Bild eines kreisförmigen Pfeils, der sich bei der Drei einer Uhr selbst in den Schwanz biss, war das Smartphone leer.

Nichts sonst

»Okay. Was machen wir draus? Eine Story aus den Titeln? Wir kommen zusammen, etwas mit einem silbernen Hammer, mein Liebling, ist im Oktopus Garten, wir wollen es und es ist verdammt schwer?«

Ich bin beeindruckt, Mehlos. Aber wo zusammenkommen?

»In der Abbey Road natürlich, Santow.«

Ist es die mit dem berühmten Fußgängerstreifen?

»Ja.«

Wo auch sonst?

Tschuk-duck-dumm-dumm, tschuk-duck-dumm-dumm, Here come old flat top ..., sang John Lennon plötzlich in Überlautstärke. Schnell unterbrach Mehlos, die Wiedergabe des ersten Songs, erklärte Santow den Krach und beide wurden von den Umsitzenden mit bösen Blicken bedacht. Mehlos entschuldigte sich mit breitem Mund bei seiner Umgebung. Abbey Road passte nicht in die Westminster Abbey.

Sorry!, schloss sich Santow an.

Schon war jemand von der Kirche auf dem Weg zu ihnen und legte den Finger vor den Mund.

Beide nickten entschuldigend und zogen die Schultern hoch, wie ertappte Schulkinder. Die Frau hielt ihnen leise einen kurzen Vortrag über Respekt und Kirchenordnung, drehte sich wieder um und verschwand.

Als sie wieder alleine waren und nach vorne sahen, saß vor ihnen ein dünner, schwarzer Rücken. Nur die Melone fehlte.

Mehlos und Santow sahen sich aus den Augenwinkeln an.

Der Mann drehte sich ins Profil, ohne beide anzusehen. Er flüsterte nur ein einziges Wort:

»Und?«

Dann sah er wieder nach vorne.

Black Cab II

»Covent Garden, bitte. Lassen Sie sich ruhig Zeit.«

Mehlos und Santow hatten einen Pulk vorbeiziehender Besucher genutzt, um sich leise von den Stühlen zu schleichen, zwischen die Menschen zu mischen und hoffentlich ungesehen aus der Westminster Abbey herauszukommen. Dann hatte Mehlos das nächstbeste Taxi angehalten und sie waren einfach losgefahren. Sie sahen zusammen nach hinten aus dem Rückfenster, konnten aber keine Verfolger wahrnehmen.

Bisschen ist es wie mit Hase und Igel. Egal wo wir hinkommen, es ist schon jemand von denen da. Meistens Melone.

»Erstaunlich, ja«, sagte Mehlos, »die müssen Augen und Ohren überall haben ...«, sie fuhren auf Whitehall in Richtung Trafalgar Square. Links war die abgesperrte Downing Street, dann folgten endlose Reihen alter, klassizistischer weißer Fassaden, hinter denen die Regierungsbeamten ihren Jobs nachgingen, »... oder auch nicht. Sie können wahrscheinlich perfekt unsichtbar bleiben. Dass sie über ähnliche Informationen verfügen wie wir, halte ich für ausgeschlossen.«

Vielleicht können sie unsere Telefone orten?

»Da sagen Sie was. Das geht sicher irgendwie. Also machen wir die erstmal aus. Sie fangen an, Santow.«

Santow griff nach ihrem Tablet in der Handtasche.

Oh!

»Was ist?«

Eine Nachricht von Francis.

»Ah. Möchte er Sie heute Abend zu sich einladen? Sähe ihm ähnlich, er hat bestimmt das Gefühl, hier aufholen zu müssen.«

Blödsinn, Mehlos. Antwort auf die Frage nach dem Bild der Frau in Hearsts Atelier.

»Und? Kennt er sie?«

Santow las und wischte dann ein paarmal.

»Klar kennt er sie«, sagte Mehlos, »ich habe Ihnen noch gar nicht erzählt, womit er große Teile seiner Zeit verbringt. Und was ich früher alles in seinem Wandschrank gefunden habe. Finden musste, besser gesagt.«

Ja. Er kennt sie. Und seien Sie bitte mal einen Moment still. Sehen Sie aus dem Fenster oder sowas.

Mehlos seufzte und tat, wie ihm geheißen. Er hatte die linke Seite erwischt. Das Taxi fuhr kurz am Trafalgar Square vorbei und bog dann nach rechts in den Strand ein.

»Und?«

Santow reagierte nicht. Nach ein paar hundert Metern beugte Mehlos sich zu ihr und versuchte, auf das Display zu sehen. Sie scrollte nach oben, offenbar war sie auf einer Website, aber mehr konnte Mehlos nicht erkennen. Sie kamen am Haupteingang des Savoy vorbei. Eine kleine Sackgasse führte dorthin.

»Wussten Sie, Santow, dass der Savoy Court hier die einzige Straße in London ist, in der Rechtsverkehr herrscht? Wenn Sie sich mal so richtig wie auf dem Kontinent fühlen wollen, können Sie hier ein paar Runden drehen …«, sagte Mehlos, aber Santow sah nicht einmal auf. Auch ein weiterer Blick auf Santows Tablet führte zu keinem Erkenntnisfortschritt, außer, dass Santow sehr genervt ihre Stirn zusammenzog und weiter scrollte. Das Taxi fuhr durch den bogenförmigen Aldwych Crescent und bog am Theater links ab.

Okay! Santow hielt Mehlos ihr Tablet hin, auf dem sie die wichtigen Informationen zusammengestellt hatte. Oben links war ein Foto der Frau mit dem silbernen Pagenkopf, die sie bisher nur vom Bild Hearsts kannten. Sie war in undefinierbarem Alter, konnte genauso gut dreißig wie fünfzig sein und trug ein eisblaues Kostüm, das sehr gut geschnitten war und ebenso schlicht wie teuer aussah. Es war ein durchgestyltes Bild vor mehreren Kunstwerken, offenbar in einer Galerie aufgenommen.

»Oha!«, sagte Mehlos, der sich das Bild genau ansah und fasziniert auf den scharfkantigen, blau geschminkten Mund starrte. »Warum habe ich nur das Gefühl, dass es hier im Taxi mindestens zehn Grad kälter geworden ist. Wenn ich mal Sauerstoff verflüssigen möchte, muss ich einfach nur diese Frau einladen. Wer ist sie? Die Kältehexe? Madame NullGradKelvin?«

Ihr Name ist Mary Tori Scott.

»Mary Tori«, Mehlos sprach den Namen ein paar Mal langsam vor sich hin. Dann sah er aus dem Fenster. An einem Blumenladen fiel ihm die Werbung mit dem großen Foto eines Mannes im Anzug auf. »Do you miss me?«, fragte der.

Sie ist Galeristin. Und Kunsthändlerin.

»Ach. Schließen sich hier Kreise? Welcher Level von Kunst? Wen vertritt sie?«

Nicht ganz top. Aber vielleicht aufsteigend. Ein paar Hearst Drucke hatte sie schon im Angebot.

»Was sagt Francis über sie?«

Wollen Sie das wirklich wissen?

»Ich bitte darum.«

Nicht viel. Er schreibt: Das ist Mary Tori Scott, oder »MT«. Überambitionierte Galeristin. Sie wollte immer Hearst, ich riet ihm stets ab. Ich bevorzuge die Aussprache von »MT« als »Empty«. Traut ihr nicht. Ihre Versprechungen sind meist leer. Daher mein Name für sie. Und, ihr findet es bestimmt so heraus: wir waren einmal kurz befreundet. Nicht lange, genau genommen. Bitte beeilt euch, habe das Gefühl, die Schlinge um meinen Hals zieht sich zu.

»Sehen Sie, wie er sich schon bei Ihnen anbiedert? Er duzt Sie, als ob Sie mit ihm schon Schweine gehütet hätten. Widerlich.«

Das ist für Sie also das Wichtigste an seinem Text?

»Neben der Kürze des Verhältnisses zu dieser Dame, ja. Wahrscheinlich wurde diese kurze Freundschaft während einer seiner Soiréen in einem der zahlreichen Waschräume auf *Kingfisher's* begangen, oder soll ich besser sagen: vollzogen? Sei's drum. Seitdem hasst sie ihn wahrscheinlich abgrundtief. Ich habe sie jetzt schon gern.«

Gut, Mehlos. Dann können wir uns jetzt um die Nebensächlichkeiten kümmern, wie ihren Namen, ihre Story und sowas.

»Einverstanden!«

Santow atmete tief ein und wieder aus. Dann sah sie aus dem Fenster. Covent Garden war ziemlich nahe. Mehlos bemerkte es ebenfalls und gab dem Cabbie die Aufgabe, jetzt einmal zu St Paul's zu fahren. Der zog die Schultern hoch, nickte und behielt für immer unter der speckigen Cordmütze, welche Gedanken ihm gerade durch Kopf gingen.

»Mary Tori Scott, sagen Sie, Santow.«

Ja!

»Wo ist ihre Galerie?«

MT Gallery in Camden Lock.

»Nicht super High End, da haben sie Recht. Kenne die Gegend aber nicht so genau. Haben Sie die Adresse? Gehen Sie mal in Street View.«

Santow wischte und stutzte einen Moment.

Ihre Adresse ist Postcode W1 8PG Camden. Wie die Formel auf der Grabplatte.

»Bisschen viel Zufall, oder, Santow?«

Langsam langt's in der Tat. Aber hier ist noch etwas.

»Mir schwirrt schon der Kopf. Was denn?«

In ihrer Galerie ist heute eine Vernissage. Neue Londoner Künstlerin. Der Titel ist schlicht und einfach: »Nicht wirklich«.

»Wann heute?«

Ziemlich genau in einer halben Stunde.

Mehlos zog seine Taschenuhr aus der Weste. Es war kurz vor halb drei.

»Das langt nicht mehr für einen Abstecher in die Abbey Road. Wir sollten zu Mary Tori, sagt mir mein Gefühl.«

Dafür bin ich auch, zeigte Santow.

»Ist das nur auf Einladung? Wenn das eine Vernissage ist, haben die eine Gästeliste.«

Lächelnd hielt Santow ihr Tablet hoch und zeigte die Mail von Francis. Dort stand ein PS:

Übrigens ist heute in ihrer Galerie eine Vernissage. Wenn ihr euch das antun wollt, geht hin. Habe euch auf die Gästeliste setzen lassen. Auch weil ich Hausarrest habe … ich sollte dort nicht hin. Wir haben Krieg. Geht schnell bei ihr.

»Eine tolle Frau! Wir werden uns so-fort mit ihr verstehen, da bin ich sicher. Ich hege bereits schwesterliche Gefühle. Also, brüderliche natürlich, für sie als Schwester im Geiste und natürlich im Herzen.«

Ich bin sprachlos.

Draußen tauchte die Kuppel von St Paul's Cathedral vor ihnen auf. Mehlos sah auf seine Taschenuhr und nannte dem Cabbie die Adresse in Camden.

Mit unerschütterlicher Gelassenheit nahm der Cabbie sein neues Fahrziel entgegen und unter seiner Cordmütze wurde ein weiteres Geheimnis zu Grabe getragen.

Camden Lock

»Joanna Santow und Kleos Henry Mehlos. Keine Verwandtschaft mit Francis Neville Mehlos.«

Die indische Studentin mit dem roten Punkt auf der Stirn, die das weder verstand noch interessierte, suchte die Namen auf dem Ausdruck und strich sie durch.

»Herzlich willkommen. Dort ist der Eingang.«

Dort war hinter einem Drehkreuz, wie man es aus dem Einkaufscenter kannte. Dann kamen Regale. Mit Kunst.

Mary Tori Scotts Galerie befand sich in einer aufgegebenen Filiale von Sainsbury's in Camden Town, nahe des Camden Lock Market. Offensichtlich mochten Bewohner und Touristen das frisch zubereitete und internationale Street Food lieber als Convenience Food wie vorgewaschene Salate und Tiefkühlkost. Camden roch wie ein Gewürzmarkt in Kombination mit offener Garküche, Patchouli und alten Matratzen, auf denen gekifft wurde. Am Eingang/Ausgang standen noch die Regale und die Warenbänder mit den Scannerkassen, dahinter jedoch öffnete sich, nach einem schmalen Gang, der Galerieteil. Mehlos ließ Santow den Vortritt. Der Gang war im selben Blau gehalten, das sie schon von MTs Kostüm auf dem Foto kannten. Am Ende des Ganges eine an vielen Stellen trübe Reihe von ehemals transparenten und nun verkratzten Plastikplatten, die an einer Art Duschvorhangstange hingen.

Doch als Mehlos die Platten für Santow auseinander hielt, öffnete sich dahinter ein anderer Raum.

Er hatte eine ungeheure Höhe. Offenbar hatte man zwei Etagen miteinander verbunden und eine Treppen- und Gangkonstruktion aus Eisen eingebaut, von der aus man die Ausstellungen auch von oben ansehen konnte. Zwei breite Querträger mit Geländer und Stahlboden verbanden die vier Wände und sahen von unten aus wie ein schwebendes Kreuz über einem Abgrund.

Die Wände waren weiß, der Boden dunkelgrauer Noppenbelag. Alle paar Meter waren hohe herausgebrochene Mauerstücke oder Außenwände aufgestellt. Alle trugen Kunst. Es war die Ausstellung einer Künstlerin, die mit Schablone und Farbdosen ihre Stencils ganz London aufsprühte. Marjorie Jones war momentan die heißeste *Street Artist* in UK, was nicht nur an ihren vielschichtigen und handwerklich perfekten Werken lag, sondern an der Tatsache, dass sie ihre Arbeiten nach genau 24 Stunden wieder rückstandslos entfernen ließ. Dies gab ihrer ephemeren Kunst etwas Besonderes und sorgte durch diese künstliche Verknappung für stets steigende Marktpreise. Sie verkaufte ein Foto jedes Werkes mit seinen Geo-Koordinaten nur digital als *Non-Fungible Token* und zerstörte die Schablonen nach dem Verkauf. So hatten ihre Kunden auf ihren Rechnern oder Smartphones den körperlosen Nachweis eines Bildes, das einmal zu einer bestimmten Zeit an einem bestimmten Ort für genau einen Tag existiert hatte, für die Ewigkeit gesichert.

Ihre Erscheinung und das Arbeiten und Zerstören in einem engen schwarzen Emma Peel-Reißverschlussanzug trugen zusätzlich zu ihrem Mythos bei. Sie stand neben einer Bühne, weigerte sich, analoge Autogramme zu geben, ließ sich aber gerne mit den Besuchern fotografieren und erinnerte alle daran, ihr auch gleich auf *Insta* zu folgen.

»Kommen Sie, Santow, wir machen ein Foto mit ihr und posten es auf unserem Account.«

Wir haben keinen.

»Das ist doch voll und ganz in ihrem Sinne, wenn ich die Werke richtig verstehe. Es gefällt ihr bestimmt. Kommen Sie schon …«, winkte Mehlos.

Das darf doch alles gar nicht wahr sein, zeigte Santow halbherzig, zupfte ihr Kleid zurecht und fand sich schon links von der Dame im schwarzen Zipper mit Mehlos an der rechten Seite, der einen jüngeren Besucher fragte, ob er nicht schnell ein Foto von allen machen könne, einen Arm um Jones legte, dann aufgeregt wie ein Teenie in die Kamera winkte und sich nach dem Foto laut und herzlich bei allen bedankte.

Darf ich fragen, was dieser Ausbruch an kunstbeflissener Leutseligkeit zu bedeuten hatte, **fragte Santow**, als sie wieder alleine waren, möchte da jemand wieder siebzehn sein?

»Ich wollte ihre Aufmerksamkeit«, sagte Mehlos und nickte kurz mit dem Kinn zu einer Frau herüber, die wohl gerade mit einem Techniker einen Disput hatte und ihm ihren Willen aufdrückte.

Mary Tori Scott stand in einem sehr eng anliegenden, sehr eisblauen Kleid und schwarzen High Heels mit blauer Sohle neben der Bühne. Von hinten sah sie aus wie eine elegante, stehende Acht – das gedrehte Zeichen der Unendlichkeit.

Sie bemerkte, dass jemand hinter ihr war, drehte langsam den Kopf und sah Mehlos und Santow über ihre Schulter mit sich langsam öffnenden Augen an. Kein Zweifel, sie hatte sie erkannt.

Sie hätten einfach hingehen können.

»Ja. Aber ich wollte, dass *sie* auf uns zukommt und den nächsten Zug macht.«

Den nächsten?

»Kommen Sie, Santow. Sie haben doch nicht wirklich gedacht, dass alle Gewalt von diesem Mr. Rahul ausgeht. Der ist doch viel zu freundlich und nur Befehlsempfänger. Das hier ist das Mastermind: Mary Tori. Ich habe das ganz starke Gefühl, dass wir hier in einem Epizentrum des Verbrechens sind. Wir haben sie gefunden! Riesenschritt. Und passen Sie auf! Schon Cäsar hatte gesagt: ich liebe die Kunst, aber ich misstraue Frauen in kaltfarbigen Kleidern.«

Oh weh. Es ist schlimmer, als ich dachte ...

»Keine Angst. Das hier ist doch alles ein Riesenspaß. Daniel Hearst hat uns zu einer Rätselreise eingeladen, an deren Ende sein letztes Werk steht. Wir werden es finden und sicher damit auch seinen Tod aufklären.«

Und Francis entlasten.

»Wer redet denn von dem? Ja, das passiert sicherlich auch. Vielleicht. Aber jetzt geht es erst einmal darum, herauszufinden, was diese Dame hier mit Daniels Tod zu tun hat.«

Kann es sein, dass Sie das alles hier zu wenig ernst nehmen? Ein wenig?

Santow sah ihn an. Hinter ihr wurde es blau und kalt.

»Guten Abend, kleiner Bruder. Guten Abend, kleine Freundin des kleinen Bruders. Schön, Sie zu sehen, ich wollte das schon lange. Jetzt sind Sie hier. Und schon wird es langweilig, wenn Wünsche immer erfüllt werden.«

Mary Tori Scott war zu ihnen getreten und bot ihnen keine Hand. Mehlos, der schon in viele Augen geblickt hatte, konnte sich nicht erinnern, jemals bei einem lebenden Menschen so einen toten Blick wahrgenommen zu haben. Santow, die neben ihm stand, verschränkte ihre Arme vor der Brust und fuhr sich instinktiv mit ihren Handflächen über die Unterarme, um ein wenig Wärme zu erzeugen.

»Oh, ist Ihnen kalt? Gewöhnen Sie sich dran, die Energiepreise gehen ohnehin nach oben«, sagte Mary Tori, »warum sind Sie hier? Es ist *nicht* wegen meiner Ausstellung. Ersparen Sie sich und mir bitte den ganzen Zirkus mit irgendeiner Geschichte über Kunst im Allgemeinen oder dass Ihnen jemand Karten zu einer Vernissage geschenkt hat. Ich weiß, wer Sie sind.«

Sie sah auf ihre Uhr und dann wieder zu Mehlos und Santow. »Also? Was ist Ihre Story? Ich bin gespannt. Noch.«

Mehlos nickte und machte hinter seinem Rücken mit der rechten Hand kleine Gesten, die nur Santow sehen sollte:

Mitspielen, maximal viel erfahren.

Mary Tori sah Mehlos an und atmete ein. Ihr Ton änderte sich. Sie redete nun wie ein Lehrer auf einen etwas begriffsstutzigen Schüler ein:

»Okay. Sie machen hinter Ihrem Rücken Zeichen in Gebärdensprache. Wir haben überall Kameras und zeichnen auf. Diese Minuten hier sehen wir uns mit einem Gebärdendolmetscher an. Alle anderen auch. So viel dazu. Bitte noch einmal laut und deutlich für uns alle. Brav!«

Mehlos schluckte seinen Ärger darüber hinunter, gesagt zu bekommen, was er tun solle. Er wägte in einem Moment der Besinnung, für den ihn Santow später beglückwünschen würde, ab, ob hier Ego oder Weiterkommen wichtig war. Letzteres siegte.

»Folgende fünf Fragen:

Erstens: Was ist das Nichts?

Zweitens: Wo ist es?

Drittens: Warum wollen Sie es?

Viertens: Warum glauben Sie, dass wir es finden?

Und fünftens: Was passiert, wenn wir es Ihnen nicht geben?

Mary Tori schaute Mehlos bewundernd an und senkte die Mundwinkel, so, als ob sie etwas wirklich Außergewöhnliches bestaunen würde.

»Schön und klar. Wow! Damit kann ich etwas anfangen.

Eins: Daniel Hearsts letztes Werk. Viel schwarz. Ungeheuer wertvoll. Aber mehr kann ich Ihnen nicht sagen.

Zwei: Irgendwann ist es sicher bei Ihnen.

Drei: Das sage ich nicht.

Vier: Weil Sie es wollen.

Fünf: Das möchten Sie nicht wissen.«

»Mr. Rahul.«

»Ach, kommen Sie. Ich halte Sie nicht für blöd und Sie mich bitte auch nicht.«

Uns umbringen? Jetzt bitte ich Sie. Wir leben in England. Nicht in einer Bananenrepublik.

Mehlos übersetzte.

»Wenn Sie meinen. Noch was?«, sagte Mary Tori.

»Warum also sollten wir Ihnen das Nichts überlassen?«, fragte Mehlos.

Mary Tori schüttelte den Kopf, drehte sich um und ging. Mehlos und Santow sahen sich an und Ratlosigkeit machte sich breit.

Mary Tori ging in Richtung Bühne. Aus den Augenwinkeln heraus sah sie Marjorie Jones stehen, die gerade ein paar Selfies mit Besuchern machte. Mary Tori schnipste mit den Fingern der rechten Hand und gab ihr ein Zeichen, ihr zu folgen, ohne sie dabei anzusehen. Marjorie folgte ihr im Wiegeschritt mit provozierend spannendem Overall zur Bühne. Mary Tori hielt noch kurz bei einem Techniker und flüsterte ihm etwas zu.

Die Halle war mittlerweile gut gefüllt; auch auf den beiden oberen Stahlgängen, die von der Galerie unten wie ein eisernes Kreuz aussahen, hatten sich zahlreiche Besucher versammelt; das typische Vernissagen-Gemurmel und Gläserklingeln verstummte, als die Fenster sich verdunkelten, das blaue Licht über der Bühne anging und Mary Tori und Marjorie sie betraten.

Mary Tori stellte sich hinter ein Retro-Standmikrofon und breitete die Arme aus. Mehlos und Santow waren fassungslos, wie sie sich im Scheinwerferlicht veränderte. Sie strahlte charmant, wandte sich an ihre Besucher, so dass sich jeder von ihr angesprochen fühlte und jeder empfand, wie ernst sie es meinte. Die Kälte war einer Wärme gewichen, wie sie selbst eine Kandidatin für das Bürgermeisteramt bei einem Kindergartenbesuch nicht besser hätte zur Schau stellen können und Mehlos fragte sich unweigerlich, ob das noch *Method Acting* war oder schon tatsächliche Anteilnahme, während Santow sich nicht einmal ansatzweise täuschen ließ und ihr weder Gesten noch Worte abkaufte.

»Doch bevor wir zu unserer lieben Freundin Marjorie kommen, hier noch eine kleine Ankündigung, die mir sehr am Herzen liegt ...«

Das Publikum horchte auf.

»... nein, wenn ich ehrlich bin, ist es eher etwas vom Range eines *one more thing* ... so wie bei Steve Jobs ...«

Das Publikum war gespannt.

»Kein Aufheben, keine große Show ... einfach nur drei Worte ... und dann kommt der Knaller!«

Das Publikum war mehr als aufmerksam.

»Also ... *one more thing* ...«

Das Publikum war bis zum Anschlag, Zerreißen, Zerplatzen gespannt und Mehlos bewunderte ihre Kunst, den schmalen Grat zum Überreizen entlang zu wandeln.

»Daniel Hearst ...«

Durch das Publikum ging ein *Ooohh* ...

»... hat ein letztes Werk geschaffen. Sein letztes Werk, bevor er starb.«

Das *Ooohh* erstarb ebenfalls.

»Er nannte es das *Nichts*!

Das *Ooohh* brandete wieder auf.

»Wir wissen *noch* nicht, was es ist ...«, Mary Toris Stimme wurde von den kahlen Wänden mit einem leichten Echo zurückgeworfen, »wir wissen nur zwei Dinge ...«

Das Publikum hing an ihrer Stimme, woher sie auch immer kam.

»... das eine: es wird eine Sensation. Das letzte Werk unseres besten Künstlers. Daniel Hearst. Geschaffen kurz vor seinem Tod. Eine Sensation!«

Wenn es ein kollektives Nicken gab, konnte man es hier sehen.

»Und das andere ...«, sie sah den Techniker an, der einen Scheinwerfer bediente, »DIESE BEIDEN werden es haben!«

Mehlos und Santow wurden von einem Spot in einen Lichtkegel gestellt. Sie hoben ihre Hände und zwinkerten. Hunderte Augen sahen sie an. Unzählige Blitzlichter von Pressekameras und privaten Smartphones gingen los. Direkt neben Mehlos und Santow stand eine Reporterin der *WATCH!* mit Kamera und schoss eine Serie von den beiden. Sie sah sich die Bilder auf der Kamera an. Der Mann lachte, die Frau ballte eine Faust. Sehr gut getroffen!

»Kleos Henry Mehlos und Joanna Santow von der Hyde Park Agency. Bitte Applaus!«

Das Publikum spendete willig Applaus. Nach ein paar

Minuten ging der Lichtkegel aus und Mary Tori verschwand von der Bühne. Es war dunkel in der Galerie. Mehlos und Santow rieben sich die Augen. Sie konnten nichts sehen. Nur hören. Eine leise, aber klare Stimme hauchte neben ihnen:

»Und ihr habt ab jetzt 22 Stunden. 24 wäre zu banal. Macht doch jeder. Wo bleibt denn da der Spaß? Ab jetzt. Worauf wartet ihr noch?«

»Was hindert mich, Ihnen jetzt und hier den Hals umzudrehen«, sagte Mehlos.

»Meine Security. Und außerdem sind Sie harmlos, kleiner Bruder. Das passt einfach nicht zu Ihren Werten. Zum Glück jedoch zu meinen.«

Die Ansprache an das Publikum *war* Method Acting gewesen. Und die Kälte war zurückgekommen.

Land der Löwen

Traurig blickte der Löwe sie an und zwinkerte dabei nicht ein einziges Mal.

Santow hatte die Idee gehabt, von Camden aus die knappe halbe Stunde zum London Zoo zu laufen und dabei zu hoffen, dass sie entweder ihre möglichen Schatten sahen oder diese die Lust verloren. Sie fand es falsch, direkt in die Abbey Road zu fahren, wo sie das Nichts vermuteten. So saßen sie nun alleine vor dem offenen Gehege im *Land of the lions*, Land der Löwen. In einem abgesperrten Teil weiter hinten warf ein Tierpfleger mit einer Mistgabel etwas herum, das wie Stroh aussah. Jedes Mal, wenn er mit einem dumpfen *Whupph!* eine Gabelvoll auf den Boden knallte, gab es eine kleine Staubwolke, die den Geruch von Land zu ihnen herüberwehte. Es war ein solch regelmäßiger Rhythmus, dass Mehlos völlig gebannt und voller Aufmerksamkeit zusah. Ein wenig weiter wurde anscheinend die Fütterung vorbereitet.

Faszinierend, Mehlos. Manche Menschen fahren zum Runterkommen an die Themse und sehen den Schiffen nach. Andere legen sich auf den Rücken und starren in die Wolken. Sie sind der erste, den ich sehe, den Strohschaufeln und ein sedierter Löwe beruhigen.

Santow musste ihn stupsen, denn er war völlig in Gedanken.

»Sorry. Bitte um Entschuldigung. Was meinen Sie?«

Ach, nichts.

»Ich habe überlegt. Alle Welt will jetzt dieses Nichts von uns. Erst mein Bruder. Dann Rahul. Schließlich diese Kältehexe. Und jetzt wahrscheinlich alle, die die Posts der Galeriebesucher lesen. Und wer weiß, was die *Watch!* vorhat. Lassen Sie bloß Ihr Tablet stecken, Santow.«

Scheint so, als wäre Francis der ungeduldigste Kandidat.

»Wieso? Was ist?«

Trotz Mehlos' Bitte hielt sie ihm ihr Display hin.

Keine Posts. Text von ihm.

Mehlos sah erst sie an, dann auf das Gerät.

– Joanna, ich bin aufgefordert, mich morgen früh um 10 im New Scotland Yard zu melden. Bitte sagen Sie es meinem Bruder. Kann es nicht mehr aufschieben. Bitte beeilt euch. F. –

»Kann der nicht warten bis zum Nachmittag? Wie Mary Tori. Und überhaupt! Haben die sich abgesprochen, um uns zu ärgern?«

Er braucht Ihre Hilfe, Mehlos. Auch gegen diese Frau.

»Francis kam bis jetzt immer wunderbar alleine zurecht. Wie dieser Löwe hier. Liegt selbstgefällig herum und in der Welt arbeiten alle möglichen Leute für seine Majestät«, Mehlos nickte mit dem Kinn zu den Tierpflegern hinüber, die eine Schubkarre mit Fleisch vollgeladen hatten und sich langsam in Bewegung setzten.

Kommen Sie. Wir wissen, dass es in dieser Situation anders ist. Sie sollten nicht zulassen, dass das Nichts ihr in die Hände fällt. *Wir* sollten das nicht.

»Das werden wir schon nicht. Keine Sorge, Santow.«

Wie ernst nehmen Sie ihre Warnung?

»Nicht sehr.«

Sah mir anders aus, als Sie den Löwen anstarrten.

»Er ist immerhin der König der Wüste. Vielleicht hat mich das so beeindruckt. Mary Tori ist erst mal eins: kalt. Außerdem vorlaut und eine Meisterin der Verstellung. Ich weiß noch nicht, was das für Auswirkungen haben kann. Was sicher ist: Daniel Hearst hat sie in seiner Skizze ziemlich gut getroffen.«

Ja. Hat er. Santow lud Mary Tori noch einmal auf ihr Tablet. Kalt blickte sie die beiden an.

»Wir sollten dem Zoo hier einen Ausdruck machen. Einfach aufhängen, dann brauchen sie keinen Kühlraum mehr.«

Inzwischen waren die beiden Tierpfleger näher gekommen. Der Kräftige mit einem enormen Bierbauch bumperte die Schubkarre ein paarmal fest auf den Boden, wobei das rohe Fleisch nachwippte. Die Männer lachten dabei und Wortfetzen einer Zote wehten herüber. Mehlos sah zum Löwen. Der zeigte keine Reaktion.

»Löwen haben nun mal einen etwas anderen Humor. Sie mögen es nicht, wenn man mit dem Essen spielt«, sagte Mehlos.

Ich bin da auch ganz Löwe.

»Verstanden. Sie sind hungrig. Wollen wir?«

Kleinigkeit wäre gut. Dann zum Nichts.

»Ich hoffe, dass wir da rechtzeitig und als Erste ankommen.«

Deswegen ist es so wichtig, dass wir Mr. Rahul und seine Bande ganz sicher abgeschüttelt haben, bevor wir in die Abbey Road fahren.

Mehlos sah den beiden grünen Overalls nach, die in Richtung Löwengehege gingen.

»Ich habe eine Idee. Beim Abhängen wird uns Bernie helfen.«

Bernie.

»Ja. Bernie. The Right Honorable Bernard Rudolph Cox, Viscount of Rutland. Antiquitätenhändler. Dazu müssen wir nach Notting Hill. Man sagt von ihm, dass er schon mehr gebrauchte Tweedsakkos von King Charles verkauft hat, als dieser jemals tragen konnte. Sie müssen ihn einfach gernhaben.«

Jetzt warf der Löwe den Kopf herum und brüllte. So tief, wie Mehlos es noch nie gehört hatte.

Notting Hill

Wie angenehm es ist, durch diese Straße zu laufen, ohne von lauter Touristen geschubst zu werden.

Mehlos und Santow liefen bei sonnenlosem Wetter durch die Portobello Road aus Richtung Notting Hill Station. Nicht alle Marktstände waren draußen aufgebaut, wie am überlaufenen Samstag, aber viele.

»Da sagen Sie was, Santow. Für unseren Verschwindetrick ist das zwar kontraproduktiv, aber es wird funktionieren. Werden wir übrigens noch von Melone verfolgt?«

Sehen wir mal nach.

»Vielleicht da vorne. Guter Aussichtsturm«, Mehlos zeigte auf ein Geschäft weiter entfernt. Doch zuvor mussten sie an anderen Läden vorbei. Nach Anmerkungen wie »Nein, diese schottischen Cashmerepullover kommen garantiert nicht aus Schottland, Santow, mehr so eine chinesische Vorstellung von Schottland, und die werden Sie schon nach der ersten Wäsche enttäuschen«, »hier rechts gibt es wirklich sehr schönes, altes, wundervoll restauriertes Reisegepäck, natürlich die Touristenpreise ignorieren, achja, die roten Cricketbälle sind allerdings eine schöne Erinnerung, vor allem wenn einem der große Holzpropeller dort hinten unhandlich wird, möchten Sie einen, Santow? Cricketball, nicht Holzpropeller natürlich … Nein? Na, gut. Ich mag sie. Die Bälle. Sie natürlich auch, Santow, aber das wissen Sie ja. Oh, schade, dass ‚The Good Fairy' geschlossen hat ... Kann man schön durchstöbern und die eine oder andere alte Postkarte ist wirklich ihr Geld wert«, kamen beide zu einem Stand, der eine alte gewundene Bibliothekstreppe aus Holz feilbot.

Santow hatte sie schon gesehen und erklommen. Sie war etwa mit den Füßen auf Mehlos Augenhöhe und hielt die flache Hand über die Augen, so, als ob sie zum Horizont blickte.

»Wie ist es da oben?«, schrie Mehlos tonlos hoch, »Schnee?«

Können Sie sich bitte einen Moment gedulden?

»Melone?«

Santow nahm sich Zeit und sah den leichten Anstieg der Portobello Road hoch, den sie heruntergekommen waren. Und zurück vom Knick, den die Straße oben machte, bis zu ihrer jetzigen Position. Sie blickte auch in die kleinen Schlangen vor den Geschäften, wartete, sah wieder hin. Nichts Verdächtiges.

Nichts Verdächtiges.

»Ja, das dachte ich mir schon. Sie sind trotzdem da. Irgendwo. Und gut, dass sie sehen, dass wir sie nicht vergessen haben. Beginnen Sie den Abstieg ins Basislager. Das Wetter hält.«

Schon war Santow fast unten, als sie stolperte und Mehlos in die Arme fiel. Der hielt sie fest und ihre Augen trafen sich. Für einen Moment gab es keinen Trubel, kein Notting Hill um sie herum.

»Interesse an der Treppe? Habe ich aus einer Bibliothek in Oxford. Schlaue Leute sind da hoch und runter gestiegen ...«

»So wie gerade«, sagte Mehlos, dem die Unterbrechung höchst ungelegen kam, »wir werden darüber nachdenken.«

»Tun Sie das, Sir«, sagte der Mann und wandte sich wieder Kunden mit stärkeren Kaufsignalen zu.

Ein letztes Lächeln und Mehlos und Santow standen wieder mitten auf der Portobello Road.

Ist es noch weit zu Bernie?

»Nein. Da vorne.«

Mehlos nickte zur gegenüberliegenden Seite. Zwei, drei Häuser voller Antiquitätenläden, die miteinander verbunden waren. Sie gingen durch einen Eingang und kamen in ein Wirrwarr aus schmalen Gängen, kleinen, offenen Buchten mit Händlern, die auf Kundschaft warteten und meistens ein Magazin lasen, das ihren Geschäftszweck unterstrich. Uhren, alte Bücher, Schallplatten, Tafelbesteck, antike Gartenartikel, Accessoires, die man mit zur Jagd nahm, Vintage Golfzubehör oder alles rund um das Pferd. Über allem lag der Geruch eines in die Jahre gekommenen Hotels mit einem Hauch von Tee, der gelegentlich von einem der aktuell favorisierten Fragrances einer Touristin überlagert wurde und dann wieder zurückkehrte zum Duft der Devotionalien vergangener Dekaden.

Mehlos schien sich auszukennen, denn er mäanderte mit Geschick durch die für Santow noch undurchschaubare Vielfalt von Angeboten, Gängen, Ständen, Schildern und Geschäften. In den Tiefen des Gebäudes kamen sie schließlich zu einer offenen Fläche mit Tischen, Stühlen und Bar mit Tee und Sandwiches sowie einer Treppe nach oben und nach unten. Mehlos entschied sich für unten, wandte sich mit einer einladenden Geste zur Seite, die Santow bedeuten sollte, vorzugehen, und sah sich um, ob ihm Gesichter oder schwarze Anzüge bekannt vorkamen; aber dem war nicht so.

Unten angekommen setzte sich die Unübersichtlichkeit fort, mit dem für beider Vorhaben dienlichen Nebeneffekt, dass es hier bedeutend dunkler war und darüber hinaus noch mehr nach Tee roch. Der Boden hatte gewechselt und nach ein paar Schritten gingen sie sanft und lautlos auf alten Orientteppichen einem Laden entgegen, der eine geschlossene Front hatte. Dunkelgrünes Holz mit Milchglasscheiben, auf denen in goldener Schreibschrift stand: B.R.C. Viscount of Rutland, Gentlemen's Garments.

Oh. Dann stimmt das ja mit dem Viscount. Dachte, das sei ein Witz.

»Nicht nur Papier, auch Milchglasscheiben sind geduldig.«

Mehlos öffnete die Tür, deutete eine Verbeugung an und ließ Santow den Vortritt.

Im Laden herrschte gedämpftes Licht. Auf dem dunkelgrünen Teppich lagen Orientbrücken, es gab eine Sitzecke mit dunkelbraunen Chesterfield-Möbeln, die direkt aus einem der Clubs in der Pall Mall zu stammen schienen; auf dem Tisch jede Menge Ausgaben von *Private Eye*, *Classic & Sports Car Magazine* und *Horse & Hound*. An den Wänden lange Regale mit Anzügen, Jacken, Hosen, Westen. Es gab Hüte, Kappen, Mäntel, Schuhe, Garderobenständer und viele Spiegel. Vor den Umzugskabinen stand eine Vase aus Messing mit Spazierstöcken.

In der Mitte des Raumes kniete Bernie, der gerade einem Kunden die Aufschläge seiner Hose über einem Schuh zurecht zupfte. Über eine halbe Brille sah er Mehlos und Santow eintreten, hob die grauen Augenbrauen und lächelte.

»Bernie!«, Mehlos winkte, zeigte auf das Sofa und machte Bernie eine Geste, aus der dieser entnahm, dass er sich mit seinem Kunden durchaus etwas Zeit lassen sollte. Er und Santow nahmen Platz auf dem Sofa. Auf einem Tisch daneben stand eine Kanne mit Tee, den er Santow anbot, die aber ablehnte. Mehlos nahm sich von der Yorkshire

Mischung, presste eine Zitronenscheibe hinein, hielt die Untertasse und trank.

Bis jetzt ist niemand hereingekommen, den wir kennen. Es war auch niemand hinter uns. Vielleicht wissen sie nicht, dass wir hier sind.

»Es gibt hier überall Kameras. Draußen, aber hier bei Bernie nicht«, sagte Mehlos tonlos, »die haben uns bestimmt hier reingehen sehen. Das Schöne dabei: sie werden nicht sehen, wie wir hier rausgehen«.

Wir verkleiden uns!

»Oh. Viel aufregender. Aber, warten Sie's ab.«

Okay, Santow sah sich um, viele Autozeitschriften!

»Ja. Das ist auch historisch bedingt. Bernie war … in der Autobranche sozusagen. Bevor er diesen Laden übernahm. Also … nicht direkt. Er war für ein paar Jahre, naja, Gast der Regierung. Vollverpflegung. Und am Morgen immer ein paar Runden im Hof.«

Bernie war im … Knast!, diskret machte Santow nicht die volle Gebärde für Gefängnis, indem sie die Hände mit den zum Gitter aufgefächerten Fingern nicht vor dem Gesicht kreuzte, was so ziemlich jeder verstanden hätte, sondern vor dem Schoß.

»Ja. Er war der beste Autodieb von England. Spezialisiert auf die wirklich teuren Wagen. Hat sogar mal einen Ferrari von Prince Andrew direkt aus einer Hotelgarage in Kensington geklaut, als der wohl oben eine kleine Party mit Epstein hatte. Respekt. Leider kam der arme Bernie dafür in den Knast und nicht Randy Andy.«

Wohl wahr. Aber dann doch kein Viscount?

»Von Geburt nicht, von der Haltung her schon.«

Wie auf's Stichwort trat der Fasthochwohlgeborene mit einem Maßband über der Schulter zu den beiden an die

Couch. In einem Feature über den MI6 und einen ehemaligen Top-Agenten, der nun, da alt geworden, auf die Position des waffen- und ausrüstungsbeschaffenden Quartermasters gesetzt wurde, wäre er die Idealbesetzung gewesen. Er musste kurz seinen Rücken mit einer Hand stützen, blies die Geste aber dann ab und reichte erst Santow, dann Mehlos die Hand und begrüßte beide herzlich.

»Heute nichts dabei? Du hast so einen guten Geschmack und vor allem dazu noch eine so gängige Größe, dass es mir trotz deiner Maßanfertigung aus den Händen gerissen wird.«

Santow mutmaßte, dass hier wohl Mehlos' gebrauchte Anzüge in die Auslage wanderten.

»Solange du sie nicht als getragene Prince Andrews verkaufst …«

»Dafür hast du zu wenig Bauch.«

Bernie grinste und Santow war sich sicher, dass er in einer seiner gestohlenen Karossen zum einen als deren rechtmäßiger Eigentümer hätte durchgehen können und zum anderen auch alle Frauen, die ihn sahen, seufzend nur zu gerne neben ihm gesessen hätten.

»Dann wollt ihr heute einkaufen? Darf ich dir was ganz Besonders zeigen?«

Jetzt ging die Neugier doch mit Mehlos durch.

»Was denn?«

»Kleinen Moment«, Bernie schnipste mit den Fingern und ließ den Zeigefinger oben stehen, und mit den Worten »gleich zurück. Darf nicht jeder sehen« ging er in den hinteren Teil des Ladens.

Mehlos und Santow sahen sich an.

Zurück kam Bernie … mit einem schwarzen Hut, den er stolz mit beiden Händen nach vorne hielt.

»Der Fedora von Aristoteles Sokrates Homer Onassis!«

Hui!

»Bernie ... wir sind doch unter uns ...«

»Nein wirklich, Kleos, kein King Charles. Der ist echt!«

»Ich kann mich nicht daran erinnern, Onassis je mit einem Fedora gesehen zu haben.«

»Doch, doch. Lag lange unbeachtet in einer seiner Wohnungen in Monaco. Ist ein echter Cavanagh aus New York. Mit der Cavanagh Kante.«

»Wo hast du ihn her?«

»Vom Sohn seiner Haushälterin. Sie versuchen noch, ein Foto zu bekommen, auf dem er ihn trägt.«

»Darf ich mal ...?«, fragte Mehlos.

»Klar!«, Bernie gab ihm den Hut. Mehlos drehte ihn in seinen Händen ein paarmal um die Achse, setzte ihn dann mit einem eleganten Flip auf und fuhr mit dem Zeigefinger an der Krempe entlang.

Auch wenn sie mit den Augen rollte, gefiel es Santow.

»Der passt, Kleos, wie für dich gemacht. Wer war schon Onassis?«, sagte Bernie und verschränkte die Arme vor der Brust.

Der passt tatsächlich ziemlich gut, **gab Santow zu,** schon cool!

»Hm«, sagte Mehlos und sah in den Spiegel. Ein Gentleman, wie er geradewegs den Fünfzigern entsprungen sein könnte, sah zurück. Der Hut passte auch zu Mehlos' dunkelblauem Anzug mit Weste.

»Für welchen Betrag würdest du dich von dem guten Stück trennen?«

»Gar nicht. Sowas verkauft man nicht. Jedenfalls nicht, bevor das Foto da ist. Aber trag ihn einfach ein paar Tage, freu dich dran und bring ihn mir wieder zurück.«

»Danke, Bernie, gerne. Jetzt fällt es mir aber doppelt schwer, dich um etwas anderes zu bitten ...«

»Was denn?«, nun war Bernie neugierig.

»Wir brauchen zweimal den Passierschein. Jetzt gleich.«

»Jetzt?«

»Bitte Bernie, es ist wichtig.«

»Sagst du mir, warum?«

»Lass uns nächste Woche im Club Abendessen. Dann erzähl' ich's dir.«

Bernie kratzte und schabte sich einen nicht vorhandenen Bart und zog mit Daumen und Zeigefinger seine Mundwinkel herunter, bis er aussah wie alter Karpfen. Dann sagte er schließlich:

»Okay. Du weißt, ich kann dir nichts abschlagen. Nicht seit der Sache mit Omar Sharifs Rolls Royce und diesen Damen. Ich muss telefonieren«, schon verschwand Bernie hinter einem Tresen und suchte eine Telefonnummer in einem Notizheft. Fündig geworden, rief er mit einem schwarzen Wählscheibentelefon aus Bakelit, das vor dem Krieg einmal zu den modernsten Errungenschaften überhaupt gehört hatte, jemanden an. Bernie erzählte. Er nickte. Hörte zu. Nickte wiederum, sagte etwas und legte auf. Dann kam er zu Mehlos und Santow zurück.

»Geht klar. William macht euch auf. In 10 Minuten ist er startklar.«

»Dann wären wir bereit«, sagte Mehlos, zog den Onassis an der Krempe in die Stirn und sah sogar etwas gefährlich damit aus. Santow verkniff sich ihre Frage, was das für eine Geschichte mit Omar Sharif und den Damen war, hob die Augenbrauen und war gespannt.

»Kommt!«, sagte Bernie und ging in Richtung der Umkleidekabinen. Die hinterste war etwas größer als die anderen. Vor ihr blieb Bernie stehen. Alle hatten einen dunkelgrünen Vorhang aus Samt, der sich in der Mitte teilte. Bernie sah sich im Laden um, aber der einzige andere Kunde war schon gegangen. Er hielt den beiden den Vorhang auf und ging hinterher.

Sie waren in einer völlig normalen Herrenumkleide mit einem hölzernen Garderobenständer, einer Bank und einem Spiegel, in dem sie sich gerade bewunderten: ein Mann in einem blauen Anzug mit Weste und Hut, eine Dame in einem dunkelblauen Kleid, die heute einen Pferdeschwanz trug, und ein älterer Herr, der einen distinguierten Eindruck machte, dem aber seine Freunde alle Schandtaten dieser Welt zutrauten. Es wäre ein treffendes Kinoplakat für eine romantische Komödie gewesen. Dann griff der ältere Herr mit beiden Händen an die rechte Seitenwand des Spiegels und zog sie unter einem metallischen *Klick!* nach vorne. Sie öffnete sich wie eine Tür. Der Kellerdunst von Jahrhunderten schlug ihnen entgegen: die Kopfnote Moder, die Herznote feuchte Lappen mit Öl und im Abgang die leichte Ahnung von Schmorbrand.

»Das ist eine wirkliche Downside«, sagte Bernie entschuldigend, »es riecht nicht gut. Aber, wenn man unten ist, gewöhnt man sich dran.«

Santow sah in das Loch hinein. Alles, was sie sah, waren hölzerne Treppenstufen, die nach unten führten. Dahinter war alles schwarz und undurchdringlich.

»Hier«, sagte Bernie und gab beiden zwei Taschenlampen, »wir haben jede Menge davon. Unten gibt es leider kein Licht und keinen Strom. Es ist ja auch keine Touristenattraktion, sondern ein Kriegstunnel. Gebt sie nachher einfach William. Und, du kennst es ja schon, das Seil zum Entlanghangeln ist immer noch da.«

»Völlig angemessen in unserer Situation. Sollte jemand nach uns fragen ... weißt du von nichts.«

»Mann, bin ich gespannt auf unser Abendessen!«

»Ist das okay für Sie, Santow?«

Ich habe schon Schlimmeres hinter mir.

»Das wird ja immer besser …«, sagte Bernie, »passt übrigens auf eure Köpfe auf, die Decke kann manchmal etwas niedrig sein.«

»Kein Problem, ich habe ja einen Hut …«

»Womit habe ich das verdient?«, Bernie schüttelte sich, »oh, Lord, was habe ich nur getan, dass du mich so strafst?«, er faltete die Hände vor der Brust, »aber, ich lass' euch jetzt alleine. Viel Glück, bei dem, was ihr vorhabt!« Dann zog er den Vorhang der Umkleidekabine von außen zu.

Bitte denken Sie an Ihr Telefon: Karte raus, Santow löste den kleinen Schlitten in ihrem Tablet und Mehlos kümmerte sich um sein altes Telefon, bevor beide schweigend in Londons Orkus hinabstiegen.

Das Haus mit der blauen Tür

Wenn uns jetzt Rahul hier auflauert, würden wir ihn nicht erkennen, zeigte Santow, als sich Mehlos umdrehte um sich zu vergewissern, dass sie noch hinter ihm war.

»Er würde eins mit seinem Schatten werden. Ein Traum für jeden Verfolger«, sagte Mehlos, der sich die Taschenlampe vors Gesicht hielt, damit Santow seinen Mund sehen konnte, aber mit der Linken noch immer fest das Seil umklammerte, das der Ariadnefaden in der Schwärze des unterirdischen Londons war.

Sie waren schon etwa zehn Minuten unterwegs. Mehlos war diesen Weg einmal aus Neugier gegangen und er war ihm unendlich lange vorgekommen. Als er auf der anderen Seite wieder auf die Uhr gesehen hatte, war indes keine Viertelstunde vergangen gewesen. Es war bedrückend in diesem Gang. Überall Schwärze und das Gefühl, langsam, aber sicher Teil dieses Ensembles aus Feuchtigkeit, undefinierbarer Mischung aus alter Kleidung, Ölresten und Petroleum sowie vor sich hin modernden Rattenknochen zu werden. Aufmerksam sah er sich Santow an, entdeckte aber keine Anzeichen von Panik und fand es plötzlich sehr egoistisch, leichtsinnig und unverantwortlich zugleich, sie dieser Tour ausgesetzt zu haben. Sicher hätten sie Rahul auch eleganter loswerden können. Er schalt sich dafür einen Narren und beschloss, solche Beeindruckungstrips fürderhin einfach zu lassen.

»Es ist nicht mehr weit. Maximal fünf Minuten …«, sagte Mehlos mit schlechtem Gewissen und leuchtete beide an.

Gehen Sie einfach weiter, Mehlos. Frauen lieben lange dunkle Gänge, in denen sie nicht wissen, ob beim nächsten Schritt der Absatz bricht …

Mehlos duckte sich unter der Keule und ging weiter, während er sich das Ende der Reise herbeiwünschte, von der er fälschlicherweise angenommen hatte, dass sie Santow zumindest was den Ort betraf gefallen würde.

Endlich erkannte er im Lichtschein seiner Taschenlampe eine Holztreppe, die nach oben führte. Er drehte sich zu Santow um und machte das Daumen hoch-Zeichen, was Santow mit einem müden Lächeln quittierte. Mehlos kletterte die Leiter hinauf und schlug mit dem Griff seiner Lampe zweimal an die Tür. Das Bumpern hallte dumpf im Tunnel nach.

An der oberen, unteren und linken Seite der Tür vergrößerten sich Streifen hellen Lichts. Sie wurde geöffnet von einem jüngeren Mann mit leicht popperhafter Frisur in einem offenen hellblauen Hemd, der sie verhuscht ansah und schüchtern grinste.

»Willkommen auf der anderen Seite«, sagte er und legte eine Hand in den Nacken.

»Guten Nachmittag William, vielen Dank für's Pförtnern«, sagte Mehlos, als sie durch die Tür in den kleinen Raum unter einer Treppe traten, der sich in einem der Stadtreihenhäuser in Notting Hill befand, »das hier ist Joanna Santow«.

»Oh, guten Nachmittag, Joanna. Freut mich sehr. Habe schon viel von Ihnen gehört.«

VON mir? Das kann unmöglich sein, aber vielleicht ÜBER mich, zeigte Santow und Mehlos übersetzte, Hallo William. Wo sind wir hier? Im Travel Book Shop?

»Oh, nein, nein, ... der ist ein bisschen woanders,« sagte William, »aber nicht weit. Wir sind hier auf dem unteren Teil der Portobello Road. Locker eine Dreiviertelmeile von Bernies Laden entfernt.«

»Ohh ... groovy ...«, murmelte mit walisischem Akzent ein trotz seines Bademantels ungewaschen wirkender Mitbewohner, der mit Zigarette im Mundwinkel und der *Watch!* unter dem Arm gerade an der Treppentür vorbeischlich und sah, wie Santow versuchte, sich den Tunnelgeruch aus dem Kleid zu klopfen und dabei nicht die schlechteste Figur machte.

»Ich muss mich für ihn entschuldigen«, meinte William, »wollt ihr noch weiter, oder euch noch etwas stärken? Ich habe eingelegte Pfirsiche im Kühlschrank.«

»Nein. Vielen Dank«, sagte Mehlos.

Warum nicht? Selbst gemacht? Kann nur besser werden, als die Tour da unten gerade.

»Nein, danke, wir müssen leider schnell weiter, meint Joanna« sagte Mehlos.

MEHLOS!

»Wirklich, keine Zeit William. Vielen Dank aber für alles.«

»Okay. Dann kommt!«, William machte eine einladende Handbewegung zur Haustür, die nur wenige Meter entfernt war. Sie war blau.

Im Garderobenspiegel sah sich Mehlos noch einmal kurz an; Santows Gesicht tauchte hinter ihm auf

Ich bin froh, dass der Onassis überlebt hat.

Statt einer Antwort gab Mehlos der Krempe noch einen kleinen Schubs, dass ihm der Fedora im genau richtigen Winkel in eine schräge Position rutschte.

Zusammen mit Santow trat er vor die Tür.

Black Cab III

»Was hatten Sie denn erwartet? Ein Blitzlichtgewitter? Reporter von der *Watch!*, die uns nachstellen?«

Unten, vor den Treppenstufen der Tür, stand ein wartendes schwarzes Taxi. Mehlos hielt Santow die Tür auf und stieg hinter ihr ein.

»Erst einmal losfahren« bat er den Cabbie, »Richtung Holland Park, bitte.«

Warum wartete der schon?

»Glaube, das machen Bernie und William automatisch.«

Und jetzt? Abbey Road? Das Nichts abholen?

»Die Bahn ist frei. Wäre mein Vorschlag.«

Und dann laden wir es einfach so in das nächstbeste Taxi? Wir haben doch gar keine Ahnung, was es ist und wie groß.

»Lassen Sie uns abwarten und es uns erst einmal ansehen. Schlimmstenfalls leihen wir uns einen Van. Wollen wir mal kurz die Telefone anmachen, bevor wir in die Abbey Road kommen? Risiko, dass wir geortet werden, nachdem wir uns gerade so große Mühe gegeben haben?«

Die müssten schon sehr gute Beziehungen zur Met oder den Netzbetreibern haben. Vielleicht sehen wir Gespenster.

»Okay. Karten wieder rein. Können ja dann wieder raus. Man weiß nie …«

Beide legten die Karten ein. Ein paar Sekunden später folgten schon die Töne der Benachrichtigungen.

»Was Wichtiges?«, fragte Mehlos nach einer Weile.

Francis hat getextet. Schauen Sie mal, Mehlos, Santow gab ihm ihr Tablet:

Bitte um Hilfe, Joanna, er hat mich leider auf seinem Telefon gesperrt. Können Sie ihn bitten, mir seinen Austin zu leihen? Ich muss unbedingt persönlich zu einem Termin – kann keinen meiner Wagen nehmen, werde von der Met beobachtet. Bringe ihn heute noch zurück. Bitte, es ist wirklich dringend. Ich weiß, dass er auf Sie hört.

»Ach, tut er das wirklich?«, sagte Mehlos, »Francis ist geschickt. So muss ich Ihnen diese Bitte abschlagen und nicht ihm.«

Wie können Sie nur, Mehlos.

»Schreiben Sie einfach zurück: Wie wär's mit Taxi oder Mietwagen? Oder Bus. Mal ganz was anderes. Frage mich nur, ob er weiß, wie so etwas überhaupt aussieht.«

Ich antworte ihm, Santow tippte auf dem Tablet.

»Prima. Was haben Sie ihm geschrieben?«

Santow drehte das Tablet um:

Ok. Wir bringen den Wagen.

Mehlos sah erst die Nachricht an, dann Santow. Er machte ein Gesicht, als habe er in eine unreife Zitrone gebissen, in der sich zusätzlich ein bitteres Gift befand.

»Geht zurückrufen?«

Mehlos. Jetzt nicht mehr.

Mehlos überlegte, was ihn mehr ärgerte: dass Santow einfach geschrieben hatte oder dass es für Francis jetzt so aussah, als würde er ihm helfen.

»Das ist ganz schön viel Bruderliebe.«

Er hat höflich gefragt. Er braucht Sie. Sie werden ihm helfen. Family.

»Gut. Ich schlucke meinen Ärger hinunter. Aber lassen Sie uns den Tatsachen ins Auge blicken: wir sind unterwegs, haben Wichtiges vor und ich kann jetzt kein Auto ausliefern. Mal ganz abgesehen davon, dass es diese Kategorie von Auto ist, die einem mit der Zeit ans Herz wächst und die man niemandem ausleiht. Auch nicht seinem Sie-wissen-schon.«

Organisieren Sie's einfach.

Der Cabbie gab zu verstehen, dass man gerade nach Holland Park gekommen sei, und wohin die Herrschaften denn nun gebracht zu werden wünschen.

Mehlos dachte kurz über das vermutete Tracking und Verfolger nach und bat dann den Fahrer, noch eine Runde um Holland Park zu drehen.

»Das sagen Sie so einfach.«

Santow erwiderte nichts und sah aus dem Fenster.

Nette Häuser hier. Wohnt hier nicht Robbie Williams?

»Neben Jimmy Page. Ja. Was hat das jetzt ... Okay, okay«, Mehlos wählte die Nummer von Geoffrey und Santow hing an seinen Lippen. Geoffrey nahm ab und hörte zu.

Francis? Dieser Name sei ja schon lange nicht mehr in Mehlos' aktivem Wortschatz. Ob alles soweit in Ordnung sei ... man wisse ja, wie man über ihn denke. Und dann noch der Austin Healey ... ob denn wirklich alles ...? Ob er vielleicht erpresst werde?

»Ja, so ähnlich«, sagte Mehlos mit einem scheelen Seitenblick auf Santow, die zufrieden die Konversation verfolgte, »besonders abgefeimtes und ruchloses Exemplar einer Erpresserin, aber ich bin machtlos«, dann fuhr Mehlos fort, aber ob er, Geoffrey, jetzt nicht einfach mal das Auto zu Francis ... Okay! Und Tausend Dank, aber mit dieser Erpresserin hier sei wirklich nicht zu spaßen. Vielen Dank für die spontane Hilfe.

»*That's what Friends are for*«, sagte Geoffrey, »ich lege jetzt auf. Letzte Möglichkeit zur Meinungsänderung.«

Nein, wirklich. Cavendish werde Bescheid wissen und ihm die Schlüssel übergeben.

Nach einem weiteren Anruf wusste Cavendish tatsächlich Bescheid und Mehlos nahm die Karte aus dem Telefon und steckte es weg.

»Und jetzt Sie.« Auch Santow entfernte die Karte aus ihrem Tablet. Mehlos sah sie an.

Bitte keine Anerkennung erwarten. Das sollte selbstverständlich sein. Endlich mal ein weiterer Schritt in die richtige Richtung. Vielleicht werden Sie doch noch ein Mensch.

Mehlos sah aus dem Fenster und weigerte sich gegen das aufkommende Wohlgefühl, etwas richtig gemacht zu haben.

»Wir sind in St Johns Wood«, sagte der Fahrer, »auch hier noch eine Runde?«

»Nein. Wir können jetzt zu unserem Ziel.«

Welches das denn nun wäre, wollte der Cabbie wissen.

»Abbey Road. Bitte genau vor der Kreuzung halten. DER Kreuzung.«

Abbey Road

Die Studios waren in der Abbey Road Nr. 3. Ein weißes, zweistöckiges Haus mit je vier großen Fenstern unten und drei kleineren oben, das auch ein Mehrfamilienhaus oder der Sitz einer Steuerberatung hätte sein können, wäre da nicht die Menge an Touristen gewesen, die sich vor dem schwarzen Eisenzaun versammelt hatte. Gleich links nebendran war der berühmteste Zebrastreifen der Welt. Zumindest einer, die auf dem gleichnamigen Plattencover der Beatles abgebildet war. Alle Beatles im Gleichschritt, außer Paul. Dies gab natürlich den Anlass zu mannigfaltigen Spekulationen über das mögliche Ableben des linkshändigen Beatle, die die Musikgazetten und People Magazine der damaligen Zeit mit Verschwörungstheorien befeuerten. Auf dem letzten Kilometer, den das Taxi nahm, erzählte Mehlos Santow die meisten davon, wobei er großen Spaß daran hatte, die verschiedenen Zeichen zu entschlüsseln und mit neuen Interpretationen zu versehen, die so absurd waren, dass Santow davon langsam der Kopf schwirrte.

Kein Wunder, dass Ihr Bruder Stones war, Mehlos, die waren geradliniger.

»Wir hatten jedenfalls endlose Diskussionen darüber.«

Als Sie noch miteinander sprachen …

»Ja. Vielen Dank! Stimmt so«, das Letztere war an den Cabbie adressiert, der die beiden an der Kreuzung absetzte.

Und jetzt? Soll ich ein Foto von Ihnen machen? Wie Sie hinter sich her gehen?

»Jetzt frage *ich* mich, ob Sie unsere Sache mit dem nötigen Ernst verfolgen, Santow.«

Nun ja, wir haben sehr wenige Hinweise, die uns hierher geführt haben. Wir wissen auch noch nicht, wo wir suchen sollen. Möchten Sie etwa die kompletten Abbey Road Studios durchkämmen?

»Lassen Sie uns dort hinübergehen, ein bisschen zusehen und überlegen«, Mehlos zeigte auf eine Backsteinmauer an der Seite der Studios, auf der schon ein paar Touristen saßen und warteten, bis sie an der Reihe mit dem Überqueren der Straße und Fotografieren waren. Die Parallelen zu King's Cross und Harry Potters Gepäckwagen waren erschreckend. Offensichtlich mochten es Menschen, prominente Bilder nachzustellen, um selbst Teil eines Mythos zu werden.

Erstaunlich, wie wenige aus der Beatles-Generation hier sind. Die sind alle jünger.

»Ja …«, sagte Mehlos und ging dem nicht weiter nach, »wo sollen wir suchen? Und nach was?«

Als wir die Songs durchgingen, kamen wir auf einen Oktopus. Und wir haben diesen Ring mit dem Pfeil nach unten auf der Drei. Das ist das Symbol von »Recycle for London.«

»Dann suchen wir also eine große Mülltonne mit dem Recyclingsymbol und einem Oktopus irgendwo bei den Abbey Road Studios?«

Mehlos sah sich gerade vier Asiaten in leichtem Cosplay-Look an, die den Gang der Beatles auf dem Zebrastreifen nachstellten. Sogar die Kostüme waren einigermaßen ähnlich gewählt. Er legte die Stirn in Falten und atmete tief ein.

»Warum glaube ich, dass dort bei den Studios genau so eine steht?«

Santow formte ihre Lippen zu einem schmalen Strich und nickte.

Weil wir uns mittlerweile an Daniel Hearsts Humor gewöhnt haben?

»Vielleicht. Ja. Ich weiß es nicht. Irgendetwas stört mich und ich kann es noch nicht festhalten.«

Vielleicht gibt es gar kein Nichts. Also nicht in der Form, in der wir es suchen. Oder wir haben es schon längst gesehen.

»Wie meinen Sie das, Santow?«

Für mich steht außer Frage, dass Daniel Hearst irgendetwas erschaffen hat, das so etwas ist, wie … ein Nichts.

»Ja. Plausibel.«

Was ist, wenn das Nichts gar nichts Gegenständliches ist. Wir denken immer an ein Objekt. Bild. Skulptur oder so etwas. Es könnte etwas ganz anderes sein.

»Nämlich?«

Eine Tat.

Mehlos blickte zu den Asiaten. Der John Lennon unter ihnen sprang in die Höhe und wechselte die Beine nach vorne und hinten.

»Was für eine Tat?«

Sein Tod, zum Beispiel.

Mehlos sah stumm durch sie hindurch.

Das ultimative Nichts. Das Ende von allem.

»Der Gedanke hat was. Aber. Warum sollte Francis dafür einhundert Millionen Pfund bezahlen? Und Mary Tori samt Mr. Rahul schlimmer dahinter her sein, als der Teufel hinter den armen Seelen?«

Ob es was mit seinem Körper zu tun hat?

»Diamanten verschluckt?«

Santow hob die Schultern und ließ die Beine baumeln.

Nur eine Idee.

»Keine schlechte.«

Die Asiaten hatten sich fotografisch völlig verausgabt und machten der nächsten Gruppe Platz. Sie setzten sich neben Mehlos und Santow und gingen an den Smartphones ihre Bilderbeute durch.

»Abbey Road Studios?«, sagte Mehlos lahm.

Mülltonne. Oktopus. Ja. Los!

Beide gaben sich einen Ruck und ließen sich auf den Bürgersteig gleiten.

* * *

Die Studios waren nur ein paar Meter weiter. Vor dem Studiogebäude war ein größerer Parkplatz, auf dem weniger spektakuläre Autos standen, als es der Ort erwarten ließ. Rechts war ein kleineres Eisentor, links ein größeres, mit einer Zufahrt für Lieferanten und Vans in den hinteren Teil des Grundstücks.

Hier standen auch die Mülltonnen. Mehr als sechs. Container mit Deckeln in unterschiedlichen Farben. Die hinterste Tonne war komplett schwarz.

»Wir müssen nicht einmal einbrechen«, sagte Mehlos, »wie nett.«

Das größere der beiden Tore stand etwa einen Meter weit offen.

Klar, wo wir anfangen, oder?

Beide gingen zur schwarzen Tonne. Es war ein rechteckiger Container mit gewölbtem Deckel. Ein ganz gewöhnlicher Müllcontainer von London. Unten Rollen. Ein Aufkleber mit einer Art Recyclingsymbol vorne drauf. Mehlos und Santow sahen sich an.

»Ich komme nicht umhin, festzustellen, Santow, dass diese Tonne außergewöhnlich neu ist. Die anderen sind alle alt und schäbig.«

Sie hat keinerlei Gebrauchsspuren. Auch die Rollen sind noch nie über einen rauen Boden gelaufen. So, als ob sie direkt von der Fabrik aus einem Wagen ausgeladen worden sei.

»Merkwürdig.«

Seltsam.

»Grotesk.«

Und höchst verdächtig.

»Aber das Auffälligste …«

… was keinen Zweifel zulässt, dass wir hier richtig sind …

»Ist dieses … möchten Sie es sagen?«

Oh, ich bitte Sie … lassen Sie es uns zusammen machen, das haben wir doch wirklich verdient …

»Also, das, was uns zeigt, dass wir am Ziel sind, ist dieses – Achtung, jetzt Sie mit:«

»Recyclingsymbol« mit »Oktopus« hier »vorne« drauf!

Beide klatschten nach ihrem Gig in die Hände und applaudierten sich gegenseitig.

»Haben wir übrigens Zuschauer?«, Mehlos blickte hoch zu den Fenstern des Studios und Santow sah nach vorne auf die Abbey Road. Aber weder hier noch da war jemand.

»Hm. Vielleicht ist gerade Harry Styles im Studio.«

Santow klopfte auf den Aufkleber auf der Vorderseite des Müllcontainers.

Der hier ist wirklich nicht zu übersehen.

In der Tat prangte vorne auf der Tonne ein großer rosafarbener Oktopus, dessen Arme kreisförmig um sich selbst herum zeigten und das Recyclinglogo Londons nachstellten. Der Oktopus grinste hämisch.

»Für meinen Geschmack, ein bisschen zu dick aufgetragen …«

Man kann ihn wirklich nicht übersehen.

»Es sieht ein bisschen so aus, wie nur für uns gemacht.«
Der Oktopus grinste noch immer.

Oder für die Suchenden. Daniel Hearst hatte eben Humor.

»Wohl wahr«, Mehlos sah sich nochmal um, »reinsehen?«

Reinsehen!

»Okay. Deckel hoch. Auf drei. Eins, zwei, …«

Bei »drei« hoben beide ohne Probleme den schweren, schwarzen Kunststoffdeckel ab. Dann sahen sie in den Container.

Mehlos sagte es zuerst:

»Das darf doch jetzt nicht wirklich wahr sein.«

Offenbar doch. Ich sehe dasselbe.

Der Container war bis zum Rand voll mit Glückskeksen.

»Hm. Ich habe immer weniger erwartet, hier auf ein weltbewegendes Kunstwerk zu stoßen. Aber das hier …«

Da muss jemand oft die acht Kostbarkeiten bestellt haben, um diese Menge an Keksen zusammenzubekommen.

Mehlos blies Luft durch die Zähne aus.

»Die Hoffnung stirbt zuletzt. Wühlen oder Aufmachen und Lesen?«

Aufmachen, schon hatte sich Santow einen der Glückskekse geschnappt und in einer Wolke von Keksstaub aufgebrochen. Sie entfaltete das Zettelchen, las und verzog den Mund. Mehlos nahm es ihr aus der Hand und sah dabei nicht besser aus.

»Okay«, Mehlos schnappte sich ein paar von den Glückskeksen, auch Santow angelte sich mehrere und brach sie der Reihe nach auf. Doch so viele sie auch öffneten, es stand immer derselbe Spruch drauf:

SORRY, YOU LOSE.

Mehlos warf eine Handvoll geknackter Glückskekse mitsamt ihren Zetteln in die Tonne zurück. Santows Reste segelten kurz darauf hinterher.

»Das war's dann wohl.«

Wühlen hat sich dann wohl erübrigt.

»Ich glaube nicht, dass das Universum uns hier eine Prüfung in Geduld auferlegt hat.«

Wohl kaum.

Mehlos' Blick fiel auf ein Werbeplakat, das jemand hier seltsamerweise aufgestellt hatte. Es zeigte ein glückliches Paar von hinten, das Hand in Hand einem Sonnenuntergang entgegenblickte. Darunter stand in großen Buchstaben:

GOOD THINGS COME TO THOSE WHO WAIT.

Und etwas kleiner in Schreibschrift darunter:

Wartet geduldig, so wird Euch gegeben.

»Trotzdem«, sagte Mehlos nach einer Weile und sah Santow an.

Wenn wir schon mal hier sind …

»Auskippen?«

Wer räumt das wieder auf? Ich jedenfalls nicht. Wenn Sie möchten, Mehlos …

Aber Mehlos hatte die Tonne schon umgeworfen. Eine Lawine von Glückskeksen ergoss sich in die Einfahrt der Abbey Road Studios. Es sah aus wie in der Versuchsküche einer chinesischen Knusperhexe.

»Nichts«, sagte Mehlos überflüssigerweise und nach ein paar Leseproben von Keksen an unterschiedlichen Stellen, die auch alle denselben Spruch zeigten.

»Sorry, we lose, Santow.«

Für's Erste.

»Und gleich wohl nochmal«, sagte Mehlos, als er aus den Studios eine hausmeisterähnliche Gestalt mit hochrotem Kopf und brüllend auf sie zu rennen sah.

Chinatown

Ich sagte doch, diese Glückskekse mit dem roten Punkt gibt es nur hier.

Sie standen in der Gerrard Street vor dem *Golden Lotus*. Quer über den Straßen hingen Leinen mit lauter roten Lampions. In den Fenstern der Restaurants verrichtete eine goldene Winkekatze ihre ewig gleiche Arbeit.

Mehlos sah sich einen noch geschlossenen Glückskeks an, den er aus der Abbey Road mitgenommen hatte. Auf der Innenseite war ein roter Punkt. Viel Bedeutung hatte er ihm nicht beigemessen.

Übrigens, wenn Sie mal einen Job suchen, Mehlos: Ihre Qualitäten liegen eindeutig beim Aufkehren. Ich hätte nie gedacht, dass jemand die Kekse so schnell in den Container zurück schaufeln kann …

»Jeder hat eben seine Talente. Sind diese Winkekatzen nicht faszinierend? Sie werden immer noch winken, auch wenn die Chinesische Mauer schon längst gefallen ist«, lenkte Mehlos ab. Santow sah ihn lächelnd an.

Ich habe übrigens keine Verfolger gesehen, als wir hier mit dem Taxi ankamen.

»Mir ist es langsam egal, ob, wie und wo dieser Rahul-Idiot hinter uns herläuft. Hat ja ohnehin keine Auswirkungen. Ich werde ihn ab jetzt einfach ignorieren. Machen Sie mit, Santow?«

Sehe ich auch so.

»Dann wieder schön die Karten in die Telefone. Gibt es irgendwo eine große Glocke, an die wir hängen können, dass wir hier sind? Ich hätte nicht übel Lust, die *Watch!* anzurufen und ihnen zu erzählen, was wir gerade tun.«

Die interessieren sich sicher für andere Dinge.

»Wollen wir mal rein? Einfach so? Irgendwas fragen?«

Deswegen habe ich Sie hergebracht. Man weiß ja nie. Wir haben keine bessere Spur.

»Für mich war in der Abbey Road Schluss. Kein Nichts. Verloren. Die Kekse hatten wie immer Recht. Aber es hat ja auch sein Gutes: so wird Francis wenigstens nicht entlastet. Und dass diese Mary Tori hinter Rahul steht, haben wir wohl auch geklärt. Sollen sie sich mit Francis rumärgern, meinen Segen haben sie.«

Ist das Ihr Ernst?

»Ziemlich. Lassen Sie uns reingehen.«

Santow machte nur genervte kurze Gesten, ich überlasse Ihnen das Reden.

* * *

Sie betraten das Restaurant und gingen an einem Aquarium vorbei. Gemächlich zogen ein paar Fische an falschen und viel zu bunten Korallen vorbei. Mehlos nutzte die Gelegenheit, um ein paar gehörte Halbwahrheiten über den Zusammenhang zwischen der Anzahl der Meeresbewohner und der Höhe erpressten Schutzgeldes bei den Triaden zu verbreiten, aber Santow sah einfach nicht hin.

Immer tiefer kamen sie in das leere Restaurant.

»Nicht, dass sie uns jetzt für die Triaden halten, die ein bisschen an der Tarifschraube drehen wollen, wenn gerade mal keine Gäste da sind ... aber wir wollen den Manager sprechen und Sie sehen ziemlich gefährlich aus.«

Sie fanden einen Chinesen mit geschorenem Schädel und gestutztem Bart um den Mund in einem goldenen Anzug hinter einem Tresen stehen, der gerade ein Rätsel in einer chinesischen Zeitung mit einem Kugelschreiber bearbeitete. Davor auf einem Barhocker saß ein Junge, der einen Tablet-Computer wie das Steuer eines Rennwagens hielt und anscheinend gerade auf einer Formel-1-Strecke kurvte. Als die beiden sich näherten, legte der Junge das Tablet wieder auf den Tresen und sein Vater wischte das Spiel weg. Es erschien eine Nachrichtenseite mit Headline und Bild.

»Auch in der Volksrepublik weiß man augenscheinlich die Qualität der *Watch!* zu schätzen. Ich hätte dann nun doch einen besseren Geschmack der chinesischen Masse erwartet.«

Der Mann legte die Zeitung nebst Stift beiseite, als Mehlos mit Santow näherkam, und bemühte sich, ungemütlich auszusehen, was ihm aber nur einigermaßen gelang.

Mehlos nutzte dieses Einfallstor, stellte sich kurz vor und kam gleich zum Thema *Glückskekse*. Er holte einen aus seiner Jacke, zeigte auf den roten Punkt und brach ihn auf. SORRY, YOU LOSE! auch hier. Ob der überaus verehrte Restaurantbetreiber des *Golden Lotus* sich denn vorstellen könne, wer eine größere, also eine wirklich größere Quantität, die schon in den fünfstelligen Bereich ging, hier gekauft oder beim Lieferanten in Auftrag gegeben haben könnte?

Der Chinese sah sich erst einmal in aller Ruhe das fragliche, von Mehlos mitgebrachte Gebäckstück an und holte dazu eine zusammengefaltete Nickelbrille aus einer Schublade unter dem Tresen.

Da sich sein Vater nun im Dialog mit zwei Langnasen befand, von denen die eine ihn sogar oft und sehr lieb anlächelte, beschloss der Sohn, wieder zu den Freuden des Gaming zurückzukehren und schnappte sich das Tablet, das sein Vater beiseitegelegt hatte. Er wischte und die News-Seite startete. Er sah das Bild und las sich den zugehörigen Text durch. Dann schaute er noch einmal den Besuch und schließlich seinen Vater an. Okay! Man solle die Gunst der Stunde nutzen, das hatte er oft von ihm gehört – und jetzt war es eben einfach mal so weit. Er rannte mit dem Tablett und einem laut ausgerufenen 爸爸 – 这是他们两个! in die hinteren Räume und eine Treppe hoch. In sein Zimmer. Dort, wo sein Telefon lag.

* * *

Am Tresen unten verlief die Konversation zäh und dickflüssig wie eine sämige Krabbensuppe aus Shanghai.

Nach dem anfänglichen Eindruck, dass der Wirt sich an einen größeren Auftrag erinnere oder gerne die Adresse seines Lieferanten nennen würde, hatten Mehlos und Santow nun genau das gegenteilige Gefühl, nämlich dass sie weder willkommen waren oder gar noch mit einer einigermaßen verwertbaren Information wieder von dannen ziehen würden. Über eine Dreiviertelstunde lang wechselten Mehlos und Santow die Strategien und Überredungsversuche, bis es zu spät war, eine Drohung mit der Met Police noch halbwegs glaubwürdig erscheinen zu lassen und sie von der Diskussion so erschöpft waren, da sie das Gefühl nicht los wurden, vor der unüberwindlichen chinesischen Mauer des Schweigens zu stehen.

Schließlich hatte zuerst Santow, dann Sekunden darauf Mehlos die Nase voll. Sie dankten dem Besitzer zwar vollendet höflich, beschlossen aber, den *Golden Lotus* von der Liste ihrer Lieblingsrestaurants zu streichen.

Dann gingen sie durch das Restaurant, wieder an den Fischen vorbei, zum Ausgang. Zur Sicherheit zählte Mehlos noch einmal die Fische nach, aber am Bestand hatte sich nichts geändert. Unter einem Stein lauerte regungslos ein muränenähnliches Fischviech, das permanent seine Farbe wechselte und um das die anderen Fische herumschwammen.

»Schauen Sie mal, Santow. Warum muss ich gerade an Mary Tori sowie Rahul und seine Bande denken? Die Chefin ist die Spinne im Netz und die anderen warten auf Zeichen. Überall dasselbe. Mir ist nur nicht klar, was der hier macht...«

Lautlos und langsam drehte ein älterer Karpfen seine Runden, als Mehlos Santow die Tür nach draußen aufhielt.

BLITZ! BLITZ! BLITZ!

Eine plötzliche Lichterexplosion schoss Mehlos und Santow in die spontane Blindheit. Kameraverschlüsse ratterten. Ein Stimmengewirr von lauter finsteren Fragen umfing sie, aus dem sich langsam eine Krächzschnarrstimme löste, die noch hinterlistigere Fragen stellte. Jennifer Caherne.

Langsam konnten Mehlos und Santow wieder sehen und nahmen eine blonde Schlangenhaar-Frisur wahr.

»Was haben Sie mit Daniel Hearst gemacht?«

Blitz! BliTZ! BLITZ!

Mehlos und Santow hatten plötzlich lange Stangen vor dem Gesicht. Mikrophone. Bereit, jede Aussage aufzuzeichnen und wirksam aufbereitet in die Welt zu senden.

»Warum? Warum ist es passiert?«, Jennifer Caherne schien ihnen direkt in die Ohren zu schreien, »Warum sagen Sie nichts? Die Welt hat ein Recht darauf! Was haben Sie mit Daniel Hearst gemacht? Warum?«

Bevor Mehlos irgendeine Bemerkung machen konnte, die ihm später leidgetan hätte, zog Santow ihn von der Journalistenmeute weg, die Gerrard Street hinunter, der Pulk von Kameras und Mikrophonen schwirrte hinterher.

Wieder einmal war ein Taxi die Rettung. Eins stand vor einem Hair/Nails/Beauty-Laden, der englischer aussah, als man es in dieser Umgebung vermutet hätte. Der Cabbie wartete auf Fahrgäste. Diesmal öffnete Santow die Tür und schubste Mehlos hinein, wie die Polizei es mit festgenommenen Schwerverbrechern machte, und drückte seinen Kopf mit Hut nach unten, damit er auch ins Auto passte, dann sprang sie in das Taxi.

In diesem Augenblick kam im *Golden Lotus* der Junge von oben aus seinem Zimmer zum Tresen seines Vaters geschossen und rief noch einmal: 爸爸 – 这是他们两个[3]

Dann zeigte er seinem Vater das Tablet mit der Headline der *Watch!*:

SONNY & KLEID:

DIE KILLER VON DANIEL HEARST?

Darunter ein Bild aus einer Galerie mit Mehlos und Santow, der eine im Anzug jungenhaft in die Kamera lachend und die andere im Kleid energisch die Faust geballt. Dazu ein Text mit kurzen Sätzen, der mehr Fragen stellte, als er beantwortete.

Der Vater hob die Augenbrauen, schaute verdutzt auf das Display und sah dann seinen Jungen an. Der aber hatte noch mehr.

»Schau, ich bekomme 500 Pfund«, sagte er und blickte seinen Vater an. Der hob seine Augenbrauen noch höher. Der Junge scrollte auf dem Tablet und kam zu einem Kas-

---

3 Papa – das sind die beiden!

ten mit »Seien Sie *Watch!*-Leserreporter!« Aktuell gefragt: der Aufenthalt der beiden Personen oben im Bild. Die Belohnung: 500 Pfund, wenn die Reporter die beiden anträfen.

Der Junge grinste, zeigte auf die Tür und lief los auf die Straße, um sich über den Erfolg seiner Aktion zu erkundigen, sein Vater sah ihm hinterher.

»Verräter«, war sein erster Gedanke – aber irgendwo war er auch ein kleines bisschen stolz auf seinen Sohn.

* * *

Ich dachte, sowas passiert nur in Notting Hill. Vor Häusern mit blauen Türen. Das mit dem Blitzlichtgewitter.

»Offensichtlich sind wir auch hier davor nicht gefeit. War das ein Foto aus Mary Toris Galerie?«

»Ich nehme an«, warf der Cabbie mit einem Blick nach draußen dazwischen, als die ersten der Journalisten begannen, auf das Taxi zu trommeln, »Sie möchten erst mal schnell weg hier, richtig?« und legte einen Gang ein.

»Richtig. Bitte«, sagte Mehlos und das Taxi machte einen Satz nach vorne. Dann brachte der Fahrer sie aus der Gefahrenzone unter dem roten Laternenhimmel von Chinatown.

* * *

»Wir sind auf den ältesten Journalistentrick der Welt hereingefallen, Santow«, sagte Mehlos, als das Cab den Leicester Square erreichte, »jemanden auf die Finger hauen oder am Gürtel ziehen. Schon schaut man lustig drein oder ballt die Faust. *Zack!* Auslösen und perfektes Bild im Kasten, das das Motiv unsympathisch macht und die Reichweite steigert.«

Das konnte niemand wissen.

»Wo möchten Sie hin?«, fragte der Cabbie.

Mehlos dachte einen Moment nach. Ihre Identitäten durfte Jennifer Caherne bereits erfahren haben. Damit auch ihre Adressen, die folglich als Ziel ausschieden. Er hatte keine Lust, vor der Hyde Park Agency oder gar vor Santows Mews in Chelsea von einem Pulk Journalisten begrüßt zu werden. Es blieb sein Club in der Pall Mall. Sowohl der als auch Mehlos selbst waren unprominent genug, dass dies nicht öffentlich bekannt war. Trotzdem war Vorsicht angebracht; er wusste nicht, wie es um die Loyalität des Cabbies bestellt war, wenn sie erst einmal das Taxi verlassen hatten. Ein paar größere Pfundnoten waren im Tausch gegen das Fahrziel doch ein wenig zu verführerisch.

»Royal Academy of Engineering bitte. Carlton House Terraces«, so konnten sie die Pall Mall über Carlton Gardens schnell zu Fuß erreichen.

»Okay. Sir«, sagte der Cabbie und sah wieder auf die Straße.

* * *

Mehlos schwieg eine kleine Weile. Dann sah er Santow an.

»Santow, bitte entschuldigen Sie meine Ausdrucksweise, aber ich habe das Gefühl, wir werden hier auf dieser Suche nach Strich und Faden verarscht.«

Mir ging Ähnliches durch den Kopf, Mehlos. **Verladen war das Wort, das mir einfiel.**

»Natürlich. *Pardon my French.*«

Beide schwiegen vor sich hin, bis das Taxi vor der Academy ausrollte.

Purcell Club, Pall Mall

Der Purcell Club in der Pall Mall war einer der exzentrischsten Clubs in London, wenn nicht gar der verschrobenste. Anders als in den anderen Gentlemen's Clubs der Hauptstadt waren hier Herkunft, Vermögen, Ausbildung oder gesellschaftliche Beziehungen kein Kriterium oder gar Garantie für eine Aufnahme. Man musste nicht einmal wissen, dass der Namensgeber Henry Purcell einer der bedeutendsten englischen Komponisten des Barock war, seine Musik lieben, die viele zeitgenössische Musiker inspirierte oder Filmregisseuren atmosphärisch dichte Soundtracks lieferte. Nein, im Purcell Club kam es einzig und allein darauf an, ein offener und origineller Mensch zu sein, der anderen vorurteilslos, ehrlich und mit viel Humor begegnete.

Eine Grundregel des Clubs war, Unterhaltungen zwischen zwei oder mehr Mitgliedern beliebig beitreten zu können und als sich-Unterhaltende jederzeit andere herbeizuwinken und zu ermuntern, möglichst originelle Ideen beizutragen.

So offen der Club war, so streng war das Auswahlverfahren, wer dem Purcell Club als Mitglied beitreten durfte. Man wurde als Mitglied natürlich von anderen vorgeschlagen, aber genauso gut konnte es passieren, dass man bei Businessmeetings, auf offener Straße, als Kellner in einem

Restaurant oder auch als Handwerker bei der Installation einer Badewanne von seinem Auftraggeber mit der Meinung konfrontiert wurde, das Potenzial eines wertvollen Mitglieds zu haben und dann die Frage gestellt bekam, ob man sich denn nicht auf das Auswahlverfahren einlassen wollte. Hatte der Angesprochene oder die Auserwählte dies bejaht, begann einer der härtesten Aufnahmeprozesse in der Geschichte menschlicher Organisationen, der selbst die Rekrutierung von Eliteeinheiten wie der britischen SAS an Genauigkeit und kalkulierten Gemeinheiten bei weitem übertraf. Es waren Aufgaben zu lösen, wie an der Speakers' Corner im Hyde Park eine Rede zu halten, mit mindestens 20 Zuhörern, die länger als zehn Minuten blieben, als Gastlehrer einer Schule in einem sozialen Brennpunkt eine Stunde zu überleben, oder sich aus scheinbar ausweglosen Situationen wie der Diskussion mit einer Londoner Politesse über die Erteilung eines Tickets wegen Falschparkens herauszuquatschen. Hatte man diese Prüfungen erfolgreich überstanden, war das *Blackballing* die letzte Hürde: Zwölf Mitglieder, die die Kandidatinnen und Kandidaten begleiteten, bekamen je zwei Kugeln, eine weiße sowie eine schwarze und fällten mit diesen ihr Urteil, indem sie eine von beiden in einen alten Ledersack warfen, der aus dem Nachlass von Henry Purcell selbst stammte. Während die schwarze ein *Nein* bedeutete, signalisierte die weiße, dass ihr Besitzer es nicht abwarten konnte, die jeweilige Person im Kreise der Mitglieder willkommen zu heißen. Der Ledersack wurde im Beisein der Kandidaten und aller Juroren in einer Zeremonie im King-Arthur-Kaminzimmer geöffnet und es durften nur weiße Kugeln zu sehen sein. Erfolgreiche neue Mitglieder wurden zur Musik von *Crown The Altar, Deck The Shrine* gefeiert, wohingegen nicht Erfolgreiche beim Spielen der *Funeral Music for Queen Mary* zumindest das Gefühl hatten, an einer außergewöhnlichen Tradition teilgenommen zu haben und fair behandelt worden zu sein. So war es kein Wunder, dass sich neben solventen Müßiggängern, Finanzleuten aus der City oder Persönlichkeiten des kulturellen und öffentlichen Lebens auch genauso viele Kassiererinnen von Supermärkten, Straßenmusiker oder Auslieferer von Paketdiensten an einer Mitgliedschaft im Purcell Club erfreuten; ihre Mitgliedsbeiträge waren gering oder gleich Null und wurden von Bessergestellten übernommen. Gäste der Mitglieder waren stets willkommen.

Nachdem sie gewartet hatten, bis das Taxi außer Sichtweite war, liefen Mehlos und Santow den kurzen Weg durch Carlton Gardens zur Pall Mall, vorbei an den Gärten, die zu den großen, grausteinernen und klassischen Gebäuden der Clubs an der Pall Mall in Westminster gehörten.

Der Purcell Club befand sich in einer Reihe mit dem Reform Club, dem Travellers Club und dem Royal Automobile Club und war wie diese ein beliebter Drehort für Agenten- und Spionagefilme, wenn es um gediegenes Londoner Ambiente ging.

Sie gingen die Stufen hoch zum Eingang des alten Gebäudes und wurden vom Empfang begrüßt. Ein Ausweis war nicht notwendig, man kannte jedes Mitglied persönlich, und Mehlos verbrachte gerne seine Zeit im Club mit Bibliothek, Musikzimmer, vielen Räumen, die alle nach einem der Werke Purcells benannt waren, und einem hervorragenden Restaurant. Für Mitglieder, die von weiter herkamen, oder Flüchtlinge aus der eigenen häuslichen Atmosphäre hielt der Club auch Zimmer zur Übernachtung bereit. Im Keller gab es eine Bar, einen kleinen Swimmingpool, der in seinem säulenbewehrten Charme längst vergangener Zeiten mit dem des Royal Automobile Clubs in ständigem Wettbewerb lag, zwei Squash Courts und einen Spa-Bereich. Im hinteren Außenbereich gab es eine Terrasse mit Garten.

Natürlich war John Garreth, dem Clubmanager im Maßanzug von Huntsman, die aktuelle Berichterstattung der Yellow Press nicht entgangen.

»Willkommen, Sir, schlimme Zeiten, was man so liest. Ich kann Ihnen versichern, dass wir bei Kontaktversuchen seitens der Journaille entweder sofort auflegen oder den Club-Rottweiler auf sie hetzen.«

»Das ist schön zu hören, Garreth«, sagte Mehlos, »ist ein Squash Court frei? Ich fühle gerade den Drang, ein paar unschuldige Bälle an die Wand zu dreschen.«

Garreth warf einen Blick auf ein Display.

»Leider nein, Sir«, er schüttelte den Kopf, »erst wieder in drei Stunden. Aber Ihr Lieblingsplatz auf der Terrasse ist zu haben. Kleiner Tee?«

Fragend sah Mehlos Santow an. Die signalisierte Einverständnis.

»Okay, gerne, Garreth. Wir gehen dorthin.«

»Haben Sie viel Vergnügen. Sir. Ma'am.«

* * *

Ich bin zum ersten Mal in einem dieser Clubs. Schön hier.

»Ja. *Home away from home.* Und immer viel Anregung. Die Mitglieder sind alle etwas Besonderes. Bernie ist übrigens auch eins. Kommen Sie, Santow, hier entlang«.

Sie gingen eine kleine Treppe hoch, dann einen Seitengang an einigen Holztüren vorbei, bis sie durch ein Zimmer kamen, in dem einige Elefantenfiguren aufgestellt waren und Ölgemälde sowie Fotos von Aufführungen hingen, die Santow an Indien erinnerten.

»Das ist das *Indian Queen* Zimmer. Kleinere Oper von ihm. Beliebter Raum, da er an der Schwelle zur Terrasse liegt.«

In der Tat standen einige Gruppen von Mitgliedern herum, die miteinander lachten. Mehlos gesellte sich kurz zu einer, stellte Santow vor und musste sich sowohl mitfühlende Worte als auch Schauergeschichten und Berichte eigener Erfahrungen mit der Regenbogenpresse anhören. Einen Restaurantbesitzer aus Soho hatte es schon so schlimm getroffen, dass er von der Presse zum Mörder seiner Frau geschrieben wurde – die nach einem halben Jahr und einem Karibikurlaub mit ihrem Lover wieder gebräunt und wohlbehalten auftauchte –, die Gäste jedoch ausblieben und das Restaurant mit einem Totalverlust geschlossen werden musste.

»… aber immer noch besser als das, was ihrem Lover passiert ist«, sagte der gebeutelte Gastronom, »denn er hat sie im Jahr darauf geheiratet.«

Die Gäste hoben ihr Glas auf das Glück des Erzählenden und stießen an. Mehlos verabschiedete sich und sagte der Runde, dass man nun zum Pläne schmieden draußen auf der Terrasse Platz nehmen würde. Wer wolle, könne gerne vorbeikommen.

Auch Santow winkte und beide gingen auf die Terrasse.

Darf ich raten, was Ihr Lieblingsplatz ist? Ich wette der hier.

Nicht viele der Tische waren besetzt und Santow zeigte überzeugt auf einen, der nahe der Hauswand stand und auf einer Seite von Pflanzen umgeben war. Sie ging hin, setzte sich und machte eine einladende Geste zum Stuhl neben sich.

Bitte nehmen Sie Platz auf Ihrem Lieblingsstuhl!
Mehlos ließ sich auf den Stuhl fallen.
Alles wie immer?
»Nun ja.«
Wie? Nicht Ihr Platz?«
»Nein. Ich sitze sonst immer dort drüben«, er zeigte auf einen freien Tisch in der Mitte der Terrasse.
Blödsinn. Tun Sie nicht.
Mehlos bekam einen schmalen Mund.
»Nein. Sie haben natürlich Recht. Wie sind Sie darauf gekommen?«
Ist der einzige Platz, von dem aus man alle anderen im Blick hat. Haus im Rücken. Baum, der abschirmt. Schöner Beobachtungsposten. Der in der Mitte dort ist viel zu sehr auf dem Präsentierteller. Nicht Sie.
»Bin ich so einfach zu durchschauen?«
Santow sah ihn an, hob das Kinn und legte ihre Hände in den Schoß.
»Na gut. Lassen Sie uns lieber unsere Doppelkrise besprechen.«
Doppel?
»Francis und Mary Tori. Der eine braucht das Nichts, die andere will das Nichts. Stand jetzt haben wir nichts. Also nicht das Nichts, sondern nichts. Rein gar nichts.«
Stimmt.
»Macht mich nicht glücklich. Das hier schon.«
Der Service brachte Tee und Scones zu ihrem bereits eingedeckten Tisch.
Was sind die Konsequenzen?
»Wenn Francis verhaftet und angeklagt wird, verliert er mit sofortiger Wirkung seinen Sitz im Board des Family Trust. Dann muss ich ran und ich kann Ihnen nur sagen: *no way*.«

Er könnte sich als unschuldig erweisen.

»Ja. Aber das spielt keine Rolle. Die Statuten sind so ausgelegt, dass eine Anklage, ob sie begründet ist oder nicht, ausreicht. Mein Großvater wollte so eine gewisse Vorsicht in unserer Lebensführung erreichen. Völlig verständlich.«

Sie können es doch abwenden, wenn Mouse wieder zurückkommt.

»Wird sie nicht tun. Sie hat jetzt andere Interessen. Vor allem Reisen.«

Okay. Und die Krise mit Mary Tori?

»Durchblicke ich einfach nicht. Sie ist kalt, sicherlich auch knallhart, kann sich beeindruckend verstellen und hat diesen Mr. Rahul auf uns angesetzt. Einschüchternd, vielleicht. Aber mehr ist von denen nicht zu befürchten, nach dem zu urteilen, was ich bisher gesehen habe. Trotzdem brauchen wir sie nicht in unseren Ermittlungen. Was ich beunruhigend finde, ist diese Pressesache. Wir müssen aufpassen, dass wir nicht zum Opfer werden. Es nervt mich extrem, dass sie uns jagen. Ich muss überlegen, wen ich anrufen kann, damit wir wieder die Oberhand gewinnen und Ruhe ist.«

Ja. Ich verstehe, wie es Lady Di tagtäglich gegangen sein muss.

»Und man hat gesehen, zu was das schließlich führt. Die Aufmerksamkeit der Presse kann tödlich sein. Ich bin sicher, Mary Tori wusste das, als sie ihre Nummer im Rampenlicht der Galerie abgezogen hat.«

Ja.

»Aber nehmen Sie eines der Scones, Santow, sie sind hervorragend. Besonders mit der Clotted Cream.«

Santow nahm eines, bestrich es ein wenig und biss hinein. Dann wurden ihre Augen weit.

»Echt? So gut? Das freut mich aber!«

Santow schüttelte fast unmerklich den Kopf. Dann hob sie kurz die Augenbrauen und sah erst Mehlos in die Augen, dann über seinen Kopf nach hinten. Er merkte, dass hinter ihm jemand stand. Wahrscheinlich eines der Clubmitglieder, die gerne mit ihnen sprechen wollten. Mehlos schob einen Stuhl am Tisch ein wenig nach hinten, damit sich der Besuch angenehmer setzten konnte, stand auf und drehte sich lächelnd herum. Dann fror ihm das Lächeln ein. Und Kälte war, was er wahrnahm. Vor ihm stand Mary Tori Scott in einem anderen blauen Kostüm.

»Oh. Sagen Sie bloß, wir sind im selben Club und wussten es nicht voneinander«, fing er sich und überlegte, ob er sie hier schon einmal gesehen hatte. Auch Santow stand auf und blickte abwartend auf Mary Tori.

»Nein. Keine Angst«, sagte sie lachend mit glockenheller Stimme und ihr silberner Pagenkopf legte sich auf die Seite, sie war ganz Society-Lady, »eine Freundin hat mich eingeladen. Oder war es vielleicht ein Freund? Ach, ich weiß es nicht mehr ... dann sah ich Sie und muuusste einfach herüberkommen. Kommunikation unter Mitgliedern und ihren Gästen wird hier im Club ja großgeschrieben, wie Sie wissen. Und hier bin ich!«, sie sah beide treuherzig vom einen zur anderen an, wie eine entfernte Tante, die plötzlich mit ihren Koffern vor der Tür stand.

»Und was können wir für Sie tun?«

Mary Tori wurde zur Managerin im Mitarbeitergespräch.

»Das sagte ich bereits in meiner Galerie. Sie haben noch ein paar Stunden, es vorbeizubringen. Nicht mehr allzu viel. Umso mehr wundert es mich, dass Sie hier entspannt sitzen.«

»Warum bitte sollten wir das nicht tun?«, fragte Mehlos.

Mary Tori verlor schon wieder die Geduld mit ihren Angestellten.

»Sie wissen, was zu tun ist. Ich wollte Sie nur daran erinnern«, sie war im Begriff, sich umzudrehen.

»So läuft das hier im Club nicht. Wir reden *mit*einander, nicht auf jemanden ein. Nehmen Sie Platz«, Mehlos nickte zum Tisch. Normalerweise hätte er als einladende Geste leicht seine Hand auf die Schulter seines Gastes gelegt, aber sowohl Mary Toris Gesichtsausdruck als auch ihre Aura der Kälte hielten ihn davon ab.

Stille trat ein. Es war die Stille aus einem Western, wenn sich die Kontrahenten gegenüberstehen und eine Schießerei die unweigerliche Folge war.

»Warum dieses Kunstwerk?«, fragte Mehlos.

»Oh, das werden Sie noch erfahren. Ganz sicher.«

Mary Tori sah von Mehlos zu Santow und wieder zurück. Dann nahm sie die Pose eines blinden Sehers ein, verdrehte ihre Augen gen Himmel, spreizte ihre Finger und beschrieb mit ihren Händen einen großen Kreis. Ihre Stimme war ein Hauchen:

»Denken Sie nicht weiter darüber nach, kleiner Bruder. Es geht hier um mehr, als Sie sich vorstellen können. Und Siiieee«, sie tastete mit zitternden Fingern in Richtung Santow, »Siee, kleine Freundin, Siee werden den entscheidenden Impuls setzen.«

Hyde Park Agency

Beim Einsteigen in das Taxi vor dem Club hatte Mehlos dem Cabbie die Park Lane / Ecke Green Street genannt und sich vorher bei Cavendish versichert, dass die Hyde Park Agency nicht von einer Bande streunender Paparazzi belagert wurde.

Sie fuhren Piccadilly westlich und bogen vor dem Hyde Park rechts in die Park Lane ab. Beide hingen ihren Gedanken nach, wobei in Mehlos eine noch unbestimmte Ahnung langsam aus einem Sumpf der Eindrücke nach oben waberte, sie aber noch zu ungewiss war, als dass er sie zu fassen bekam. Santows Denken kreiste um Daniel Hearst, seinen Tod und den Zusammenhang, der sie auf diese Reise durch London geschickt hatte. Auch sie war weit entfernt von einem fertigen Bild; die ergebnislose Suche nach dem Nichts, was es auch immer war, und die in der Abbey Road und schließlich im *Golden Lotus* endete, war verstörend und unbefriedigend. Sie konnte die Anhaltspunkte nicht greifen, wie und wo die Suche weitergehen könnte. Und sie fragte sich, wie sie die seltsame Situation wenn nicht klären, dann doch wenigstens mit einer neuen Richtung versehen könnte. Das Taxi kam an. Als Mehlos und Santow zum Eingang gingen, fiel Mehlos ein Streifenwagen der Met auf, der neben einem unauffälligen Zivilfahrzeug stand. Er machte Santow darauf aufmerksam.

Denken Sie, die Met glaubt der Presse, Mehlos?

»Ich hoffe nicht, es langt wirklich, wenn die uns verfolgen, Santow.«

Santow sah auf die Wagen und hatte ein seltsames Gefühl.

Cavendish öffnete den beiden. Es war spät und er bot an, eine Kleinigkeit zu servieren.

»Nein danke, Cavendish, sehr freundlich von Ihnen, aber wir sind – und ich dachte nie, dass dieser Ausdruck mir einmal über die Lippen kommen würde – niedergeschlagen. Ich kann natürlich nur für mich sprechen, aber wenn ich Santow so ansehe, sieht ein Ausbund an Freude und Lebenslust anders aus. Aber, was ist vortrefflicher geeignet, das Trübsalblasen zu beenden, als sich um das Zustandekommen seines Abendessens selbst zu kümmern? Das Fallenstellen, Entleiben und Fellabziehen sollte dabei völlig entfallen, nicht wahr, Santow? Sie haben ein Faible für's Vegetarische und da werde ich Sie nicht zu einem Spanferkel, Foie Gras, Austern oder sonstigen Widerwärtigkeiten überreden, die im Übrigen auch nicht in diesem Hause vorgehalten werden. Einverstanden, Santow?«, Mehlos holte sich eine kurze Zustimmung ab und redete weiter auf Cavendish ein, »wir sollten es daher so machen, dass Sie dem nachgehen, woran Ihr Herz hängt, was zweifellos Mrs. Cavendish ist, und Sie überlassen uns einfach uns selbst. Am besten mit sofortiger Wirkung. Und ja, ich werde die Küche danach selbst aufräumen. Einverstanden, Cavendish?«

»Sehr wohl, Sir« sagte Cavendish, »übrigens, Sir, Ihr Bruder hat den Austin Healey zurückbringen lassen. Ich bat den Mann, auch wenn ich ihn nicht kannte, ihn unten in die Garage zu stellen. Gute Nacht, Sir. Haben Sie einen wundervollen Abend. Ms. Santow, ich empfehle mich.«

Gute Nacht, Cavendish. Haben auch Sie viel Freude!

»Danke, Ma'am«, Cavendish hatte es verstanden, verließ die Rotunde mit den Fenstern zum Hyde Park und ging zu seinem Apartment.

* * *

»Wir sind nun ganz allein, Santow,« sagte Mehlos zu ihr, die an den Fenstern stand und auf den nächtlichen Hyde Park hinaussah, »niemand wird Ihre Schreie hören.«

Ist das eine Drohung oder ein Versprechen? Meinen Sie Todesangst- oder Lustschreie?, Santow bekam beim Grinsen ihre charmanten Grübchen.

»Ich bin flexibel und stehe gerne für beides mit gewohntem Enthusiasmus zur Verfügung. Aber: waren Sie eigentlich schon mal in der Küche? Ich wüsste nicht …«

Das war mir noch nicht vergönnt. Sagen Sie bloß, Sie können kochen …

»Naja, … soo würde ich das nicht gerade nennen. Aber das eine oder andere gelingt dann doch überraschend wie von Zauberhand.«

Sie haben bei Fiona gelernt, nicht wahr? Sie tun jetzt unbedarft und überraschen mich gleich damit, dass Sie eine Zwiebel mit nur wenigen Schnitten elegant in einen Haufen Würfel verwandeln und nebenher noch ein Ei pochieren.

Mehlos blickte unschuldig.

»Also gut. Ich komme zurecht. Und ja: Fiona hat mich durch den Wolf gedreht. Sie ist schlimmer als ein Drill Sergeant in West Point. Machen Sie bloß keinen Fehler, wenn sie zusieht.«

Ich verspreche es.

»Dann lassen Sie uns rübergehen.«

* * *

Mehlos ging vor, aus dem Salon durch das Treppenhaus und ein paar Zimmer und Gänge. Schließlich landeten sie in der Küche. Er schaltete das Licht an.

Santow brauchte eine Weile.

Das. Ist fantastisch.

Die Küche war riesig und in warmen Tönen gehalten. Schwarzweiße Fliesen und an manchen Stellen Terrakotta. Cremefarbener Herd, viel Kupfer, einiges an Stahl. Es waren allesamt Profigeräte, aber sie schienen gebraucht. Im Zentrum war eine Tafel platziert, ein wunderschöner und gut proportionierter Tisch aus Kirschbaum für acht oder mehr Personen. Darauf stand ein verbeulter Champagnerkübel mit frischen Blumen neben einem Stapel Servietten mit provenzalischem Muster und ein paar Essig & Öl Menagerien, die ebenfalls den Eindruck machten, aus einem Restaurant zu stammen. Nichts in dieser Küche wirkte wie von einem Planer entworfen oder wie aus einem Katalog heraus gekauft und doch passte alles auf wunderbare Weise zusammen.

Haben Sie dafür schon einen Preis bekommen? Santow war überwältigt.

»Oh, das ist nur für Freunde.«

Mussten Sie viele Restaurants und Küchen aufkaufen?

»Ja, das waren in der Tat einige, die wir besucht haben. Meistens in Italien oder Frankreich. Nur der Herd ist aus Dänemark.«

Wir?

»Mrs. Cavendish, Fiona und ich.«

Okay. Santow überlegte.

Eine Sprossentür neben einem Ölgemälde von Arcimboldo, das einen Mann zeigte, der aus Früchten und Obst bestand, führte seitwärts auf einen Balkon, der über einem Garten lag.

Osten. Sie können im Sonnenaufgang frühstücken. Wunderbar!

»Herzliche Einladung!«

Machen wir! Nach der Sache hier.

»Phantastisch. Sie machen einen alten Mann sehr glücklich. Legen wir los. Was Bestimmtes?«

Was haben Sie denn da?

»Oh, wir sind gut versorgt. Denken Sie sich einfach was aus. Ich betätige die Schnarre, wenn es nicht geht.«

Hm. Was halten Sie von Pasta alla Norma?

»Auberginen, Zwiebeln, Ricotta und die ganzen Standards wie Öl, Pfeffer, Knoblauch und Schältomaten sind da. Darf ich als Pasta *Spirali* vorschlagen?«

Ich könnte mir keine besseren vorstellen.

»Sehr gut. Sie holen die Zutaten aus der Kammer, ich die Geräte? Kammer ist da«, Mehlos zeigte auf eine cremefarbene Tür neben dem Herd, »wir treffen uns an der Arbeitsplatte. Dort!«

Okay!

»Schürzen sind hier«, Mehlos öffnete eine Schublade und reichte Santow eine italienische Schürze in Ocker, Bordeaux und Weiß, sich selbst nahm er eine crèmefarbene mit schwarzen Buchstaben, die Namen von Gewürzen bildeten. Er half Santow beim Zubinden und genoss die Nähe, dann legte er sich seine an.

»Halt!«

Was ist? Doch lieber Schweinebraten?

»Nein. Musik!«

Suchen Sie was aus. Ich bin da nicht so gut.

»Okay!«

Mehlos verschwand zu einem Tisch, auf dem ein Röhrenverstärker neben anderer Elektronik stand und fummelte daran herum. Als der Verstärker warm wurde, hörte man die Ouvertüre aus *Rigoletto* von überall aus der Küche. Dann suchte er Töpfe und Pfannen zusammen, die teils herumhingen, teils aus Schubladen kamen.

Santow kam mit dem Arm voller Zutaten zurück und knallte zwei Zwiebeln auf den Stein der Arbeitsplatte.

Zeigen!

»Was denn?«, Mehlos zog die Augenbrauen zusammen und fixierte seinen Gegner im Duell.

Was Sie draufhaben. Würfeln.

»Hm. Okay. Als der Herausgeforderte darf ich die Waffen wählen«, er überlegte einen Moment, zog dann ein silbernes Messer aus einem Block und legte es langsam mit einem gefährlichen Grinsen vor Santow auf die Arbeitsplatte. Es machte dumpf *Dupp!*

Oha! Ein Mukahara Kobashi Shogun T4. Wird seit 30 Jahren nicht mehr hergestellt, Santow nahm das Messer mit dem Holzgriff mit beiden Händen hoch und bewunderte es, der Damaszenerstahl wurde 300-mal gefaltet. Wow!

»Sie kennen sich aus. Ich habe Angst.«

Ab. Die Zwiebel. Jetzt.

Mehlos seufzte, stellte die Zwiebel auf ein Schieferbrettchen und nahm das Messer. Dann sah er sich um.

Suchen Sie Ihre Taucherbrille? Wegen der Tränen und so?

»Ich dachte mehr an eine Uhr. Zum Stoppen.«

Brauchen wir nicht.

»Wieso?«

Werden Sie schon sehen. Los jetzt.

Mehlos atmete tief ein, zog die Zwiebel ab, teilte sie in zwei Hälften, machte ein paar Anschnitte von oben an einem Teil, dann Anschnitte an der Seite und hackte anschließend die Zwiebel mit aufgestellter Messerspitze. Dann wiederholte er alles mit der zweiten Zwiebelhälfte und schob daraufhin die Würfel mit dem Messerrücken in eine bereitgestellte Stahlschale.

»Fertig. Nicht schlecht, oder?«

Ganz nett.

»Jetzt Sie.«

Santow nahm das Messer und eine Zwiebel in die andere Hand. Dann ging es los. Sie hatte eine ähnliche Technik wie Mehlos, aber ihre Schnitte waren sicherer, präziser und vor allem mehr als doppelt so schnell. Schon nach ein paar Sekunden schob sie die Würfelchen in die Schale.

»Oh«, sagte Mehlos.

Ich bin in einem Hotel aufgewachsen. Mit Küche. Schon vergessen?

»Ich sage dann nichts mehr. Sie sind ja schlimmer als Fiona.«

Leider brauchen wir nur zwei Zwiebeln. Ich hätte Ihnen gerne bei mehr zugesehen.

»Oh, es gibt noch mehr zu schnippeln. Ich mache mich dran und schmeiße alles in die Pfanne. Sie kochen die Nudeln, ich organisiere dann noch den Wein.«

Bitte nichts Übertriebenes.

»Einfacher Primitivo. Bisschen besser.«

Okay.

Dann standen sie zusammen an der Arbeitsplatte, Mehlos lauschte Rigoletto und kommentierte Stellen für Santow, tranken zwischendrin einen Schluck Wein und waren mit sich für den Augenblick sehr zufrieden.

Nach einiger Zeit war alles bereit zum finalen Abschmecken. Mehlos hatte sich schon die ganze Zeit über auf diesen Augenblick gefreut. Auch Santow wäre eine gewisse Spannung anzumerken gewesen, hätte sie es denn zugelassen. Mehlos verrührte noch einmal alle Zutaten mit einem Holzlöffel in der Pfanne, die er schräg über der Gasflamme hielt. Dann setzte er die Pfanne ab, füllte den Löffel und hielt ihn mit der Rechten Santow hin und nahm die Linke unter den Löffel, um gegebenenfalls etwas aufzufangen. Er sah Santow in die Augen. Sie pustete ganz leicht über den dargebotenen Löffel und Mehlos atmete die Mischung aus einer hervorragenden Pastasauce und Santows Atem ein, so dass ihm fast schwindelig wurde, und wartete darauf, dass sie vom Löffel kostete. Sie tat es und schloss die Augen.

Perfekt!

Als sie sie wieder öffnete, hatte Mehlos den Löffel weggenommen und …

Dimm-dumm-dimm-damm, dumm-damm-dimm-dumm.

Mehlos verzog seinen Mund, für den er anderes vorgesehen hatte.

Was ist? Auch Santow schien etwas anderes erwartet zu haben.

»Big Ben. Jemand ist unten an der Tür. Gerade jetzt. Ich gehe hin. Cavendish soll seine Ruhe haben«, Mehlos band sich die Schürze ab, warf sie auf die Arbeitsplatte und überlegte, ob er Santow einen Kuss auf die Wange geben sollte, es war ja so etwas wie ein Abschied, wenn auch nur ein kurzfristiger. Er entschied sich dagegen, weil er den Zauber für gestört hielt und bat sie, sich kurz um die *Pasta alla Norma* zu kümmern. Er ging zu einer Wand und tippte dort auf ein kleineres Display.

»Oha!«, rief er und Santow, die ihn beobachtet hatte, um nicht zu verpassen, was er tat, sah es.

Was ist?

»Normalerweise sieht man hier, wer unten vor dem Eingang steht. Jetzt ist alles schwarz. Jemand hält die Kamera zu. Sehr ungewöhnlich. Wirklich sehr ungewöhnlich …«

* * *

Ich gehe mit Ihnen.

Mehlos überlegte kurz.

»Wenn Sie wissen wollen, wer uns nervt, möchte ich das Ihnen nicht abschlagen.«

Dann gingen sie aus der Küche und das Treppenhaus hinunter zum Foyer mit der Eingangstür. Dort angekommen, zeigte Mehlos auf eine Klappe in der Wand.

»Wenn es Strolche sind oder die Journaille, finden wir hier Werkzeuge, sie zu vertreiben. Ich gehe mal davon aus, dass sie auch den Türspion zuhalten.«

Mehlos beugte sich vor zu einer kleinen Linse in der Tür und sah hindurch. Er stieß einen Pfiff aus und sagte, mehr zu sich, »Oh, jetzt übertreiben sie aber …« Dann drehte er sich zu Santow um, die ihn fragend ansah.

»Santow, Sie werden es nicht für möglich halten, wer uns heute die Ehre gibt.«

Er drückte einen Knopf in der Wand, legte einen Hebel an der Eingangstür um und öffnete sie weit.

»Guten Abend die Herren. Was führt Sie so geschlossen zu uns?«

Ein paar Treppen tiefer vor der Tür stand Mr. Rahul. Die Melone artig abgenommen und in den Händen, verbeugte er sich leicht. Hinter ihm standen zwei grobe, durchtrainierte Männer nebeneinander. Sie hatten ihre Hände an einer flachen Transportkiste in Schwarz, in der man bequem ein Bild unterbringen konnte.

Das Nichts

»Ich weiß nicht, Santow, wie ich es ausdrücken soll. Irgendwie bin ich ein bisschen enttäuscht.«

Dass wir Daniel Hearsts letztes Werk jetzt in Ihrer Küche haben?

»Aus mehreren Gründen. Wir beginnen eine riesige Jagd nach diesem Werk. Lösen tausend seltsame Rätsel. Kommen dann nicht weiter, werden verspottet und erhalten es kurze Zeit später ins Haus geliefert. Wir hätten es gleich bei Amazon bestellen sollen. Dann hätten wir uns viel Ärger erspart.«

Welche Gründe noch?

»Naja. Das Nichts selbst. Haut mich jetzt nicht so um.«

Kommen Sie. Das ist ungerecht. Ich finde es wirklich einzigartig.

Rahul und seine Männer hatten es unten am Eingang einfach abgegeben. Ohne weiteren Kommentar. Nur: »Es ist gewollt, dass Sie es bekommen. Bitte. Es gehört Ihnen.«

»Was??«, hatte Mehlos gefragt, »Sie machen uns die Hölle heiß, damit Sie es erhalten und jetzt schieben Sie es uns in den Briefkasten? SIE wollten es doch!«

»Jetzt nicht mehr«, sagte Rahul.

»Und wer?«, hatte Mehlos gefragt, »wer will, dass wir es bekommen?«

Selbst nach geraumer Zeit war in diesem Hotel immer noch kein Zimmer frei.

»Auf Wiedersehen, Sir«, sagte Rahul.

Daraufhin waren er und seine Männer verschwunden. Mehlos und der mit dem Knopf in der Wand gerufene Cavendish hatten die Transportkiste dann nach oben in die Küche gebracht. Mit Santow hatte er die Kiste geöffnet, die beigelegten weißen Handschuhe genutzt und das Werk auf einen Stuhl ohne Armlehnen gestellt. Sie sahen es sich beide noch einmal an.

Von vorne war es ein schwarzer Kreis mit einem Durchmesser von ziemlich genau einem Meter. Die Farbe war in der Tat Vanta-Black. Ging man langsam um das Bild herum, sah man, dass es eigentlich ein Relief war. Von der Seite erkannte man den Torso eines Mannes, der sich gerade aus dem Hintergrund nach vorne wand und dabei schrie. Es war ein Satyr aus der griechischen Mythologie mit idealisierten Gesichtszügen. Er war von vorne nicht zu erkennen. Es gab nur eine schwarze Fläche. Das Vanta-Black schluckte das ganze Licht, sodass man keine Konturen ausmachen konnte. Von der Seite sah man es perfekt.

»Es ist schon hervorragend gearbeitet und wirklich sehr beeindruckend, das gebe ich zu«, sagte Mehlos, »es ist nur … nach alldem, und für 100 Millionen Pfund, hätte ich etwas Außergewöhnliches erwartet. Etwas Großes. Von mir aus auch ein kleineres Kunstwerk. Aber eine große Idee.«

Ich finde es superbeeindruckend. Ist aber auch eine Frage der Platzierung. Bei uns steht es eben nur auf einem Stuhl in der Küche.

»Vielleicht haben Sie Recht.«

Bei Ihnen muss alles immer einen tieferen Sinn haben. Außergewöhnlich sein. Und am besten noch unterhaltsam obendrein.

Mehlos schenkte beiden noch etwas Rotwein nach.

Dann griff er sich sein Glas und sah lange hinein. Er roch am Wein. Schließlich nahm er einen Schluck.

»Das ist auch mein Problem mit dieser ganzen Hatz auf das Nichts.«

Wie meinen Sie das?

»Ich versuche gerade, Dinge zusammen zu bekommen. Und es will mir nicht gelingen«, er trank vom Wein, ließ ihn dann im Glas rotieren und sah zu, wie er langsam in Schlieren zurücklief.

»Diese ganze Jagd … das mit Harry Potter am Bahnhof, das London Eye, Westminster Abbey … die Grabplatte am Boden, die Songs auf dem Smartphone, die uns in die Abbey Road führten, wo wir so vorgeführt wurden … Und dann bekommen wir das Nichts frei Haus geliefert … das alles ist doch, genau gesagt, nur eins …«, er sah Santow an, die ihr Glas abstellte.

Ja?

»Ziemlich schwachsinnig.«

Santow hob ihre Augenbrauen und blickte ihn dann auffordernd an.

»Ja. Schwachsinnig nicht im Sinne von *dumm*. Schlau war das schon, die Rätsel waren ja nicht schlecht – ich meine«, Mehlos machte eine kleine Pause, »schwachsinnig dahingehend, dass man glaubt, dahinter läge irgendein Sinn.

Wir, soll heißen, ich mehr als Sie, waren so besessen davon, zur nächsten Station zu kommen, dass wir uns gar keine Gedanken mehr darum gemacht haben, *warum* wir das eigentlich tun. Wir haben den Kontext völlig aus den Augen verloren.«

Wir wollten das Nichts finden. Francis entlasten.

»Um jeden Preis.«

So wie dieser Mr. Rahul. Er hat uns beobachtet, um auch an das Nichts heranzukommen. Für seine Chefin Mary Tori Scott. Im Zweifelsfalle hätte er uns beim Entdecken das Nichts sofort abgenommen. Das war zumindest bis jetzt unsere Sicht. Nun hat er es aber uns gebracht. Wie passt das? Die Karten sind wohl neu gemischt.

»Rahul hatte nie die Aufgabe, uns das Nichts abzujagen. Er sollte auch nicht verhindern, dass wir weiterkommen. Nein.«

Er sollte es sicherstellen.

»So ist es.«

Heißt, er arbeitet gar nicht für Mary Tori.

»Ja, das heißt es wohl. Er ist so eine Art Spielleiter. Angenehme Aufgabe. Wenn wir verschwunden waren, kannte er schon die nächste Station, an der wir auftauchen würden.«

Ja. Das scheint plausibel.

»Allerdings.«

Dann hat sich das alles jemand ausgedacht.

»Das denke ich. Ja.«

Alles außer Daniel Hearsts Tod.

»Der scheint echt.«

Dann muss er einen Mörder haben.

»Eigentlich ja. Derselbe oder dieselbe, der oder die uns auf die Suche geschickt hat. Oder sonst damit zu tun hat.«

Ihr bester Freund Geoffrey? Er hat eine Aufgabe in Ihrem Family Trust.

»An den dachte ich ganz kurz auch einmal.«

Santow runzelte die Stirn, pustete ein kleines Wölkchen aus und sah Mehlos mit schmalem Mund an.

Ihr bester Freund. Das ist hart.

»Nein«, sagte Mehlos und sah ins Leere, »ich fürchte, es ist schlimmer. Viel schlimmer.«

Sturm

Francis.

»Ja.«

Mehlos blickte hart.

»Es war mir von Anfang an klar, dass er kein ehrliches Spiel spielt. Das hat er nie. Ich habe Ihnen schon erzählt, wie weit er gegangen ist, um mir Schaden zuzufügen. An Geburtstagen, die Prüfung in Oxford. Jemanden engagieren, um mich hereinzulegen. Nichts anderes hat er jetzt wieder gemacht. Natürlich auf ganz anderem Niveau. Ich hätte es früher wissen müssen. Die ganzen Rätsel. Beatles, Stones, Westminster Abbey, Hawking. Wie für mich gemacht. So verführerisch. Und so falsch.«

Warum sollte er das tun, Mehlos?

»Ganz einfach. Ich muss nur wegen eines Kapitalverbrechens angeklagt werden – schon bin ich aus der Stiftung ausgeschlossen. Das gilt nicht nur für ihn, das gilt für alle von uns. Wenn ich draußen bin, kann Francis über alles verfügen. Das wollte er immer. Er möchte, dass ich wegen Mordes an Daniel Hearst angeklagt werde. Ob es stimmt, oder nicht. Dazu muss man nur das Nichts bei mir finden. Und dafür hat er wunderbar gesorgt. Wir haben es sogar gejagt. Wir haben es zwar nicht selbst gefunden, aber wurden bei den Abbey Road Studios königlich verarscht. SORRY YOU LOSE! Wahrscheinlich hat er das Ganze auch filmen lassen und lacht sich jetzt noch kringelig darüber.«

Wir können genau das der Met erzählen.

»Und wie glaubwürdig ist das alles? Die ganz Geschichte mit der Suche? Wahrscheinlichkeitsgrad: gegen Null. Wir haben das Nichts. Spricht ziemlich gegen uns«, Mehlos sah grimmig aus, »sorry. Gegen *mich*. Ich halte Sie da natürlich raus.«

Das lasse ich nicht zu. Aber warum die ganze Jagd?

»Ganz einfach: Demütigung. Ich sollte so stolz auf meine Lösungen sein, dass ich nicht merke, wie sich die Schlinge zuzieht. Und das hat wunderbar geklappt. Ich habe es von Anfang an gewusst. Und ich wollte es trotzdem nicht glauben.«

Das tut mir leid, Mehlos. So leid. Ich mache mir die größten Vorwürfe, dass ich Ihnen zugeraten habe.

»Bitte nicht. Machen Sie sich keine Vorwürfe, Santow.«

Santow sah nicht so aus, als würde sie das befolgen.

»Nochmal: bitte nicht drüber nachdenken. Wir haben jetzt ein anderes Problem. Das Nichts ist bei uns.«

Er hat es uns liefern lassen. Wenn wir es haben, kann er es nicht gestohlen haben und damit entfällt sein Mordmotiv. Und genau das haben wir jetzt.

»Genau.«

Gosh. Ja. Das war lang geplant.

»Ja. Sieht so aus.«

Und unten sind die Wagen der Met.

»Ja. Das ist deutlich.«

Dann müssen wir es schnell loswerden.

»Ja. Aber wie und wohin? Einen Wert hat es ja. Keine Idee momentan. Vielleicht klingelt es ja bei Ihnen.«

Dimm-dumm-dimm-damm, dumm-damm-dimm-dumm.

»Ich sehe, Sie haben die Lösung ...«

Wie meinen Sie das?

»Big Ben. Hausglocke. Wir bekommen Besuch.«

Met?

»Vielleicht hat es sich auch Rahul anders überlegt und möchte seine Kunst zurück?«, Mehlos hob die Schultern und sah ratlos und böse zugleich aus, als er zum Display in der Küche ging, um nachzusehen, wer an der Tür war. Kurz darauf kam er zurück.

»Cavendish hat sich schon darum gekümmert. Wahrscheinlich ist er gleich hier. Und wir haben noch nicht einmal gegessen oder aufgeräumt ...«

In der Tat stand Cavendish im Anzug fast zeitgleich in der Küchentür. Er versuchte, sie zu schließen, aber massige, dunkle Schatten ließen dies nicht zu.

»Verzeihung, Sir, aber« – er drehte sich kurz zu den Figuren hinter sich um – »die Met möchte Sie sprechen. Offenbar ist es so dringend, dass es nicht warten kann und auch grundsätzlichste Höflichkeiten außer Kraft setzt.«

»Danke, Cavendish.«

Eine Figur löste sich aus der Phalanx der Schatten und trat nach vorne. Es war eine Frau.

»Guten Abend, Sir. Ich weiß nicht, ob es schön ist, Sie wiederzusehen. Ich wünschte, wir wären nicht hier.«

Chief Inspector Susan Holroyd.

Mehlos und Santow begrüßten sie. Obwohl alle drei eine gewisse Wiedersehensfreude nach Lansdowne verspürten, hielten sie sich mit Lächeln oder Gesten zurück. Es war klar, worum es ging. Und es stand auf einem Stuhl und blickte alle Anwesenden schwarz und gefährlich an.

»Das ist es also«, sagte Holroyd und ging zum Nichts, »ich habe es beschrieben bekommen, aber es ist kleiner, als ich dachte.«

»Das geht uns allen so«, sagte Mehlos.

»Immerhin ist dafür jemand gestorben«, sagte die Chief Inspektor, »Sie wissen, was wir jetzt tun werden, Sir?«

Mehlos wunderte sich nicht. Trotz ihrer gegenseitigen Sympathie war Holroyd professionell.

»Sie werden mich bitten, Sie zum Yard zu begleiten. Vielleicht auch dahingehend beraten, eine Kleinigkeit zur Übernachtung mitzunehmen. Unbestimmte Dauer. Telefonieren darf ich hier, soviel ich möchte«, sagte Mehlos, und zu Cavendish gewandt: »Bitte machen Sie eine kleine Tasche fertig. So eine Art verlängertes Wochenende in den Cotswolds. Nur auf die Jacke für den Spaziergang übers Moor können Sie verzichten; ich werde wohl nicht viel Auslauf bekommen.«

Holroyd wandte sich auch an Santow: »Ich fürchte, die Aufforderung gilt für Sie beide. Und wir werden uns im Haus natürlich umsehen müssen, während Sie hier bitte warten. Hier ist hier, in diesem Raum. Und meine beiden Kollegen werden gegenwärtig sein«, sie nickte zu ihren beiden Schatten, »Sergeant Rathbone, Constable Plummer.«

»Ich versichere Ihnen, dass es völlig unnötig sein wird, Joanna Santow zu sich zu bitten, Chief Inspector Holroyd, was auch immer passiert ist, oder warum Sie hier sind ... ich übernehme die Verantwortung.«

»Möchten Sie uns etwas erzählen? Oder Geständnis?«, sagte Holroyd und setzte sehr leise hinzu, »seien Sie bitte vorsichtig, Mehlos.«

Dimm-dumm-dimm-damm, dumm-damm-dimm-dumm.

»Hm. Heute geht es bei uns zu wie in einem Taubenschlag«, sagte Mehlos und versuchte, von weitem auf das Kameradisplay zu sehen.

»Das werden unsere Kollegen sein. Sie werden sich das Haus ansehen. Wir haben einen *search warrant* bekommen. Möchten Sie ihn sehen?«, Holroyd griff in die Innentasche ihres Jacketts und zog ein Papier hervor.

Mehlos schüttelte den Kopf und nickte zu Cavendish, damit er die Tür öffnete.

»Und, Cavendish? Bitte stehen Sie den Herren bei Fragen oder Sonstigem gerne zur Verfügung. Führen Sie sie hin, wo immer sie möchten.«

Cavendish verbeugte sich leicht und ging.

»Sie werden sich unterhalten mögen«, sagte Mehlos, »bitte nehmen Sie Platz. Wir haben sogar etwas *Pasta alla Norma* da. Leider kalt. Sie? Die Herren?«

Susan Holroyd schüttelte den Kopf. Die Polizisten taten es ihr nach, obwohl der eine mit interessierten Augen auf den Herd mit der Pfanne sah und kurz schnupperte.

»Was kann ich für Sie tun, klingt natürlich jetzt blöd, aber fragen Sie einfach. Was führt Sie her? Oder wer? Darf ich eine Vermutung äußern?«

»Wie Sie wissen, war dieses extrem teure Kunstwerk verschwunden. Sie haben dieses äußerst verstörende Foto von Daniel Hearst in der Presse bestimmt gesehen. Wir vermuten, dass es einen direkten Zusammenhang mit diesem Werk und seinem Tod gibt.«

»Wer das Bild hat, ist sein Mörder«, sagte Mehlos.

»Das habe ich nicht gesagt«, sagte Holroyd, »wir untersuchen es.« Sie strich eine ihrer Strähnen hinter das Ohr.

»Wie, um alles in der Welt, kommen Sie zu mir?«

Holroyd sagte zunächst nichts und nickte nur. Dann streckte sie ihre Hand zu Sergeant Rathbone, der auch am Tisch saß, und erbat das Tablet, das Rathbone in der Hand hielt und ihr reichte. Holroyd wischte auf dem Gerät. Schließlich legte sie es so auf den Tisch, dass Mehlos und Santow das Display gut einsehen konnten.

»Wir haben diese Bilddateien bei der Auswertung von Daniel Hearsts Computer gefunden«, Holroyd blätterte in einem Picture Viewer. Man sah Mehlos, wie er in Daniel

Hearsts Schlafzimmer neben dem Bett stand, in dem die Leiche lag. Mehlos und Santow blickten sich an.

Wir wurden im Atelier fotografiert. Das Foto wurde mit einem Bild der Leiche kombiniert.

Mehlos nickte mit schmalem Mund.

Sie haben das Bild forensisch auf Manipulationen untersuchen lassen?, zeigte Santow und Mehlos übersetzte.

»Natürlich«, sagte Holroyd, »sie scheinen authentisch. Sehr sogar. Können Sie das erklären?«

Mehlos konnte das nicht.

»Ist das ein offizielles Verhör?«, fragte er.

»Die Vorstufe davon«, sagte Holroyd, »aber nehmen Sie es bitte faktisch als solches.«

»Okay. Dann äußere ich mich nicht dazu. Sie verstehen, dass ich nun meinen Anwalt informiere.«

»Ja«, sagte Holroyd.

Mehlos verließ den Tisch, um sein Telefon zu suchen, das er beim Kochen am Herd abgelegt hatte. Er nahm es und wählte die Nummer von Geoffrey. Besetzt. Er hinterließ eine Nachricht mit der Bitte um Rückruf. Mehlos kam zum Tisch zurück und setzte sich. In der Zwischenzeit hatte Santow Wasser angeboten, die Polizisten hatten es angenommen.

»Haben Sie schon mit meinem Bruder Francis gesprochen?«, fragte Mehlos.

»Nein«, sagte Holroyd, »warum?«

Aber er ist doch Ihr Hauptverdächtiger? Er war zur Todeszeit Daniel Hearsts in seinem Atelier!

Jetzt war es an Holroyd, etwas verwirrt zurückzusehen, »wie meinen Sie das?«

Mehlos wiederholte, was er bereits von Santow übersetzt hatte. Francis sei schließlich der Hauptverdächtige der Met.

»Nein. War er nie. Wie kommen Sie darauf? Wir hatten keinen Verdächtigen. Bis jetzt ...«, Holroyd sah Mehlos an.

Was?, zeigte Santow zu Mehlos.

Ich sagte doch: er ist eine Ratte, zeigte Mehlos zu Santow zurück.

»Bitte tun Sie mir den Gefallen, Mehlos, keine Gebärden. Nur zum Übersetzen.«

»Okay«, sagte Mehlos.

Ratte, zeigte Santow mit einem tappschleichenden Finger.

»Darf ich ihn kurz anrufen?«, fragte Mehlos an Holroyd gewandt.

»Natürlich«, sagte sie, »können Sie auf laut stellen.«

Da es eine solche Funktion bei seinem Telefon nicht gab, erbat sich Mehlos von Santow ihr Tablet.

»Können Sie bitte seine Nummer wählen. Und den Lautsprecher einschalten?«

Santow machte beides, wobei sie die Telefonnummer nahm, die ihr Francis gegeben hatte und unter der sie mit ihm kommunizierte. Sie klappte das Gerät auf dem Tisch auf.

Eine Ansage informierte, dass diese Nummer nicht vergeben sei und man bitte die Auskunft anrufen möge. Mehlos kniff die Augen zusammen und erhielt denselben Blick von Santow zurück.

Mehlos zog sein altes Telefon aus der Weste und blätterte im Speicher. Dann fand er Francis' Telefonnummer und hielt sie Santow hin.

»Nehmen Sie bitte die.«

Nach dreimaligem Klingeln ging Francis Neville Mehlos dran.

»Hallo ...«

Dann eine kurze Pause.

»Bist du das, Kleos?«

Eine weitere Pause.

»Bist du sicher, dass du *mich* sprechen möchtest? Lang her, dass du mich angerufen hast.«

»Ja, Francis, ich bin sicher.«

»Ah. Ich dachte schon, das sei ein Phantomanruf. Was verschafft mir die Ehre?«

Mehlos rollte mit den Augen.

»Francis. Wie lange haben wir uns nicht gesehen?«

»Fragst du das im Ernst?«

»Ja.«

»Lass mich überlegen. Wir sehen uns nicht sehr oft. Du möchtest nicht und ich habe mich schließlich daran gewöhnt.«

»Wann, Francis?«

»Ich denke, es war am letzten runden Geburtstag von Mouse. Schon ein paar Jahre her. Rufst du deshalb an?«

Mehlos atmete tief ein.

»Hast du kürzlich etwas von Daniel Hearst gekauft?«

»Bestimmt nicht. Darf ich fragen, warum du das wissen willst?«

Mehlos machte an seinem Hals eine kurze Geste des harten Schnitts. Santow verstand und brach das Gespräch ab.

»Was war das jetzt?«, fragte die Chief Inspector.

»Ich musste für mich etwas klären.«

Ratte. Sie hatten Recht! Santow.

Mega-Ratte. Mehlos.

»Was machen Sie da mit den Fingern?«, wollte Holroyd wissen.

»Nichts«, sagte Mehlos.

»Dann ist es ja gut«, sagte Susan Holroyd und verzog leicht den Mund.

»Möchten Sie noch Wasser?«, fragte Mehlos und nutzte den Moment, in dem er allen einschenkte, zum Nachdenken. Francis hatte gelogen. Ihn verraten. Nichts Neues. Aber diesmal so ernst wie noch nie. In dem Moment, als er selbst trank, kamen zwei weitere Polizisten in die Küche, gefolgt von Cavendish, es waren eine kleinere jüngere Constable und noch ein Sergeant.

»Wir waren diskret, aber die Presse ist trotzdem unten«, sagte der Sergeant.

»Es ist alles voll mit Fotografen. Man kommt kaum durch. Sogar ein Übertragungswagen der *WATCH!* ist dabei. Bin sicher, Jennifer Caherne taucht auch bald auf«, sagte die Constable.

Mehlos und Santow dachten an Chinatown.

»Aber deswegen sind wir nicht hier«, sagte die jüngere Polizistin, trat an Holroyd heran und flüsterte ihr etwas Längeres ins Ohr. Holroyd, hörte unbewegt zu und bedankte sich dann bei ihrer Kollegin. Daraufhin verließen die beiden Polizisten die Küche wieder und Cavendish folgte ihnen. Holroyd setzte sich zurecht und legte ihre Arme auf den Tisch. Sie saß Mehlos genau gegenüber, wie die Gegnerin in einem Brettspiel.

»Sie besitzen einen Austin Healey. Blau. Richtig?«

»Eisblau-metallic. Er steht unten in der Garage.«

»Wann haben Sie ihn zuletzt benutzt?«

Mehlos überlegte. »Ich selbst vielleicht vor ein paar Tagen. Ich war in Brighton. Warum?«

Chiefinspector Holroyd ließ sich Zeit mit der Antwort und sah langsam erst zu Santow, dann zu Mehlos.

»In seinem Tank wurde schwarze Farbe gefunden. Offensichtlich dieselbe schwarze Farbe, mit der auch Daniel Hearst übergossen wurde.«

Über den Dächern von London

»Das nehme ich ihm wirklich übel. Mein Austin. Er weiß, wie mich das trifft«, sagte Mehlos tonlos.
    Ich denke, das andere ist wesentlich schlimmer.
    »Marginal. Ich komme da raus. Und ihn bringe ich rein. Oder um. Ich habe jetzt endgültig genug von ihm. Leider: Wie schon so oft.«
    »Hm, hm«, Chiefinspector Holroyd räusperte sich und sah die beiden an.
    »Oh, sorry, ich vergaß«, sagte Mehlos laut, »keine Fremdsprachen ...«
    »Vielen Dank für Ihr Verständnis«, sagte Holroyd.
    »Aber laut geht doch, oder?«
    »Okay, wenn ich es verstehe.«
    »Prima, vielen Dank, Chief Inspector«, sagte Mehlos und wandte sich an Santow, »kann ich Ihnen noch etwas zu essen machen? Kleiner Nachtisch? Etwas, das wirklich keine Umstände macht.« Und seine Hände ergänzten: bitte sagen Sie ja.
    Okay. Aber bitte keine Umstände!
    Mehlos übersetzte.
    »Ich habe eine Idee. Hole nur ganz schnell was Frisches für uns und unsere Gäste ...«, er sprach es nur mit dem Mund und seine Gesten sagten: Ich muss weg, damit Sie

draußen bleiben können, Santow. Bitte nicht widersprechen, ich habe es durchdacht. **Mehlos sah Santow an.**

Idiot! Aber, wenn Sie meinen. Und was kann ich tun?, zeigte Santow.

»Ja, ich schaue mal. Frischer Quark ist da. Ich werde nach passenden Früchten suchen, okay?«, sagte sein Mund und seine Hände sprachen: Oh, Sie haben eine konspirative Aufgabe: halten Sie die hier so lange wie möglich am Tisch fest ... werde Sie kontaktieren.

Okay!, kam von Santow.

»Prima. Sie auch eine Kleinigkeit?«, fragte Mehlos an die Polizisten gewandt. Alle lehnten ab und Mehlos ging in die Vorratskammer. Sie war geräumig, es war kühl. Über allem ein Hauch von Gewürzen, Olivenöl und Obst. Auch ein Feinkostladen hätte nicht besser sortiert sein können. Dann fiel die Tür zu.

* * *

Nach etwa fünf Minuten wurde Holroyd zappelig; Santow konnte etwa fünf weitere Minuten herausschlagen, bevor es der Chief Inspector zu dumm wurde. Sie wusste, mit wem sie es zu tun hatte. Holroyd stand auf, ging schnellen Schrittes zur Vorratskammer und öffnete die Tür. Das Licht in der Kammer ging an. Kein Mehlos. Holroyd trat hinein und entdeckte in den Regalen jede Menge Wein und Lebensmittel aller möglichen und internationalen Marken, von denen sie noch nie eine gesehen hatte. Und dann sah sie den Küchenaufzug.

Mit einem Nicken ging sie zum Tisch zurück.

* * *

Mehlos hatte seine Anzugsjacke ausgezogen, auf links gedreht und war wieder hineingeschlüpft, bevor er in den Aufzug stieg; er wollte die Jacke nicht ruinieren. Dann fuhr er eine Etage höher, wo der Aufzug endete. Es war die Wohnung Cavendishs. In dessen Küche stieg er aus und wendete sein Jackett wieder zurück. Kein Licht. Alles war dunkel. Ohne Mrs. Cavendish zu inkommodieren, deren Stimme, vermutlich mit einer Freundin telefonierend, aus dem Wohnzimmer zu ihm drang, schlich er sich zur Wohnungstür, spähte durch die Milchglasscheibe und gelangte von dort aus vorsichtig zum Treppenhaus.

* * *

Chiefinspector Holroyd hatte bereits ihre Einheit über die Flucht des Verdächtigen informiert und sah Santow mit einer Mischung aus Interesse und abwägendem Verdacht an. Dann gab es einen Ton auf ihrem Mobiltelefon und einen Texteingang:
Santow weiß nichts. Ausschließlich meine Angelegenheit. Sie hören von mir. Wie immer. Cheerio, KHM.

Holroyd ging zum Tisch zurück und setzte sich Santow gegenüber.
»Wo. Ist. Er?«, formulierte sie deutlich mit ihren Lippen.
Santow tippte auf ihrem Tablet und drehte es um.
Ich weiß es wirklich nicht. Bitte glauben Sie mir.
Holroyd schwieg einen Moment, dann sagte sie:
»Ich kenne es eigentlich nur von Schuldigen, dass sie sich der Festnahme entziehen.«
Santow lächelte und tippte wieder. Dann schob sie das Tablet so, dass es alle Polizisten sehen konnten. Sie lasen auf dem Display:

Ich glaube, er ist einfach nur pressescheu ...

Oben, über das Dach zum Nebenhaus, huschte ein schwarzer Schatten.

Berkeley Square

In Bächen lief das Wasser über den Schirm und Tropfen prasselten auf sein seidenes Dach. Der Mann im dunklen Anzug saß allein mit feuchten Haaren auf einer Bank im Berkeley Square und dachte nach.

Keine Nachtigall sang.

Mehlos war zunächst durch die Green Street in Mayfair gelaufen. Als er zum Grosvenor Square kam, begann es zu regnen. An der Rezeption des Connaught Hotels, wo man ihn kannte, erbat er sich einen Schirm und eine Flasche stilles Wasser. Dann ging er an seinen Restaurants vorbei bis zum Berkeley Square und setzte sich auf seine Lieblingsbank mit dem besten Blick auf die Umgebung und fast direkt gegenüber des Werks »The Four Loves« von Lorenzo Quinn. Eine große silberne Erdkugel, aus Puzzleteilen bestehend, auf der ein goldener Mann und eine goldene Frau umschlungen und mit weit nach außen gestreckten Beinen schwebten, die Frau nur auf den Armen des Mannes balancierend.

Wie einfach und natürlich es den beiden schien, das Gleichgewicht zu halten, das er gerade verloren hatte. Der Gedanke ließ in Mehlos eine gewisse Trübsinnigkeit und Lähmung aufkommen, der seine sonstige Unbekümmertheit schleichend wich. Er betrachtete das Etikett seiner Wasserflasche mit einer ähnlich liebevollen Aufmerksamkeit, wie sie sonst den Alkoholflaschen seitens ihrer Eigentümer in ähnlichen Umgebungen auf Parkbänken entgegengebracht wurde. Ohne den Schirm loszulassen, öffnete er sie und trank einen Schluck. Wasser im Wasser dieser Sturzflut zu trinken, hatte schon einen Hauch von Verzweiflung, dachte Mehlos.

Francis. Wie konnte er nur so etwas tun? Für eine verpatzte Klausur des kleinen Bruders zu sorgen, war schon ebenso schlimm wie absurd. Aber einen Mordverdacht zu inszenieren oder noch weiterzugehen und eine Verhaftung oder am Ende gar eine Verurteilung zu erwirken, hatte schon biblische Dimensionen. Das war kein Bruderzwist mehr. Es war begonnene Vernichtung. Warum? Warum nur saß Francis' Hass so tief? Nur wegen der Souveränität bei Entscheidungen des Family Trust?

Mehlos fand keine Antwort. Und ihm fiel ein, dass er mit Francis noch nie darüber gesprochen hatte. Aber dafür war es jetzt zu spät. Nicht zu spät war es, darüber nachzudenken, wie er, Kleos Henry Mehlos, den Verdacht von sich abwenden konnte.

* * *

»Verzeihen Sie, Ma'am, darf ich vorschlagen, dass Sie heute Nacht das Haus nicht verlassen, die Meute dort unten ist zu undiszipliniert. Erlauben Sie mir bitte, ein Gästezimmer herrichten zu dürfen«, Cavendish bemühte sich um ein klares Mundbild. Da er auch Erfahrungen im Umgang mit Mehlos' Tante Mouse hatte, gelang es ihm.

Cavendish hatte nach dem Abzug der Met aus *Speakers'* Santow in das Kaminzimmer mit Blick auf das gegenüberliegende Haus aus rotem Backstein und mit weißen Fenstern gebeten. Hier saß sie nun in Arne Jacobsens Egg Chair aus dunkelrotem Leder, fühlte sich selbst so dünnschalig wie angeschlagen und dachte nach. Cavendish hatte ein Kaminfeuer gemacht und ihr Sandwiches gebracht, nachdem sie begonnen hatte, die Küche aufzuräumen und es strikt ablehnte, die *Pasta alla Norma* alleine zu essen. Es wäre nicht dasselbe gewesen. Mehlos und sie hatten zusammen gekocht. Und sie sollten auch zusammen essen. Sie hatte Cavendish gebeten, die Pasta aufzuheben. Dumm war nur, dass sie nicht wusste, *wie* lange.

Cavendish hatte Recht. Sie sollte nicht nach unten, das Haus wurde belagert. Santow nahm ihr Tablet und sah sich die Seite der *WATCH!* an:

Ein Foto des Eingangs zur Hyde Park Agency, Einsatzwagen davor; nebendran die Gesamtansicht des Hauses. Darüber die Headline:

GANZ SCHÖN POSH!
DER PALAST DES MÖRDERPAARES?

Wut kam in Santow hoch. Sie wischte zum Texteditor und tippte. Dann zeigte sie Cavendish den Text:

Sehr freundlich von Ihnen. Ich würde das gerne annehmen, vielen Dank, Cavendish!

Cavendish verbeugte sich leicht, wies noch einmal einladend auf die Sandwiches und verschwand.

* * *

Mehlos stand in der Old Bond Street vor der kobaltblauen Fassade von Vacheron Constantin und mit einem für ihn ungewöhnlichem Desinteresse an den ausgestellten Uhren. Stattdessen besah er sich aufmerksam die Reflexion seiner selbst und verfing sich in dem Gedanken, ob er eine gewisse äußere Ähnlichkeit mit Francis haben sollte. Er verbrachte einige Zeit damit, sich im Detail nachzuweisen, dass dem wohl zum Glück nicht so war. Tatsächlich war es Francis, der nicht die geringste Familienähnlichkeit mit ihren Eltern oder nahen Verwandten zu haben schien, was für Mehlos Grund genug gewesen war, nach zu starken Attacken auf ihn oder Mouse seinem Bruder den Status eines Kuckuckseis zu verleihen. Dies ermutigte Francis jedoch nur darin, mit seinen Angriffen weiterzumachen, und warf auch nicht das beste Licht auf die Beziehung seiner Eltern, die dann wiederum den Streit beendeten, indem sie beide bestraften und Mehlos erneut das Gefühl gaben, wieder einmal unverschuldet in die Rolle eines von Francis' Opfern geraten zu sein.

Nein. Keine Ähnlichkeit. Ganz und gar nicht. Trotzdem drehten Mehlos und sein Spiegelbild noch einmal synchron den Kopf zur Seite, um auch diese Perspektive zu begutachten und beide lächelten beruhigt, als sich kein Zeichen der Verwandtschaft offenbarte.

Er ging die Old Bond weiter in Richtung Piccadilly, sein Mobiltelefon vom Akku getrennt und die Sinne wachsam; schließlich musste er damit rechnen, nun offiziell von der Polizei gesucht und über das Telefon geortet, oder aber von der Presse oder den Leserreportern der *WATCH!* im Tausch gegen 500 Pfund jederzeit gestellt zu werden. Der Regen half dabei, die meisten Menschen von den Straßen fern zu halten; der Schirm beim Verdecken seines Gesichtes. Ein nasser Schatten in der Nacht. Er überquerte Piccadilly hinter zwei roten Bussen, entschied sich für die belebtere St James's Street und kam bei dem Gentlemen's Barber vorbei, zu dem er seit Jahrzehnten ging und mit dem ihn mehr verband als mit seinem Bruder. Über das Warum grübelnd, hielt er auf St James's Palace zu und vergaß dabei für einen Moment, Deckung unter seinem Schirm zu suchen – gerade dann, als ein gelb-blau kariertes Polizeiauto seinen Weg kreuzte.

* * *

Santow lag inzwischen in einem von Mehlos' seidenen Nadelstreifenpyjamas auf ihrem Bett im Gästezimmer. Es war mit Antiquitäten eingerichtet, hatte hellgrün-dunkelgrün gestreifte Tapeten und einen Kamin. Auf einem Tisch standen frische Blumen. Sie lag auf dem Rücken und dachte an Mehlos. Er hatte ihr weder gesagt, wohin er gehen würde, noch was er vorhatte. Sie überlegte, ob er Francis zur Rede stellen, den Verdacht von sich wenden und den Tod von Daniel Hearst aufklären wollte und würde. Nur wie? Unruhig setzte sie sich auf und der Pyjama rauschte leise und angenehm beruhigend. Sie schnüffelte kurz am Kragen und überlegte, ob es wirklich einer *seiner* Schlafanzüge war oder nur eine Aufmerksamkeit für Gäste. Und dann fand sie ihr Schnüffeln backfischlike. Und dann auch wieder nicht.

* * *

Mehlos blieb stehen. Das Auto der Met auch. Etwa fünf Meter entfernt. Auch wenn Weglaufen ihm nicht lag, prüfte er seine Optionen. Rechts war die Little St James's Street. Schmal und lang, aber einsehbar. Sinnlos. Die Lichter des Wagens schienen ihm nun direkt ins Gesicht. Die Fäden des Regens erinnerten ihn an Zellengitter und gestreifte Häftlingskleidung.

* * *

Santow ging ins Bad und stellte sich vor einen der Badezimmerspiegel. Sie hatte nichts für die Nacht dabei, aber offensichtlich hatte Cavendish an alles gedacht. Mehlos hatte entschieden, ohne sie weiterzumachen, um sie vor einer eventuellen Verhaftung zu schützen. Sie machte sich Vorwürfe, dass sie ihn nicht davon abgehalten hatte oder sogar mitgegangen war und hatte nach einem Blick in den Spiegel sogar den Eindruck, dass ihr Bild missbilligend auf sie zurücksah. Sie riss sich von ihren grüblerischen Gedanken los und ging zurück in ihr Zimmer.

* * *

Mehlos hatte plötzlich die grandiose Idee, einfach weiterzugehen. Die Met würde sich schon melden, wenn sie ihn sprechen oder aufgreifen wollte. In einem kurzen Gedenken an all diejenigen, die sich durch ein schlechtes Gewissen verraten hatten, lief er am Polizeiauto vorbei. Drinnen waren die Polizeibeamten viel zu sehr mit dem Funk und dem Betrachten eines frischen Fahndungsfotos beschäftigt, das einen blonden Mann im Anzug mit Weste zeigte.

Im Schutz seines Schirms kam Mehlos zum St James's Palace, der im Regen trostlos wirkte. Er blieb eine Zeitlang vor dem schwarzen Tor und dem weißen Erker am Eingang stehen und hörte dem Fluss des Wassers in den Dachrinnen zu. Dann ging er weiter nach links in die Pall Mall hinein, bis er zum Purcell Club kam.

Dido & Aeneas

»Selbstverständlich haben wir ein Zimmer für Sie, Sir«, sagte Jil, die Dame am Empfang, und Mehlos tauschte sich noch kurz mit John Garreth darüber aus, niemandem, egal wem und von welcher Organisation, Mehlos' Anwesenheit heute zu bestätigen. Das schloss die Met ein und wurde völlig akzeptiert.

»Möchten Sie auch bei uns essen, Sir?«, fragte Jil und Mehlos fiel ein, dass die *Pasta alla Norma* zwar zubereitet, aber nicht genossen worden waren und so sagte er zu, gerne in einer Viertelstunde zu seinem Platz im Clubrestaurant *Dido & Aeneas* zu kommen.

Auf dem Zimmer warf er sich im Anzug auf das Bett, dachte an Santow und wie er Kontakt zu ihr aufnehmen könnte. Sein Telefon schied aus. Es blieben die Computer des Clubs, die in jedem Zimmer auf einem Schreibtisch am Fenster standen. Er schwang sich hoch und schaltete seinen ein. Jedes Clubmitglied hatte ein eigenes Login nebst E-Mail-Adresse. Als er sein Postfach prüfte, war dort eine Nachricht eingegangen. Unbekannter Absender. Betreff: »Coucou!«

Kuckuck! Eine von Santows Begrüßungen per Mail, die er schon kannte. Dann kam der Text:

Ich dachte mir, dass Sie dort sind. Alles Okay mit Ihnen? Met ist weg, Haus belagert. Was haben Sie vor?

Ja, ist alles Okay, log er und wunderte sich, wie einfach das per Mail ging, *melde mich.* Dann klappte er den Laptop zu, stützte sein Kinn auf seine gefalteten Hände und schloss die Augen.

* * *

Nichts ist okay, dachte Santow, als sie die Mail in ihrem Bett sitzend las und dann das Tablet so stark auf die Bettdecke pfefferte, dass es fast am anderen Ende herunterrutschte.

* * *

»Wie immer, Sir?«, der Kellner.

»Was nehme ich immer?«, fragte Mehlos und versuchte, sich zu erinnern.

»Zu dieser Zeit die Dorade mit Rosmarinkartoffeln, danach Trifles und einen Espresso.«

»Dann gerne auch jetzt, vielen Dank«, sagte Mehlos interesselos und spielte mit dem Salzstreuer, dessen Glockenform ihn an Francis erinnerte. Er stellte ihn weg.

»Kleos!«, ein junger Dynamiker mit gegelten Haaren und umwerfendem Lächeln in einem Banker-Anzug schwang sich auf einen freien Stuhl an Mehlos' Tisch und nahm für sich die Clubregel Nummer eins in Anspruch, jeden jederzeit ansprechen zu dürfen. »Kannst du erzählen, warum die *WATCH!* hinter dir her ist? Du weißt, mich hatten sie vor zwei Jahren auf dem Kieker, völlig dämlich natürlich, aber meine Anwälte haben sie bluten lassen. Ist Geoffrey schon in Stellung?«

Mehlos sah ihn nur an.

»Ooops!«, sagte der Banker, der Timothy hieß, keiner

war und in Wirklichkeit bei einem Auktionshaus arbeitete, »nicht du selbst. Gar nicht du selbst ... ich war auf eine wohlformulierte Tirade und geistreiche Verwünschungen gefasst ... so wie sonst. Aber als sie mich am Wickel hatten, war es bei mir nicht anders. Entgegen unserer Satzung lasse ich dich am besten in Ruhe, Kleos. Aber: wenn ich was tun kann, auch, wenn es nur Zuhören bei eigentlichem Weghören und geheucheltes verständnisvolles Nicken ist, sag' mir Bescheid. Ich bin bis morgen hier, mal wieder Streit mit Silvia ...« Er verschwand mit einem Schulterklaps und einem »Cheerio, old boy!«

Timothy wurde von der Dorade abgelöst, die nach Mehlos' momentanem Geschmack angenehm still war. Ja, ein Chablis war auch okay, wenn er den sonst auch immer nahm. Passte schon, vielen Dank! Der Kellner brachte ihn.

Mehlos fand es seltsam, dass sowohl Wein wie Fisch nach gar nichts schmeckten. Dieses Nichts war ein Motiv, das sich durchzuziehen schien. Was hatte er bisher gewonnen? Nichts! Was hatte er gegen Francis in der Hand? Gar nichts. Wie war sein Plan? Nichts und nochmal nichts ... Mehlos nahm einen gewaltigen Schluck vom Chablis und fragte sich dann, was Santow an seiner Stelle machen würde.

Auch die Trifles gaben ihm keinen Anlass zu gehobener Stimmung. Beim Nachtisch wehrte er noch die Konversationsversuche dreier Clubmitglieder ab, zwei Damen und ein Herr, die vordergründig einen vierten Spieler zu einem Rubber Whist suchten, was nach Mehlos' Meinung aber nur vorgeschoben war; das Kartenspiel sollte wohl nur den Rahmen für einen größeren Verkupplungsversuch mit dem Gast seiner Bekannten, einer sterbenslangweiligen Erbin, bilden, deren Vater sein Geld mit dem diskreten Versand von Nachtspielzeug gemacht hatte. Die anfängliche Faszination ihrer Männerbekanntschaften endete stets rasch in derselben Enttäuschung, da sich die Dame für wirklich gar nichts interessierte und am allerwenigsten für den dem Geschäftsmodell ihres versehentlichen Erzeugers so dienlichen Urtrieb. Mehlos legte keinen Wert darauf, das Heer der Enttäuschten zu komplettieren und schon gar nicht heute. Das Trio zog ab, nicht ohne sich zu fragen, zumindest zwei von ihnen, was ihm denn wohl über die Leber gelaufen war, fand dann aber schnell in Timothy ein neues Opfer und verschwand mit ihm in einem der Kartenzimmer in der oberen Etage.

Mehlos hatte inzwischen seinen Espresso bekommen und kippte entgegen seiner Gewohnheit Zucker hinein. Dann rührte er langsam um, probierte, mochte es nicht, nein, fand es sogar eher grausig und sah in die Tasse. Er stellte sie wieder auf die Untertasse und schob beides weg von sich in die Tischmitte. Dann fiel ihm erneut auf, wie schwer es war, eine klare Gedankenlinie zu finden, ohne sich mit jemandem auszutauschen. Nicht ein beliebiger Jemand. Santow. Sonst niemand. Plötzlich spürte er einen kurzen Wind.

PLOPP!

Etwas Schwarzes landete auf der Espressotasse. Mehlos sah hin. Es war Onassis' Fedora.

Tut mir leid, wenn ich beim Selbstbemitleiden störe. Aber jetzt geht es los. Sorry!

TEIL III

Pudding

Santow hatte die Arme auf den Tisch gestützt. Sie sah Mehlos abwartend an, wie der Löwe im *Land of the Lions* die Zoogäste.

»Wie wäre es mit Pudding?«

Lenken Sie nicht ab, Mehlos!

»Die Trifles sind ausgezeichnet.«

Glauben Sie etwa, ich hätte nicht gesehen, dass Sie sie nicht angerührt haben?

Mehlos nickte zum Hut auf dem Tisch vor ihnen.

»Und der?«

Kommt mit.

»Wohin?«

Das darf doch nicht wahr sein …, **zeigte Santow genervt,** haben Sie immer noch nicht begriffen, dass Sie endlich mal mit Ihrem Bruder reden müssen?

»Haben wir doch. Vor zwei Tagen erst. Sie waren sogar dabei!«

Santow rollte die Augen an die Decke.

Achja. Warum habe ich dabei kein Wort über Sie beide vernommen?

Mehlos sagte nichts.

Es ist seit Jahrzehnten überfällig, dass Sie Ihre Beziehung klären. Und Sie wissen es.

»Dafür ist es jetzt nun wirklich zu spät.«

Ganz sicher nicht.

»Santow! Francis hat sich das alles ausgedacht. Uns quer durch London geschickt und höhnisch in höchster Brillanz auflaufen lassen. Und wahrscheinlich auch die *WATCH!* auf den Hals gehetzt. Vor der Polizei gelogen. Er hat dafür gesorgt, dass ich jetzt die Aufmerksamkeit der Met habe, um das mal gelinde auszudrücken. Das Nichts, das ihm das Genick hätte brechen sollen, ist jetzt von der Met bei mir entdeckt worden! Die Farbe, die man auf dem toten Daniel gefunden hat … auch bei mir! Ich bin geflohen. Die *WATCH!* hat bestimmt schon die Headlines für das nächste Foto geschrieben. Ich bin flüchtig. Es ist nur eine Frage der Zeit, bis Anklage erhoben wird. Die Sache läuft aus dem Ruder. Ich habe schon überlegt, zum Yard zu gehen, auf einem ihrer Zimmer einzuchecken und zu hoffen, dass alles schon gut laufen wird.«

Naive Opferrolle.

»Sie sagen es.«

Also?

»Kommt natürlich nicht infrage.«

Immerhin. Sie leben noch.

»Ich werde ihn zur Rede stellen, auch wenn er sich noch so sehr verschanzt.«

Ahhh! Endlich.

»Und ich brauche Beweise für die Met.«

Sehr richtig. Gegen das Nichts und die Farbe.

»Er muss bestätigen, dass er mir das Werk zugespielt hat und für die Farbe im Tank verantwortlich ist.«

Dann hat die Met keinen Grund, Sie anzuklagen.

»Aber warum sollte er das tun? Genau das war ja sein Ziel …«

Das klären Sie am besten mit ihm selbst.

»Wie gesagt … er blockt alle Kommunikation, hat sich verschanzt.«

Wo?

»*Kingfisher's*. Da fühlt er sich sicher.«

Und wird Sie nicht reinlassen.

»Natürlich nicht. Sehen Sie selbst«:

Mehlos nahm sein Mobiltelefon aus dem Jackett, stellte die Senderkennung ab und rief eine Nummer an.

»Guten Abend. Verbinden Sie mich bitte mit Bruford. Kleos Mehlos«, er wartete und drehte dann das Telefon zu Santow.

Aufgelegt.

»Ja. Und das schon von den Hausangestellten.«

Was wird passieren, wenn wir dort einfach auftauchen?

»WIR?«

Ja.

»WIR werden dann schon am Eingang von der Security entfernt, festgesetzt, bekommen eine Klage wegen Hausfriedensbruchs und haben dann noch mehr Ärger mit der Met. Nur weitere Munition für Francis.«

Verstehe. Dann gibt's nur einen Weg.

»Sieht so aus. Denken wir dasselbe?«

Bestimmt.

Sie sahen sich an. Der Versuch eines Lächelns unter grimmigem Blick.

»Wir brechen in *Kingfisher's* ein.«

Jove's Room

»Auch wenn Damenbesuch auf den Zimmern von der Clubleitung toleriert wird, sollten wir doch möglichst wenig Anlass zum Austausch darüber bieten. Ich habe heute *Jove's Room*. Das Jupiterzimmer. Jupiter tritt in *Dido & Aeneas* auf, oder fast. Er wird zumindest besungen und …«

Schluss. Ich gehe einfach mit und aus.

»Okay.«

Man hatte beschlossen, dass das Planen eines Einbruchs, unter welchen Umständen auch immer, nicht für fremde Ohren und Augen bestimmt war. Mehlos' Zimmer im Club war privat genug. Sie saßen an einem runden Tisch und wurden von Jupiter auf einem Ölgemälde argwöhnisch beäugt. Vor ihnen stand ein Silbertablett mit einer Karaffe Wasser und zwei Gläsern.

Mehlos zog seine Taschenuhr aus der Weste.

»Viertel nach elf.«

Wie kommen wir rein?

»Es ist ein wenig befremdlich, in das eigene Elternhaus einzubrechen.«

Sind Sie früher nicht bei Hausarrest ausgebüxt und wieder reingekommen?

»Schon. Aber da hatte ich einen guten Draht zum Personal. Den gibt es jetzt nicht mehr.«

Ich nehme an, Francis ist auf dem neusten Stand der Sicherheitstechnik.

»Leider ja.«

Kann man die ausschalten?

»Klar. Hat unser Sicherheitsberater vom Family Trust installiert. Keiran Murphy. Ist ein ziemlich schräger Vogel mit einem Faible fürs Militär und es würde mich nicht wundern, wenn ein guter Prozentsatz von abgewehrten Cyberangriffen auf unser Land auf seine Beratung zurückginge.«

Dann hat er was auf dem Kasten.

»Der öffnet Ihnen russische Raketensilos von seinem Smartphone aus, wenn Sie möchten.«

Nein, danke. Würde er uns helfen?

Mehlos überlegte.

»Nein. Nicht direkt. Nur, wenn ich was Unverfängliches finde. Ich kann nicht sagen, er soll mal kurz *Kingfisher's* freischalten. Er weiß, dass ich dort nicht wohne und wie Francis und ich uns mögen.«

Warum müssen Sie das auch ständig in die Welt tragen? Hat das Haus Schwachstellen?

»Das haben sich bestimmt schon viele gefragt.«

Garage? Kellerlichter? Katzenklappe?

»Grundgütiger. Ich bin entsetzt, wie professionell Sie das angehen.«

Haben Sie was anderes erwartet, Mehlos?

»Nein«, Mehlos nahm einen Schluck Wasser und drehte das Glas in seinen Händen, »aber vielleicht gibt es was anderes ...«

Santow hob ihre Augenbrauen. Mehlos setzte das Glas ab und beugte sich vor.

»Katzenklappe nicht. Meine Eltern hatten keine Katzen, als sie noch auf *Kingsfisher's* wohnten. Es gibt aber eine Verbindung vom kleinen See in den Keller!«

Müssen wir schwimmen? Tauchen?

»Ja.«

Realistisch?

Mehlos dachte nach, dann schüttelte er den Kopf.

»Als Kinder haben wir durch gepasst. Mutprobe und so. Aber … Nein. Geht nicht. Vergessen Sie's.«

Der Klassiker: Feueralarm? Alle rennen raus und wir rein?

Mehlos stützte den Kopf in die Hände.

»Hmmm … weiß nicht. Möchte mein Elternaus eigentlich nicht anzünden … vielleicht bin ich da altmodisch …«

Nur Rauch. Rauchbomben?

»Gute Idee. Aber wo bekommen wir die jetzt her?«

Stimmt.

»Dachten Sie, dass Einbrechen so schwer sein kann?«

Dafür habe ich damit zu wenig Erfahrung.

»Wenn wir nicht hineinkommen, ist es vielleicht der bessere Weg, ihn herauszulocken?«

Habe ich auch schon überlegt. Scheiterte am wohin. Ich finde, der richtige Weg ist, ihn zu Hause aufzusuchen. Wir müssen hineinkommen. Egal, wie.

Beide hingen ihren Gedanken nach. Ab und zu sahen sie sich an, als ob einer was sagen wollte, aber dann verschwand der Gedanke wieder im Orkus der schlechten Ideen.

»Wissen Sie was? Ich habe so langsam die Nase voll von allem und eine fürchterliche Laune. Ich bin sozusagen geladen. Ziemlich! Das sollten wir ausnutzen. Warum bin ich nicht gleich darauf gekommen? Die besten Ideen sind meistens die, die einem direkt vor der Nase erscheinen.«

Da bin ich aber gespannt! Was meinen Sie, Mehlos?

Statt einer Antwort, sprang Mehlos auf und bot Santow

seinen Arm an. Dann fiel ihm noch etwas ein. Er sah sich im Zimmer um. Auf dem Tisch lag der Onassis. Er blickte Santow an. Sie nickte nur.

Mit ihr untergehakt ging er aus dem Zimmer, durch das Treppenhaus und hinunter zur ersten Etage, wo sich die Kartenzimmer und andere Gesellschaftsräume befanden. Über einen grünen, weichen Teppichboden führte er sie bis zum letzten Zimmer. *Diana's Room*. Er horchte kurz an der Tür, aber es schien sich niemand darin aufzuhalten. Dann drückte er eine alte Messingklinke, öffnete die Tür und ließ Santow den Vortritt.

»*And there we are!*«, sagte Mehlos nachdem er das Licht eingeschaltet hatte und mehrere Leuchter mit Kerzenlichtbirnen aufflackerten.

»Wie so oft: das Gute liegt so nah. Haben Sie Präferenzen, Santow?«

Diana's Room

Sie wollen also mit einer von denen am Eingang von *Kingfisher's* erscheinen, sie Bruford an die Backe halten und dann sowas sagen wie: »Es wäre wirklich sehr freundlich von Ihnen, Bruford, wenn Sie uns zu meinem Bruder begleiten würden.«

Santow blickte auf eine Wand voll mit antiken Gewehren, Pistolen, Bajonetten und Waffen aller Art. Diana's Room war das Jagdzimmer des Clubs, der stolz war auf seine Sammlung historischer Gewehre, die einst in royalen Kreisen zur Freizeitgestaltung beigetragen hatten.

»Naja. Mehr oder weniger. Aber das ist ungefähr der Plan.«

Und das glaubt er Ihnen? Dass Sie ihm bei seiner Weigerung eine Portion Schrot unter die Weste pusten? Wenn Sie überhaupt damit treffen. Und das Nachladen wird ja wohl auch einiges an Zeit dauern.

»Ich kann sehr überzeugend sein.«

Können Sie denn mit so was umgehen? Ich habe meine Zweifel. Außerdem müssen Waffen immer gereinigt und geölt werden. Schon mal was von Waffenöl gehört? Ich glaube nicht, dass es hier eine Schublade mit dem nötigen Zubehör gibt, aus der man sich bedienen kann, wenn man mal gerade Lust hat, seinen Bruder oder dessen Butler zu überfallen …, **Santow gestikulierte sich in Rage,** …und auch mal überlegt, was passiert, wenn jemand von denen in Panik eine echte Waffe benutzt? Ich weiß ja nicht, wie die dort ausgestattet sind, aber mittlerweile traue ich denen alles zu. Und ich habe nun wirklich keine Lust, Sie als Notwehropfer zu beweinen!

»Haben Sie nicht?«

Nein. NEIN!

Mehlos sah Santow für eine kleine Weile nur an. Sie schaute zurück und wandte den Blick schnell wieder ab. Obwohl er es niemals im Leben vergessen würde, tat Mehlos so, als habe er ihr glitzerndes Auge nicht bemerkt.

»Ich nehme Ihre Hinweise ernster, als Sie vielleicht denken, Santow. Lassen Sie uns einfach die modernste Waffe hier nehmen. Dann ersparen wir uns unnötige Diskussionen auf *Kingfisher's*. Vielleicht auch was Kurzes, dann werden wir im Taxi nach Kensington auch nicht komisch angesehen.«

Idiot!

»Haben Sie eine bessere Idee, Santow?«, fragte Mehlos und suchte sich in Gedanken bereits eine Pistole aus. Das Problem war, keine der Waffen war jünger als aus dem 19. Jahrhundert.

Leider nein.

»Wir werden doch schon als Bonnie & Clyde gejagt, Santow. Dann müssen wir uns auch artgerecht benehmen.«

Das ist kein Spiel, Mehlos.

»Nein, wirklich nicht«, sagte Mehlos und sprang an der Wand hoch, um einen kleinen Revolver vom Haken zu nehmen. Es war eine silberfarbene Handfeuerwaffe mit einem tropfenförmigen Griff auf schön gealtertem Holz. Ein kleines Messingschild informierte:

Pepperbox-Revolver, London, England, um 1840.

Er war etwas über 20 Zentimeter lang und hatte sechs Läufe aus Metall, die als drehbare Trommel ausgelegt waren.

»Zentralfeuervorrichtung. Zumindest also Patronen und keine komplizierten Zündhütchen. Die wären tatsächlich lächerlich.«

Das klingt beruhigend. Santows Mund war schmal.

Mehlos nahm den Pepperbox in die Hände, schaute in die leere Trommel, drehte sie, spannte den Hahn und drückte den Abzug. Es ging alles ein wenig schwer und der Hahn senkte sich fast in Zeitlupe auf die Trommel.

»Das ist schon ein wenig peinlich. Ich hoffe, ich bin überzeugend und muss nicht schießen«, sagte Mehlos.

Ich bitte darum.

Mehlos ließ die Waffe um den Abzug wirbeln. Sie machte sich selbständig und flog in hohem Bogen durch den Raum, bevor sie mit einem *Bumpf!* auf dem Teppich landete.

Santow hielt sich die Stirn.

Worauf habe ich mich da nur eingelassen. Kann ich noch aussteigen?

»Nein. Ich fürchte, Sie hängen schon zu tief mit drin.«

Oh, dear, meinte Santow, als Mehlos die Waffe aufhob, nochmal um den Abzug rotieren ließ, sicher fing und ohne Kapriolen in die Innentasche seines Jacketts steckte. Anschließend trat er zu ihr und sah ernst aus.

»Wären Sie bereit? Noch einen Drink? Für alle Fälle?«

Danach.

»Dann geht es jetzt los.«

Okay.

Sie sahen sich noch einen Moment in die Augen und Mehlos nickte zur Tür. Santow ging zuerst.

Als sie an einem großen Wandspiegel vorbeikamen, widerstand Mehlos der Versuchung, den Revolver zu ziehen und eine Pose einzunehmen.

Albert Hall

»Bitte halten Sie an und lassen uns hier raus«, sagte Mehlos zum Cabbie, als sie zur Albert Hall kamen. Er stieg rechts aus, lief um das Taxi herum und öffnete die Wagentür. Sie waren direkt auf dem Bürgersteig vor der Konzerthalle. Ihre runde Form strahlte etwas Beruhigendes aus. Mit der Beleuchtung und ihrem rötlichen Ton wirkte sie wie eine Ganzjahres-Weihnachtsinstallation. Schweigend gingen Mehlos und Santow zu ihr hin und stellten sich vor den Eingang. Heute Abend war kein Konzert. Sie standen nebeneinander und sahen sich nicht an.

Das ist Irrsinn.

»Ein bisschen.«

Vielen Dank, dass wir gehalten haben.

»Ich habe gemerkt, dass Ihnen nicht wohl ist.«

Santow nickte und drehte sich zu Mehlos.

Etwas stimmt noch nicht.

»Können Sie genauer werden?«

Ich habe mich mittlerweile an den Gedanken gewöhnt, dass Sie Bruford oder den, der gerade da ist, mit Waffengewalt zwingen wollen, Sie ins Haus zu lassen und zu Ihrem Bruder zu bringen.

»Ja.«

Aber wie kommen wir aufs Grundstück? Über das Tor oder den Zaun schaffen wir es jedenfalls nicht. Wenn wir klingeln, werden wir schon auf der Straße verhaftet. Und auf ganz Kensington Palace Gardens wimmelt es von Security. Sie wissen ja, wer dort alles wohnt. Haben Sie etwa noch einen Schlüssel? Gibt es übrigens nachts Hunde?

Mehlos seufzte, »es ist schwieriger, als gedacht, in sein eigenes Elternhaus einzubrechen ... aber in den Garten sollten wir kommen, keine Hunde. Aber dafür ein Schwein. Allerdings ein gewaltiges.«

Sie meinen, eher im Haus.

»In der Tat.«

Also?

»228439«

Türcode am Gartentor.

»Ja.«

Wofür steht er?

»Cathey. Unsere Mutter heißt Catherine. Das »e« ist drin, damit nicht jeder gleich darauf kommt.«

Und wenn doch? Ziemlich schlappes Securitykonzept.

»Fingerabdruckscan.«

Ein Pulk Nachtschwärmer lief an den beiden vorbei. Mehlos grüßte höflich und lächelte.

Francis könnte alles geändert haben.

Mehlos sah den Nachtschwärmern hinterher. Drei Männer, drei Frauen.

»Mist, daran habe ich vor Wut nicht gedacht. Sie haben Recht«, er zog sein Mobiltelefon aus der Tasche, wählte Keiran Murphys Nummer und sah Santow aus den Augenwinkeln an. Murphy meldete sich. Guten Abend, Keiran, er, Kleos, stünde vor *Kingfisher's* und käme nicht aufs Grundstück, ob der Code geändert worden sei? Nein? Nicht? Okay, dann werde er es nochmal probieren, vielen Dank und gute Nacht. Was? ... Ach, kleiner Spaß ... Bye!

Mehlos steckte das Telefon wieder weg.

»Sollte funktionieren. Und er sagte doch tatsächlich ‚Sie

stehen nicht vor *Kingfisher's*.' Wahrscheinlich hat er dort eine Kamera. Dann nichts wie hin. Bevor er irgendwen informiert. Bereit?«

Okay.

Mehlos bot ihr seinen Arm. Sie überquerten an der Ampel die Straße, um sich in Fahrtrichtung ein Taxi zu nehmen. Vor ihnen lag dunkel der Hyde Park und das angestrahlte Albert Memorial. Ein Taxi hielt.

* * *

Schweigend und konzentriert fuhren sie durch das nächtliche London und kamen über die Kensington High Street zum Security-Häuschen zu Palace Gardens. Mehlos zeigte seine ID-Card und sie durften passieren. Er war als Anwohner registriert.

Letzte Frage, ... zeigte Santow, als sie über Kensington Palace Gardens auf *Kingfisher's* zufuhren, ...wenn er vermutet, dass wir kommen ... dann hat er vielleicht mehr Security auf der Straße.

Sie waren noch wenige hundert Meter von *Kingfisher's* entfernt. Mehlos beugte sich vor und schaute am Cabbie vorbei durch die Scheibe. Dann ließ er sich mit einem Seufzer zurückfallen und sah Santow an.

»Er hat sogar noch etwas viel Besseres ...«

Kingfisher's

Vor *Kingfisher's* stand ein silberner Audi. Zwei junge Männer saßen drin und rauchten.
Presse?
»Klar. Ziemlich sicher. Den Übertragungswagen hätten sie hier nie hereinbekommen. Also kommen sie mit einem Privatfahrzeug. Aber lang können sie hier noch nicht stehen. Trotzdem: wenn sie uns sehen, geht der Zirkus los. Okay. Das, was jetzt kommt, Santow, ist das wirklich Schöne an dieser Adresse …«
Mehlos zückte sein Telefon und rief Keiran Murphy an.
»Zwei Verdächtige vor *Kingfisher's*. Silberner Audi. Ich bin in einem gelben Taxi mit Werbung von *Loot*. Danke.«
Und nur drei Minuten später hielten drei schwarze SUVs vor, hinter und neben dem Wagen mit den Reportern. Aus den SUVs stiegen dunkelgekleidete Männer. Einer schlug mit der Faust gegen die Seitenscheibe des Fahrers. Der versuchte abgebrüht zu wirken, fuhr aber in Angst die Scheiben herunter. Der Mann draußen sagte etwas zu ihm. Kurze Sätze. Der Fahrer hielt etwas hoch. Vermutlich einen Presseausweis. Der Mann draußen nahm ihn weg und zerquetschte ihn in seiner Faust. Dann warf er die zusammengeknüllten Reste zum Fahrer ins Auto, machte das internationale Zeichen für »Verschwinde besser« und ging zu seinem SUV zurück. Auch die anderen stiegen ein. Das hintere SUV fuhr auf den silbernen Audi auf und schob ihn

nach vorne. Sein Fahrer verstand und gab selbst Gas. Unter Begleitung der drei SUVs räumte die Presse das Feld.

Wenn es doch für jeden so einfach wäre ...

»...wäre die Welt ganz sicher kein besserer Ort.«

Mehlos gab dem Taxifahrer einen Schein. Dann sah er abwartend auf Santow. Die blickte hinüber zu *Kingfisher's*, das unter Bäumen lag.

Jetzt geht es wirklich los!

Und selbst, wenn er vorhin noch leise Bedenken hatte, war sich Mehlos nun sicher, dass Santow die Jagd ein bisschen genoss.

* * *

Dit-dit-dad-dub-di-daad. Klick!

Mehlos hatte die Nummer eingegeben, worauf das Tor in der Mitte aufging und sich weit und leise öffnete. Es hatte erwartet, dass ein Wagen einfahren würde, aber es waren nur zwei schwarze Schatten, die vorbei schlichen. Dann schloss es sich wieder.

Weiß jetzt jemand, dass wir kommen?, fragte Santow.

»Ja. Einer von den Angestellten wird gesehen haben, dass das Tor aufging. Entlang der Auffahrt sind Kameras. Die Bewegungsmelder sind aber nur für Autos. Kommen Sie«, sagte Mehlos tonlos.

Er nahm Santow an der Hand, was an sich unerhört war, aber sie ließ es geschehen und sich auf einen Weg neben der Auffahrt ziehen. Auch wenn Mehlos es genoss, gab er sie gleich wieder frei. Es war der falsche Moment. Im Schutz der Dunkelheit gelangten sie in Richtung des von Säulen umgebenen Eingangs. Hinter einem Baum machten sie Pause und beobachteten den Eingang, aber nichts tat sich. *Kingfisher's* lag majestätisch im Halbdunkel und

Santow wurde zum ersten Mal richtig bewusst, dass das hier Mehlos' Elternhaus war und welche Überwindung er aufbringen musste, hier mitten in der Nacht einzubrechen; das, was in ihm vorging, ließ er sich jedenfalls mit Worten nicht anmerken. Sie sah ihn von der Seite an und nahm wahr, welche Spannung ihn ergriffen hatte. Dann drehte er sich zu ihr um.

»Letzte Möglichkeit. Bleiben Sie hier. Ich komme zurück und hole Sie ab, nachdem ich mich zum Affen gemacht habe. Sie können aber auch mitkommen. Sie haben jedes Recht der Welt, sich in Gefahr zu begeben.«

Statt einer Antwort nahm sie ihn bei der Hand und ging neben ihm her zum Eingang.

* * *

»Wir haben die Anweisung, Sir, Sie herzlich willkommen zu heißen«, sagte eine indisch oder pakistanisch aussehende Hausangestellte, die Mehlos nicht kannte, in einer Art schwarzer Uniform. Sie hatte die Tür geöffnet und stand vor Mehlos und Santow.

Sie werden doch keiner Frau eine Waffe an den Kopf halten, Mehlos, schon gar nicht nach dieser Begrüßung.

Darauf war Mehlos nicht vorbereitet. Er hatte mit Bruford oder einem der Angestellten, die er kannte, gerechnet. Diese Frau hatte er noch nie gesehen.

»Von wem?«, sagte Mehlos.

»Es wurde verfügt.«

Mehlos sah sie ausdrücklich fragend an.

»Vom Hausherrn«.

»Dann bringen Sie uns bitte zu ihm«, sagte Mehlos.

»Mit dem größten Vergnügen, Sir. Er wird etwas erstaunt sein, dass Sie so spät sind.«

Mehlos fand, dass sie für eine Hausangestellte, die mit dem Bruder des Hausherrn sprach, sehr selbstsicher wirkte. Sie verschränkte die Arme vor der Brust und Mehlos folgte dem Blick Santows, der an einer Stelle in ihrem Oberteil endete. Eine Wölbung war zu sehen. Es hätte eine Waffe sein können, was ihre Selbstsicherheit erklärt hätte.

»Ich möchte Sie gerne bitten, mir zu folgen, bevor Sie es sich anders überlegen«, sagte die Dame und zog aus ihrer Tasche etwas, das wie eine kleine Fernbedienung aussah und an der Seite ein blau leuchtendes Licht hatte. Bevor sie jemanden rufen konnte, machte Mehlos eine schnelle Bewegung und nahm ihr das Gerät ab.

»Und jetzt?«, fragte sie und Mehlos befand, dass ihre ausgestrahlte Kälte es durchaus mit Mary Tori hätte aufnehmen können und bewunderte sie gleichsam für ihre Coolness.

»Bringen Sie uns zu Ihrem Arbeitgeber.«

»Warum sollte ich das denn nicht tun?«, fragte die Frau und verschränkte wieder die Arme.

»Weil wir …« sagte Mehlos langsam – und griff dann blitzschnell unter ihre Jacke und zog eine Pistole an ihrem Griff heraus, – »jetzt noch eine Waffe haben.« Selbst Santow war von seiner Geschwindigkeit verblüfft.

Die Frau ließ für einen Moment die Mundwinkel hängen und fing sich gleich wieder. Mehlos entsicherte die Pistole und bekam einen so entschlossenen und fremdem Gesichtsausdruck, dass auch Santow erschrak. Er musste überzeugend gewirkt haben, denn die Frau drehte sich um.

»Kommen Sie. Und bitte bedrohen Sie mich. Ich bekomme schon genug Stress.« Sie ging durch die Eingangshalle und drehte sich nur kurz um, um zu sehen, dass Mehlos und Santow ihr folgten.

Vielleicht war das Ganze doch nicht so blöd, wie ich

zunächst annahm, **signalisierte Santow kurz,** es scheint ja zu funktionieren. Und die Leichen auf ihrem Weg halten sich auch in Grenzen.

»Eine bekommen wir sicherlich noch«, sagte Mehlos tonlos und blickte die Eingangstreppe hinauf, die ihre Führerin betrat. Santow schaute sich um. Hier waren sie auch vor zwei Tagen mit Bruford hinaufgegangen. Jetzt gab es keine Spur von ihm. Von keinem der Hausangestellten. Überhaupt war ihr *Kingfisher's* beim letzten Besuch belebter vorgekommen. Es musste an der Tageszeit gelegen haben. Dann kam ihnen ein Mann in einer dunklen Uniform entgegen. Mehlos hielt ihn aufgrund seiner Körperhaltung nicht für einen Besucher, sondern für einen Hausangestellten und wunderte sich, dass er ihn noch nie gesehen hatte. Die Begegnung verlief problemlos.

Sie gingen denselben Weg zum Kaminzimmer wie vor zwei Tagen. Santow fiel auf, dass sich Mehlos nicht, wie beim letzten Mal, mit nostalgischem Blick umsah. Er wollte nicht an seine Zeit in *Kingfisher's* erinnert werden, er wollte etwas hinter sich bringen. Santow fand, dass das, so hart es auch werden würde, mehr als überfällig war. Deswegen fand sie auch, dass sie nicht dabei sein sollte. Das war eine Sache unter Brüdern. Sie überlegte sich, wie sie sich entschuldigen würde. Und sie hatte bereits eine Idee. Da waren sie auch schon vor dem Kaminzimmer angekommen. Im Gang vor der Tür sah ein alter Herr von einem Ölgemälde herab.

Ihr Großvater?

Mehlos nickte.

Direkt vor der Tür blieb die Dame stehen.

»Ich muss einiges erklären, wie Sie sich ja bestimmt vorstellen können. Darf ich klopfen und zuerst eintreten?«

»Nein. Wir begleiten Sie. Befürchten Sie nichts. Wir legen ein gutes Wort für Sie bei meinem Bruder ein. Und wir gehen zuerst.«

Ein Schatten und ein Fragezeichen huschten über das Antlitz der Frau. Sie wies mit einer Geste auf die Tür. Mehlos ergriff die Klinke, drückte sie bis zum Anschlag hinunter und stieß die Tür mit einem Schlag auf, dann betrat er das Kaminzimmer.

»Überraschung, Francis!«

Eine Gestalt stand mit dem Rücken zu ihm vor dem Kamin. Sie drehte sich langsam um.

Dann versuchte Mehlos, sich nichts anmerken zu lassen. Vor dem Kamin stand Mr. Rahul.

* * *

»Oh. Sie haben alleine herein gefunden. Wie war das denn nur möglich? So haben wir uns das nicht vorgestellt«, Rahul sah auf die Dame, die Mehlos und Santow begleitet hatte. Die blickte auf die Pistole, die Mehlos locker an seiner Seite herunterhängen ließ. Insgeheim war er froh, dass er den Pepperbox niemandem unter die Nase halten musste.

»Wir werden uns sicher noch sprechen, Laya. Seien Sie so freundlich und lassen Sie mich mit den zudringlichen Herrschaften alleine, es besteht keine Gefahr. Vielen Dank.« Rahul sah erst auf Laya, dann zur Tür. Sie verstand und gehorchte. Die Tür fiel hinter ihr zu.

»Nun, da Sie es bis hierhin geschafft haben, was mich natürlich sehr freut, wäre es Ihnen vielleicht zumutbar, noch die wenigen Meter bis zur Sitzgruppe zurückzulegen. Wir werden dort wesentlich angenehmer plaudern. Ich nehme an, das ist der Grund, warum Sie das Haus aufgesucht haben. Darf ich Sie übrigens zur Wahl Ihres Hutes beglückwünschen – ein Fedora, nicht wahr? Sehr schönes Stück«, Rahul wies in einladender Geste auf die Chesterfield-Sofas, in denen Mehlos und Santow noch vorvorgestern mit Francis gesessen hatten. Diese Selbstverständlichkeit und die Sicherheit, mit der Rahul sich hier bewegte, waren verstörend. Es war Mehlos' Elternhaus, bestenfalls jetzt Francis' Wohnsitz. Nicht der von diesem Mr. Rahul.

»Hören Sie, Rahul, oder wie immer Sie heißen mögen, Sie haben des Anstands halber eine Minute, um zu erklären, was das soll, bevor ich Sie entfernen lasse oder das selbst tue. Nicht, ohne eine gewisse Freude, die ich dabei empfinden würde.«

»Oh, ich bitte Sie, warum so feindselig? Ich hege äußerste Sympathie für Sie.«

»Jetzt ist es etwa noch eine Dreiviertel Minute«, Mehlos klopfte ungeduldig mit dem Pistolenlauf an seinen Oberschenkel.

»Okay. Nennen Sie es eine Art Gentlemen's Agreement, das wir mit Ihrem Bruder Francis getroffen haben.«

Mehlos sah zu Santow.

Ich frage mich, was dieses Geschwätz soll.

Keine Ahnung, blitzte Mehlos zurück.

»Ich sehe, dass Sie nicht informiert sind, oder erkannt haben, worum es uns eigentlich geht, das ist bedauerlich«, sagte Rahul.

»Sie haben noch eine halbe Minute, dies zu ändern. Fangen Sie mit diesem ominösen ‚wir' an.«

Rahul öffnete vorsichtig sein Jackett.

»Keine Waffe«, sagte er, »ich bin nicht so … plump wie Sie«, er zog etwas heraus, was wie eine winzige Fernbedienung aussah und drückte auf einen Knopf. Dann ließ er das Teil wieder verschwinden. Einen kurzen Moment später erschien Bruford in Livree im Kaminzimmer.

»Sie haben geläutet, Sir?«

Mehlos hob eine Augenbraue. Das Rufen von Bruford war Francis vorbehalten.

»Ja, Bruford, danke. Bitte bestätigen Sie Herrn Mehlos jr., wer der Hausherr dieses Anwesens ist.«

Bruford schien tief einzuatmen, ohne es sich anmerken zu lassen. Er sagte nichts.

»Bruford?«, wiederholte Rahul.

»Das sind Sie, Sir«, sagte er dann.

»Vielen Dank, Bruford«, Rahul lächelte ein bezauberndes Lächeln, »das war mir wichtig. Sie dürfen uns nun alleine lassen.«

Bruford ging, vermied Mehlos' Blick und ließ zumindest bei diesem und Santow ein seltsames Gefühl zurück.

»Ich denke, dass das Weitere die mir noch verbleibenden zehn Sekunden übersteigen wird. Setzen wir uns?«

Mehlos sah aus den Augenwinkeln zu Santow.

Meinetwegen.

Er nickte zu Rahul und zeigte zur Sitzgruppe. Für alle Fälle entschied er sich, dies kurz mit dem Pistolenlauf zu unterstreichen. Nachdem sie alle Platz genommen hatten, sagte Mehlos:

»Und?«

»Sie baten mich, das ‚wir' zu erläutern. Nun ...«, Rahul sah kurz in die Ferne, »wir sind eine Organisation, der ich vorzustehen das Vergnügen habe. Es genauer zu erklären, dürfte ein wenig zu weit führen. Lassen Sie es mich vielleicht so ausdrücken: wir kümmern uns um sehr verschiedene Dinge.«

»Vor allem um sich selbst, wie ich vermute«, sagte Mehlos.

Organisierte Kriminalität, **zeigte Santow.** Unsere erste Idee war richtig ...

»Etwas ungeschickt, aber vielleicht sehr treffend ausgedrückt«, sagte Rahul.

»Und was ist die Beziehung zu meinem Bruder?«

»Nun. Wir hatten ein Abkommen. Eine Art Vertrag. Auf seinen Wunsch hin konnten wir ihm bei einer Sache in Übersee behilflich sein. Genauer gesagt handelte es sich um eines seiner Interessen in Singapur. So lernten wir uns gegenseitig kennen und schätzen. Dann noch ein, oder zwei lokale Geschichten hier in London. Ja. Und dann kam Ihrem Bruder diese Sache mit Daniel Hearst und seinem letzten Werk, das bei Ihnen vorbeizubringen ich das Vergnügen hatte, in den Sinn. Mehr zu erzählen, verbietet mir die vereinbarte Diskretion. Aber Sie wissen ja, es ging darum, Ihnen etwas Aufmerksamkeit bei den Behörden zu verschaffen. Leider hat sich Ihr Bruder im letzten Moment entschieden, von allen unseren Abmachungen zurückzutreten, als er merkte, dass wir außerordentlich ernsthaft bei der Sache waren. Das empfand ich als nicht sehr gentlemanlike.«

Mehlos verkniff sich den Hinweis darauf, dass er Francis nicht anders kannte.

»Denn wir hatten bereits erhebliche Mittel und Energie darauf verwendet, alles nach seiner Zufriedenheit zu gestalten. Ebenfalls sind wir kostspielige Verpflichtungen eingegangen, die wir nicht rückabwickeln konnten. Unser Ruf stand auf dem Spiel. Nennen Sie mich altmodisch, aber ich bin da sehr empfindlich.«

»Heißt?«, fragte Mehlos.

»Dass wir in irgendeiner Form unseren getätigten Aufwand kompensieren müssen. Zuzüglich einer Abfindung und eines abschreckenden Bonus, damit es sich nicht wiederholt, wenn es bekannt wird. Wir dürfen schließlich unser Gesicht nicht verlieren.«

»Ich nehme an, dass wir über einen erheblichen Bonus reden.«

»Sie müssen verstehen, dass wir es nicht mit Krämern zu tun haben. Unsere Partner sind Regierungen.«

»Oder die korrupten Teile davon«, sagte Mehlos.

»Das ist unnötig hart«, sagte Rahul mit einem leicht angewiderten Gesichtsausdruck.

»Wie hoch ist dieser ... Bonus, den Sie von ihm fordern?«

Rahul sah Mehlos länger an. Dann Santow. Schließlich wieder zu Mehlos zurück.

»Wir halten uns gerade in ihm auf.«

* * *

Rahul lächelte zwar, aber aus seinen Augen war jedwede Freundlichkeit gewichen.

Mehlos hatte gerade das Gefühl der Blutleere in seinem Kopf. Wenn das stimmte, hatte sein Bruder bei diesem Geschäft ihrer beider Elternhaus aufs Spiel gesetzt und verloren.

»*Kingfisher's* hat etwa einen Wert von 115 Millionen Pfund.«

»Angemessen. Absolut angemessen. Sowohl für das, was es darstellt, als auch für die Höhe unseres Schadens.«

»Das Nichts von Daniel Hearst war Ihnen nicht genug?«

»Ach, dieses dämliche Pseudo-Kunstwerk. Das können Sie behalten. Nichts unwichtiger als das. Ich habe lieber einen schönen neuen Firmensitz in Londoner Bestlage, wenn Sie so wollen.«

In Mehlos stieg eine unbekannte Wut auf und er umklammerte den Griff der Pistole fester. Aber noch hatte er sich unter Kontrolle. Offenbar war dies Rahul nicht entgangen.

»Bitte nicht«, sagte er, »Sie würden nur einen Schaden

anrichten, den Sie bis an Ihr Lebensende bereuen«, Rahul schnipste mit den Fingern und nickte kurz zu Santow. Mehlos sah zu ihr. In ihrer Herzgegend leuchtete ein kleiner roter Punkt auf.

»Sie haben auch so etwas. Dort auf Ihrer Weste.«

Mehlos sah an sich herunter. Auch dort erschien ein rotes Licht. Er sah in den abgedunkelten hinteren Teil des Kaminzimmers und erkannte zwei Gestalten mit Waffen, aus deren Richtung die Laser kamen. Mehlos wusste genug darüber, um seine Situation als aussichtslos einzuschätzen. Und dieses Gefühl der Hilflosigkeit war neu für ihn.

»Legen Sie bitte unsere Pistole, denn das ist sie zweifellos, ganz langsam und vorsichtig auf den Tisch vor Ihnen. Und bitte halten Sie sie mit spitzen Fingern am Lauf.«

Tun Sie das einfach, Mehlos, bat Santow.

»Danke,«, sagte Rahul an Santow gewandt und sah Mehlos erwartungsvoll an.

Mehlos legte die Pistole langsam auf den Couchtisch und lehnte sich wieder zurück.

»Vielen Dank für Ihre Kooperation. Mit Ihnen kann man wesentlich besser arbeiten als mit Ihrem Bruder.« Mehlos merkte, wie sich seine Nackenhaare aufstellten.

»Wo ist Francis?«, fragte er.

»Oh. Ihm geht es gut. Er ist in seinem Zimmer. Pardon, in einem *meiner* Zimmer«, sagte Rahul, »ich habe mich noch nicht daran gewöhnt. Aber das wird sicher schnell gehen.«

»Wo?«

»Oben.«

»Ich will ihn sprechen.«

»Das dachte ich mir. Er wird Ihnen sicherlich alles bestätigen, wenn Sie noch Zweifel haben.«

»Allein.«

Rahul lächelte.

»Auch das dachte ich mir. Wird sich machen lassen. Aber Sie auch … alleine. Ihre Partnerin bitte ich, uns hier Gesellschaft zu leisten.«

Gehen Sie, Mehlos. Allein. Ich bleibe hier.

Mehlos schüttelte den Kopf.

Bitte seien Sie nicht störrisch. Ich komme zurecht.

Es war einer der seltenen Momente, in denen Mehlos nicht wusste, was zu tun war. In dieser Situation konnte er nicht gewinnen. Er brauchte Zeit zum Nachdenken.

Bitte, Mehlos.

»Okay. Bringen Sie mich zu Francis«, sagte er.

»Oh, das mache ich natürlich nicht selbst«, sagte Rahul, »aber Sie können sich einem meiner Mitarbeiter anvertrauen«, er deutete auf eine der beiden Gestalten im Dunkeln, deren Licht an der Waffe erlosch. Die Gestalt kam näher. Es war eine Frau mit asiatischem Aussehen in einem schwarzen Kostüm.

»Chen Lu wird Sie begleiten. Ich erspare mir die üblichen Vorsichtsregeln und setze auf Ihre Vernunft. Sie haben sicher ein Mobiltelefon. Bitte lassen Sie es hier auf dem Tisch.«

Mehlos zog sein Telefon aus der Tasche und legte es zur Pistole auf dem Couchtisch. Rahul hob die Augenbrauen, als er das alte Mobiltelefon sah.

»Etwas antiquiert. Hätte ich nicht erwartet.«

»Es erfüllt seinen Zweck«, sagte Mehlos und stand auf.

Alles Gute, zeigte Santow, wir finden einen Weg.

Mehlos drehte sich zu Rahul und öffnete den Mund.

»Nein«, sagte Rahul, »jetzt bitte keine sinnlose Drohung oder Heldenattitüde. Freuen Sie sich einfach, dass Sie Ihren Bruder sehen dürfen.«

»Warum glauben Sie, dass mich das freut?«, fragte Mehlos und folgte Chen Lu aus dem Kaminzimmer.

Zimmer ohne Aussicht

Chen Lu ließ Mehlos etwa drei Meter vor sich hergehen und steuerte ihn in Richtung Treppenhaus. Mit einer derartigen Spannung und dem Gefühl der Machtlosigkeit durch sein Elternhaus zu gehen, war für Mehlos der Gipfel der Absurdität. Er kam sich vor wie in einem Film, dessen Drehbuch von einem ebenso frei phantasierenden wie berechnenden Geist geschrieben wurde und nahm sich vor, das Ende neu zu schreiben, wenn er auch noch nicht wusste, wie.

»Wo genau gehen wir hin?«, fragte er, aber die Dame im schwarzen Kostüm gab ihm keine Antwort. Gelegentlich sah er Personen in schwarzen Anzügen, die wie Angestellte wirkten, die er jedoch noch nie zuvor gesehen hatte. Er nahm nicht an, dass Francis das komplette Personal ausgetauscht hatte, sondern Rahul.

»Treppe hoch«, kommandierte Chen Lu und löste in Mehlos den genau gegenteiligen Wunsch aus, nur um nicht tun zu müssen, was ihm jemand vorgab. Er ging Optionen durch, fand aber keine, die weder Santow noch ihn gefährden würden.

»Links«, sagte Chen Lu mit hoher, aber harter Stimme. Sie liefen über den Gang, der zu ihren früheren Zimmern führte, in denen Francis und er als Kinder gespielt und in denen sie später, während ihres Studiums, bei ihren Aufenthalten in London gewohnt hatten. Francis, der Jurist, und Mehlos, der Sprachen und Philosophie studiert hatte und die später tunlichst vermieden hatten, zur selben Zeit auf *Kingfisher's* zu wohnen.

Sie kamen an Mehlos' altem Zimmer vorbei und bogen dann rechts um eine Ecke. Es war noch alles wie früher. Dieselben grün-beige gestreiften Tapeten, der grüne Teppich, die Aquarelle mit ländlichen Motiven, die Mehlos schon immer langweilig fand, aber nicht anrühren durfte. Indes, was neu war, war der Mann im schwarzen Anzug, der vor Francis' Zimmer stand und sie ansah, als sie auf ihn zugingen. Chen Lu sagte etwas zu ihm, was Mehlos für Mandarin hielt, und der Mann schloss die Tür auf. Chen Lu trat einen Schritt zurück, hielt ihre Waffe auf Hüfthöhe und bedeutete Mehlos einzutreten. Der Wachmann öffnete die Tür und Mehlos betrat zum ersten Mal seit gefühlten Jahrzehnten das Zimmer seines Bruders.

* * *

»Was. Hast. Du. Getan?«, hatte sich Mehlos als Begrüßung zurechtgelegt. Stattdessen wurde es ein »Oh!«, als er seinen Bruder sah.

Das Zimmer erkannte Mehlos nicht mehr wieder. Francis, der als Kind und Jugendlicher, anders als Mehlos, wenig Wert auf eine harmonische Einrichtung gelegt und das Zimmer aufgrund seiner Leidenschaft für Rugby mit Postern, Bällen und Pokalen ausgestattet hatte und sogar eine komplette Sportlerumkleide einrichten ließ, hatte das Zimmer komplett umgestaltet.

Jetzt war in der Mitte ein riesiger Schreibtisch, den er allem Anschein nach aus einem barocken Schloss bekommen hatte. An den Wänden hingen Monitore. Es sah aus wie im War Room eines Schurken aus einem James-Bond-

Film, der größenwahnsinnig von hier sein undurchschaubares Imperium steuerte. Allerdings waren alle Monitore schwarz. Kein elektrisches Licht flimmerte an den Geräten.

»Hat dir jemand den Stecker gezogen?«, fragte Mehlos, meinte das im doppelten Sinne und war sich für einen Moment unsicher, was er empfand. Zustimmung oder Besorgnis.

Francis saß in einem Morgenmantel aus Brokat an seinem Schreibtisch. Offensichtlich wurde er geschlagen. Sein Gesicht war rot und aufgequollen. Er hatte ein blaues Auge und seine Lippe musste vor kurzem aufgeplatzt sein. Auf dem Tisch lagen Dokumente.

»Hallo Kleos Henry Mehlos. Auch wenn ich es nicht gedacht hätte, dies jemals auszusprechen: Schön, dich zu sehen.«

»Ich weiß noch nicht, ob ich das so zurückgeben kann, Francis«, Mehlos sah seinen Bruder an. Aufmerksam und ungläubig, als erwartete er jeden Moment, dass sich Francis das Gesicht mit einem Tuch abwischen würde und dann mit höhnischem Gelächter offenbaren, dass alles nur aufgeschminkt war. Francis schien seine Gedanken erraten zu haben.

»Es ist leider alles echt.«

»Deine Auas oder der Verlust unseres Elternhauses?«

Einen Moment lang Stille. Zwei Brüder. Zwei Gegner.

»Beides. Leider«, Francis sah Mehlos von unten an und zeigte auf einen barocken Sessel im Stil des Schreibtisches, »bitte setz' dich. Du wirst es brauchen.«

Schon aus Prinzip ignorierte Mehlos die Bitte und ging zum Balkon. Pechschwarze Nacht. Nur der Brunnen inmitten des Teiches von *Kingfisher's* war beleuchtet. Er steckte die Hände in die Taschen und drehte sich um.

»Bitte von Anfang an«, sagte er.

»Es waren einmal zwei Brüder«, begann Francis und Mehlos würgte ihn gleich ab.

»Keine Märchen, Francis. Habe ich schon genug von dir gehört.«

Francis nickte langsam und rieb sich eine Backe.

»Und auch kein Schüren von Mitleid. Wer das getan hat, war einfach nur skrupelloser als ich. Ich sollte Nachhilfe bei ihm nehmen.«

»Wie geht es Joanna. Ist sie hier?«

»Und bitte auch kein Einschmeicheln über Themen, die mir am Herzen liegen und von denen du nichts verstehst. Sie ist unten bei Rahul«, sagte Mehlos.

»Mir gehen so langsam die Ideen für einen Einstieg aus.«

»Versuche es einfach mal mit der Wahrheit, auch wenn dir das ganz sicher am wenigsten liegt. Fang vorne an. Bei Daniel Hearst«, Mehlos sah seinen Bruder mit einer Mischung aus echtem Erkenntnisinteresse und der gelangweilten Gewissheit an, gleich wieder hereingelegt zu werden.

»Ich weiß, was du denkst. Wir hatten bisher kein Glück miteinander. Das liegt sicher auch daran, dass ...«

»Bitte, Francis. Lass uns jetzt nicht in eine Ursachenanalyse einsteigen, bei der wir uns gegenseitig die Schuld zuschieben und die du im Zweifelsfalle auch verlieren wirst, wie wir beide wissen. Sag' einfach, was passiert ist und was dein Beitrag dazu war.

»Gut.«

»Sicher?«

Francis sah einen Moment durch Mehlos hindurch und nickte dann; »es könnte schwer zu ertragen sein«, sagte er »für dich.«

»Ich bin vorbereitet.«

»Wie du weißt, bin ich verantwortlich für unser Familienvermögen«, begann er, »du hast dich nie dafür interessiert.«

»Keine Ursachenanalyse.«

»Doch. Bitte. Es hat mich immer gestört. Ich bekam von dir stets nur Steine in den Weg gelegt, auch wenn du nur spielen wolltest«, sagte Francis.

»Nicht oberhalb der Schwelle. Und ich bin immer noch gegen Investments in unethische oder ungesunde Geschäftsmodelle. Daher die Steine. Die werden immer wieder kommen, das kann ich dir versprechen.«

»Ja. Ich weiß. Auch wenn sich damit gelegentlich das Vermögen und unser Einfluss spektakulär vermehren ließe.«

»Mir egal. Es gibt Grenzen. Das ist der Unterschied zwischen uns«, sagte Mehlos.

»So. Und diese Grenzen kann ich nicht akzeptieren. Oder wollte das nicht.«

»Du hättest mit mir reden können.«

»Hättest du mir zugehört?«

Mehlos dachte an seine Diskussionen mit Santow.

»Vermutlich nicht.«

»Ja, das wusste ich«, sagte Francis.

»Also hast du dir etwas einfallen lassen, um mich aus dem Board hinauswerfen zu lassen. Am besten mit einer Anklage wegen eines Kapitalverbrechens. Dem Mord an Daniel Hearst. Schön spektakulär. Sehr pressegeeignet. Im besten Fall noch in Kombination mit Kunstraub. Und selbst, wenn ich nicht verurteilt werde, bleibt am Ruf immer etwas kleben.«

»Gut auf den Punkt gebracht.«

»Hätte ich ein Messer in der Tasche, würde es jetzt aufgehen und den Weg in dein Herz finden«, sagte Mehlos und sah seinen Bruder voll Abscheu an.

»Ja«, Francis wich diesem Blick kurz aus.

»Respekt dafür, dass du mich mit dem Problem geködert hast, das dir angeblich selbst drohte«, Mehlos wandte sich wieder nach draußen, die Hände noch in den Taschen. Er wollte nicht, dass sein Bruder sah, wie er seine Fäuste ballte und versuchte, sich in den Griff zu bekommen. Dann drehte er sich wieder zurück.

»Und warum der ganze Quatsch mit der Suche nach Daniels Werk? Das hätte doch viel einfacher gehen können.«

»Ich war der Meinung, dass dir alles auch ein wenig Spaß machen sollte. Mir übrigens auch. Und das ist uns ja wohl gelungen. Es war so schön, dich tanzen zu sehen. Mit welcher Energie und Selbstgefälligkeit du die Reise unternommen hast ... Das war es wert. Du warst Feuer und Flamme. Wahrscheinlich auch, um Joanna zu beeindrucken.«

»Lass sie aus dem Spiel«, sagte Mehlos hart, »und wer ist ‚uns'?«

»Daniel und ich.«

»Achja, richtig. Die Leiche. Welche Rolle spielt er dabei? Ist er überhaupt tot? Ein weiteres Manöver?«

»Nein. Sicher nicht«, Francis schüttelte den Kopf und stützte ihn auf seine Hände, »Daniel wusste schon seit langer Zeit, dass er sterben würde und wann etwa. Äußerst ungünstige Prognose.«

»Das tut mir sehr leid zu hören. Das wusste ich nicht.«

»Denke ich mir. Er hielt seine Krankheit geheim. Er wollte einen spektakulären Abgang. So hat er sich das mit der schwarzen Farbe überlegt. Sein letztes Werk: er selbst. Oder besser: das Andenken an ihn.«

Mehlos überlegte einen Moment.

»Und das mit dem Nichts.«

»Ja, das Nichts sollte seine Abschlussarbeit sein. Sein

letztes Meisterwerk. Etwas, das noch niemand produziert hatte. Etwas, das seinen und den Ruf unseres Königreiches mehren würde. Seine letzte Passion«, sagte Francis, »die Inszenierung seines eigenen Todes.«

»Und das du für knapp 100 Millionen gekauft hast.«
»Nein.«
»Wie ... nein?«
»Er hat das Nichts nicht verkauft. Das Nichts war eine Idee. Größer als ein Kunstwerk.«
»Und dieses Bild in Vanta-Black, das bei mir wahrscheinlich immer noch in der Küche herumsteht?«
»Ist eines seiner Werke, aber nicht das Nichts.«
»Was?«, Mehlos schüttelte den Kopf, »nicht das Nichts?«
»Nein, ganz sicher nicht. Den Kopf in Schwarz hatten wir nur genommen, um etwas für dich zu haben. Einen Fuchs, den du jagen konntest.«
»Und diese Jagd? Die Stationen? Harry Potter? London Eye. Stephen Hawking. Abbey Road. Wer hat sich das alles ausgedacht?«
»Daniel und ich. Ich und Daniel.«
»Ich hoffe, ihr habt Spaß dabei gehabt.«
Francis sagte nichts.
»Heißt, du und Daniel habt unsere Jagd von Anfang an geplant. Mit dem Ziel meiner Anklage.«
Francis nickte und fuhr sich über die Backe.
»Warum? Warum, Francis? Was ist das große Bild? Wie hängt das alles zusammen? Was hat Daniels Tod mit allem zu tun? Wer hat ihn getötet? Und was bringt diesen Rahul und seine Bande ins Spiel? Was ist das genau mit unserem Elternhaus?«, Mehlos war vom Balkonfenster durch das Zimmer gegangen und zu Francis' Schreibtisch gekommen. Er zog sich den Sessel zurecht, setzte sich Francis gegenüber und fuhr fort:

»Auch wenn ich den Drang verspüre, dich im Nacken zu packen und deinen Kopf auf diesen Schreibtisch zu knallen. Ich werde dich jetzt nicht unterbrechen, sondern dir zuhören und dir vielleicht zum ersten Mal alles glauben, was du sagst. Wähle deine Worte weise.«

Francis sah seinen Bruder lange an und konnte sich nicht erinnern, ihm je so nah gewesen zu sein. Ja, er hatte ihn oft enttäuscht, versucht hereinzulegen. Und loszuwerden. Francis begann:

»Ich möchte damit beginnen, mich zu entschuldigen. Im Nachhinein und mit Abstand ist das so ziemlich das Abscheulichste, was ich getan habe. Aber es kam mir nicht so vor. Als ich die Idee dazu hatte. Ich bitte dich um Verzeihung, Kleos.«

Mehlos biss sich kurz auf die Unterlippe und Francis schob nach:

»Und soweit ich weiß, ist es das erste Mal, dass ich das tue …«,

Mehlos nickte leicht,

»…auch wenn meine Glaubwürdigkeit in unseren Jahren gelitten haben mag, diesmal ist es mein voller Ernst. Bitte glaube mir das.«

»So wie vorgestern und alle die Male davor?«

»Bitte, Kleos.«

Mehlos sah kurz irritiert aus dem Fenster und blinzelte, als ob ihn ein Sonnenstrahl direkt ins Auge getroffen hätte. Draußen war die schwärzeste Nacht, die man sich vorstellen konnte.

Francis fuhr fort:

»Es ist richtig: Ich habe nach einem Weg gesucht, dich aus dem Family Trust zu bekommen. Es hat mich einfach genervt, dass bei nahezu jeder Entscheidung oberhalb der Schwelle dein Veto so sicher war wie das Amen in der Kirche.«

»Oder deine Lügen.«

»Wie auch immer. Viele deiner Einwände waren rein emotionaler Natur und hatten nichts mit der Investitionschance zu tun. Sie waren alleine gegen mich gerichtet.«

Mehlos sagte nichts.

»Viele sinnvolle Chancen, auch solche, die ethischen Werten unterlagen, konnte ich so nicht nutzen. Einfach nur, weil du es nicht wolltest.«

»Komm, Francis, mehr oder weniger ethisch ist dir doch egal.«

»Okay«, Francis wackelte mit dem Kopf hin und her, »aber bitte jetzt keine Grundsatzdiskussion dazu. Ich stelle dir meine Sicht dar und versuche zu erklären, warum ich wie gehandelt habe. Mag es sein, wie es will.«

»Okay.«

»Ich konnte nicht so verfahren, wie ich es mir vorgestellt habe. Mein Interesse ist, das Familienvermögen zu sichern und zu vergrößern.«

»Weiter bitte.«

»Also musste ich dir die Gelegenheit nehmen, weiterhin kategorisch opponieren zu können. Das ging nur, indem du aus dem Family Trust austrittst. Da du es meiner Meinung nach freiwillig nie hättest tun wollen, musste ich eine andere Lösung finden.«

»Meinen Tod oder die Anklage wegen eines Kapitalverbrechens.«

»Ich glaube, wir sind uns einig, dass die erste Lösung in diesem Falle nicht die beste ist«, sagte Francis.

»Zu viel Blut, zu viel Risiko für dich selbst …«

»Wie auch immer. Keine Option. Ja, es war die Sache mit dem Kapitalverbrechen. Richtig. Daddy und Granddaddy waren da sehr vorausschauend und wollten eine einwandfreie Lebensführung.«

»Schade, dass sie bei dir damit keinen Erfolg hatten.«

»Wie auch immer, Kleos, es gibt Sachen, auf die ich stolzer bin als auf das, was ich dir gerade erzähle.«

»Immerhin.«

»Ich musste also etwas finden, das dich verdächtig machte, aus dem du aber mit etwas Strampeln durchaus wieder herauskommen könntest.«

»Vielen Dank für dein Feingefühl. Nur etwas Rufschädigung also, als alternative Option zum Schafott.«

Francis atmete einen tiefen so-kannst-du-das-nicht-sehen Atemzug ein und sah dann wieder seinen Bruder an:

»Es ging wirklich nur darum, dass ein wenig Anklage erhoben wird, weiter nichts. Betrachte es einfach als Formalität.«

»Ein wenig Anklage. Raus aus der Stiftung. Anklage fallen lassen oder Freispruch. Nie wieder in die Stiftung rein. Ruf ruiniert. Alles halb so wild.«

»Ja, so ungefähr.«

»Ich fasse es nicht. Und Daddy wohl auch nicht. Er konnte sich nicht vorstellen, dass wir eine Ratte in der eigenen Familie haben. Mutter hat sich ganz rausgehalten. Mouse war zwar hellsichtig und kritisch dir gegenüber, aber eine solche Kaltblütigkeit hätte auch sie nicht geahnt.«

»Ich sagte schon, ich werde nicht stolz sein auf das, was jetzt noch kommt«, sagte Francis.

»Weiter.«

Francis fasste sich kurz an sein Ohr.

»Ich brauchte einen Fall. Eine Geschichte. Ich musste dich in etwas verwickeln. Und ich durfte es dir nicht aufzwingen, du musstest von selbst anbeißen. Ich musste es also spannend machen.«

»Daniel Hearsts Tod.«

»Ja.«

»Du bist dir wirklich für nichts zu schade.«

»Warte. Du weißt, wie lange ich Daniel schon kenne. Seit der Public School. Er ist ... war ... einer meiner ältesten Freunde.«

»Aus deinem Mund klingt dieses Wort einfach nur banal.«

»Ach, Kleos, du weißt einfach nicht, was wir alles zusammen erlebt, durchgemacht und geteilt haben. Ich gebe zu, er stand mir näher als du.«

»Ich habe ein solches Verhältnis zu meinem Barbier.«

Francis ignorierte das.

»Daher hat es mich wie ein Blitz getroffen und bis ins Mark berührt, als er mir von seiner Krankheit und der Prognose seiner Ärzte erzählte. Er hatte nur wenige Wochen. Ich war völlig fertig, glaub's mir. Glaub's mir einfach.«

Mehlos versuchte, sich für einen Moment seinen Bruder als Menschen vorzustellen, der für einen anderen wirklich etwas empfand. Da es ihm nicht gelang, schob er die Vorstellung auf. Francis fuhr fort:

»Völlig widersinniger Weise sah Daniel alles ganz anders. Könnten aber auch die Schmerzmittel oder sein Drogenkonsum gewesen sein, der sich in den letzten Tagen leider ins Unermessliche steigerte. Fast so schlimm wie zu unserer Zeit in Oxford. Nein, ich scherze, um mich abzulenken. Auf der anderen Seite war ich für ihn in irgendeiner Weise froh, dass es so lief und nicht in einer unendlichen Depression endete. Aber dazu hat er nie geneigt; du kanntest ihn ja auch.«

»Ich wundere mich, dass er bei dem ganzen Blödsinn mitgespielt hat. Bisher hielt ich ihn für einigermaßen normal.«

»Das musst du in einem größeren Zusammenhang sehen. Es war nicht nur unser Thema, das ihn beschäftigte. Es ging ihm um seine *Transformation*, wie er es immer nannte.«

»Seinen Tod.«

»Richtig,« Francis nickte. »*Transformation* war sein persönlicher Euphemismus dafür. Er glaubte, dass es in irgendeiner Form weitergeht. Wie auch immer. Er war hier nur auf der Durchreise. Sein Dasein war für ihn nur eine Station. Eine unter vielen. Er hat sein Leben mit einer dementsprechenden Nachlässigkeit gelebt und nur Wenigem wirkliche Bedeutung zugemessen. Ich fand es immer faszinierend, wie erfolgreich er damit war und wie leicht es ihm fiel, so extrem kreativ zu sein. Die Drogen waren's nicht. Er war einfach so. Um diese Schnitzeljagd für dich zu bauen, hat er vielleicht zwei Stunden gebraucht. Und das mit allen Details. Und nebenher. Wichtig waren ihm nur zwei Dinge …«

Francis griff sich mit der rechten Hand an sein linkes Handgelenk, so als wolle er seinen Puls fühlen.

»Na?«, fragte Mehlos.

»Er sich selbst natürlich. Er wollte einen guten Abgang in seine *Transformation* haben. Die Welt sollte darüber reden. Er begriff seinen Tod als seine *letzte Installation ever*. Der Abschluss seiner Werke. Und besonderen Spaß machte ihm, dass es eine flüchtige Installation war. Die Polizei würde seine Leiche fortbringen, den Tatort reinigen und alles zunichtemachen, was er aufgebaut hatte. Irgendwo in irgendeiner Akte würde ein Polizeifoto existieren; vielleicht wäre es auch an die Presse gekommen. Mit so einer grandiosen Glanznummer, wie sie *WATCH! a*bgeliefert hat, hat er natürlich nicht gerechnet – aber ganz ohne Frage, er wäre begeistert hoch drei gewesen.«

»Die Geschmäcker sind verschieden. Was ist das Nichts also?«

»Das Nichts war sein eigener Tod. Wie Daniel immer sagte: ‚Der Tod ist nichts von Bedeutung. Einfach nur ein Übergang. Was dann kommt, ist viel spannender, denn keiner weiß es'.«

»Was war das andere?«, frage Mehlos.

»Das andere?«, Francis blickte seinen Bruder an.

»Was ihm wirklich wichtig war.«

»Oh. Ja. England natürlich. Er war der englischste Engländer, den ich kannte oder kenne. Außer Charles Windsor vielleicht. Für Daniel war England das perfekte Land. Charming, funny, innovativ, technisch seit Jahrhunderten führend und immer mit einer Nonchalance und einem Understatement. Alles aus dem Ärmel schütteln, ein für alle überraschendes Ergebnis abliefern und keinem sagen, wie man es gemacht hat – außer, dass alles eigentlich ziemlich schnell ging und nicht der Rede wert sei. Das war seine Lieblingsnummer. *For King and Country*. Das traf auf ihn zu, wie auf keinen anderen.«

»So weit, so irre. Ihr beide seid zwei gefährliche Psychopathen. Einen hat's schon erwischt. Um den anderen scheint sich ebenfalls jemand zu kümmern. Die Backe sieht gar nicht gut aus. Ich hoffe, es war unangenehm.«

Francis zog den Mund zusammen.

»Wie kommen jetzt diese Leute hier ins Spiel? Wer ist Rahul? Warum nimmt er sich das heraus, was er tut? Wie kannst du das alles zulassen? Und … wissen unsere Eltern Bescheid? Komm endlich zum Punkt, Francis!«

Francis sank in sich zusammen.

»Das ist … schwierig. Und es hat leider Konsequenzen.«

»Hat unser Gespräch auch gleich für dich«, Mehlos sah seinem Bruder tief in die Augen und dachte an die Pepperbox in seiner Tasche.

»Du hast keine Ahnung, wie ich mich fühle.«

»Glaub mir, das ist mir gerade nicht das Wichtigste. Antworte endlich.«

Francis nickte.

»Ich hatte mich zur Unterstützung mit den Falschen eingelassen.«

»Werde deutlicher«, sagte Mehlos.

»Okay. Um seinen Tod zu inszenieren, brauchte Daniel Hilfe. Er hat die Substanzen, die zu seinem Tod führen sollten, selbst eingenommen. Er bat mich und einen Anwalt, dabei zu sein und das Ganze auch aufzuzeichnen. Nur für den Fall, dass jemand in Schwierigkeiten kommen sollte. Aber er brauchte natürlich auch Hilfe beim Übergießen mit dem Vanta-Black: Konnte er ja nicht selbst machen. Da brauchten wir zwei Leute.«

»Wen? Rahul und seine Bande?«

»Ja. Über ihn kam der Kontakt zustande. Daniel kannte ihn von seinen Partys. Soweit ich weiß, war Rahuls Organisation auch so etwas wie der Hoflieferant für die Art von Drogen, die Daniel sich vorstellte. Exquisit. Teuer. Und nur für ihn gemacht. Und ich hatte Rahul bei ein paar Geschäften in Übersee um Hilfe gebeten. Seine Organisation ist leider ganz hervorragend vernetzt. Auf allerhöchsten Ebenen. Auch Politik.«

»Weiter«, sagte Mehlos harsch und ohne jegliches Verständnis.

»Wir hatten lange Meetings mit Daniel, in denen er die Inszenierung seines Todes mit uns besprochen hat. Er hatte sogar ein Modell gebaut, das die genaue Position seines Körpers festgelegt hat. Es kam ihm auf jedes Detail an. Dann haben wir es zusammen mit zwei Männern und einer Frau aus Rahuls Team genauso durchgeführt, wie es uns Daniel aufgetragen hatte.«

»Zwei Männer und eine Frau.«

»Die Männer haben die Arbeit gemacht, den Körper zurechtgelegt und mit Farbe übergossen. Die Frau hat alles gefilmt.«

»Gefilmt«, Mehlos schüttelte noch immer fassungslos den Kopf.

»Ja. Auch Daniels Anweisungen. Rahuls Team hat es dann umgesetzt.«

»Oh. Gut. Wie schön, zu hören, dass man sich auf ihn verlassen kann.«

Francis versuchte, den Blick seines Bruders zu fangen und wich ihm aus, als Mehlos ihn ansah.

»Und dann kam der Punkt, als es mir selbst zu viel wurde. Wie der Zauberlehrling hatte ich Geister gerufen, die ich nicht mehr unter Kontrolle hatte. Glaub' mir, ich wollte alles abbrechen. Die Sache mit Daniels Tod. Die Sache mit dir. Es ging mir zu weit. Einfach zu weit. Bitte glaub' mir das, Kleos. Ich konnte es nicht mehr steuern. Die haben einfach immer weiter gemacht und sich einen Dreck um meine Anweisungen gekümmert. Und plötzlich sah es auf dem Video so aus, als würde ich die Befehle zu dieser ganzen Inszenierung geben. Dabei habe ich mich nur an Daniels Skript gehalten und das getan, worum mich ein alter Freund als letzten Wunsch gebeten hat.«

»Kannst du das belegen?«

»Nein.«

»Und nun wirst du genau damit erpresst.«

Jetzt sah Francis seinen Bruder an.

»Ja.«

Beide schwiegen schwiegen für einen Moment und weder im Hause noch draußen in der Nacht war etwas hören.

»Der Preis ist dieses Haus«, sagte Mehlos dann, »sonst geht das Video an die Met. Die sind leider gut im Manipulieren von Bildern.«

Mehlos dachte an das Bild von Santow und sich selbst neben Daniels Leiche.

Francis nickte stumm.

»Sonst noch Forderungen?«, wollte Mehlos wissen.

»Das langt ja wohl. Die wollen kein Geld, die wollen diese Adresse. Ich habe denen alles geboten.«

»Wer sind *die* eigentlich?«

»Ich weiß es nicht genau. Eine Organisation, die Kontakte hat. Kommen aus Singapur, Taiwan, Bangalore oder von überall. Ich hatte mit denen vor einiger Zeit entfernt etwas zu tun, wie gesagt. So sind sie auf mich aufmerksam geworden. Ich erinnere mich, dass die an einem Meeting hier interessiert waren, aber ich habe es nicht stattfinden lassen. Warum auch? Im Nachhinein habe ich aber das Gefühl, als seien wir nicht über Daniel zusammengekommen, sondern dass die mich schon lange beobachtet haben.«

»Was ist die Rolle dieser Mary Tori Scott? Diese kalte Galeristin? Warum taucht sie immer wieder auf?«

»Auch ein Kontakt von Daniel. Ich weiß nicht, was sie spielt. Sie ist ambitioniert. Wie du weißt, kannten wir uns mal kurzfristig.«

»Ich dachte immer, sie hätte Stil. Aber okay. Nicht mein einziger Irrtum. Wer weiß, wie du sie überzeugt hast.«

»Oh, in diesem Fall ging wirklich alles von ihr aus.«

Mehlos sah plötzlich zur Seite, weil er dachte, auf dem Flur ein Geräusch wahrgenommen zu haben. Es war aber nichts. Niemand kam herein und er sah wieder seinen Bruder an, der zwischen zwei verklebten roten Locken auf ihn zurückblickte. Dann verschränkte er seine Arme vor der Brust.

»Und was ist Rahuls Bezug zu dem Spielchen, das du mit mir und Santow getrieben hast? Rahul verhielt sich vor uns wie jemand, der das Nichts unbedingt haben wollte. Er hat uns verfolgt. Er tauchte an wichtigen Stellen der Jagd immer wieder auf. Er sollte uns im Auge behalten und immer darauf achten, dass wir keine Fehler machen und schön dem irren Weg folgen, den du und Daniel für uns ausgedacht habt, oder was?«

»Das war Teil der Abmachung mit ihm. Kam von Daniel.«

»Feigling. Von dir natürlich.«

»Wir dachten wirklich, dass ihr zumindest ein bisschen Spaß bei den Rätseln haben solltet.«

Mehlos sagte für eine Weile nichts.

»Und jetzt?«, fragte Francis, »kommen wir da wieder raus?«

Mehlos überlegte nicht lange.

»Sorry. You lose.«

Kaminzimmer

»Ich finde es außerordentlich charmant, dass Sie uns hier Gesellschaft zu leisten bereit sind«, sagte Rahul mit einem so zuckersüß verlogenen Lächeln, dass Santow seinem Inhaber alle Übel dieser Welt zeitgleich an den Hals wünschte.

Sparen Sie sich das bitte für Ihresgleichen auf.

»Es tut mir sehr leid, verehrte Joanna Santow, ich bin leider außerstande, Sie zu verstehen. Wie ich gesehen habe, kommunizieren Sie gerne anhand eines Tablets. Wenn Sie die Güte hätten, es zu benutzen, wäre dies dem Verständnis sehr dienlich.«

Santow griff zu ihrer Handtasche, stellte sie auf den Schoß, öffnete sie und drehte sie um. Dabei gelang es ihr, das Tablet so versteckt an der Taschenwand festzuhalten, dass es nicht mit dem Notizbuch, den Stiften, einem Smartphone und anderen Kleinigkeiten auf den nahen Couchtisch fiel. Sie zeigte Rahul kurz die offene Tasche und hob bedauernd die Schultern. Dann stellte sie die Tasche wieder zurück und wies auf das Notizbuch und einen Stift.

»Oh, wie nachlässig von uns. Sie erlauben, dass ich das Telefon an mich nehme, ja?«, sagte Rahul und griff danach, »danke. Und ja, bitte schreiben Sie gerne auf, was Sie gerade sagten.«

Santow nahm den Stift, schrieb in ihr Notizbuch und hielt es Rahul hin.

»Ja, natürlich. Bitte entschuldigen Sie mal wieder. Natürlich haben Sie Gelegenheit, sich ein wenig die Nase zu pudern. Ein Kollege begleitet Sie gerne«, Rahul winkte mit einem kurzen Handzeichen einen der Männer in Schwarz herbei.

Als beide zurückkamen, steckte die Telefonkarte wieder in Santows Tablet.

Verloren

»Was passiert nun, Francis?«, fragte Mehlos und sah auf die zusammengesunkene Gestalt seines Bruders. Zum ersten Mal hatte er ein Gefühl gegenüber Francis, das er noch nie empfunden hatte: er tat ihm leid.

»Es wird heute zur Unterschrift der Übertragung kommen. Rahul hat das alles perfekt vorbereitet, leider hat er dieses Druckmittel. Es hilft leider auch, dass *Kingfisher's*, wie du weißt, nicht mir gehört, sondern einer Gesellschaft unseres Family Trust, die einfach übertragen werden kann. Dazu ist natürlich auch deine Unterschrift notwendig.«

»Heißt: wir werden gleich gezwungen, zu unterschreiben, dass unser Elternhaus ab jetzt denen gehört?«

Francis konnte dem Blick seines Bruders nicht standhalten. Er sah aus dem Fenster in die Nacht, als ob sich dort irgendeine Lösung versteckt hielt.

»Was hast du nur gemacht? Worauf hast du dich da eingelassen?«, sagte Mehlos und war überrascht, dass er es nicht schrie.

Francis blieb stumm.

»Wer sind die Notare und Anwälte?«

»Ein Büro, das wir schon ein paarmal eingesetzt haben, als es um unsere Interessen in Singapur ging.«

»Deine Interessen, bitte. Und das Büro gehört natürlich denen.«

»Möglich.«

»Sicher also.«

»Wie soll das Ganze ablaufen?«, fragte Mehlos.

»Wie ein ganz normales Geschäft. Wir kommen in einen Raum; alles ist vorbereitet. Dann weisen wir uns aus, unterschreiben, dann das Gleiche mit Rahul. Sobald das passiert ist, bekommen wir den Koffer mit dem Video und fertig.«

»Und dann dürfen wir nach Hause. Das wird für dich einfacher als für mich, Met und Presse haben mich im Fadenkreuz. Schon überlegt, wohin es bei dir geht? Bei Mouse oder mir wird kein Platz für dich sein. Ich bin nicht meines Bruders Hüter.«

»Ich habe noch einen Tag Zeit, zu packen.«

»Man kann über Rahul und seine Bande sagen, was man will«, sagte Mehlos, »aber kleinlich sind sie wirklich nicht.«

Die Tür ging auf und herein kamen Chen Lu und zwei Begleiter in den schwarzen, elastischen Anzügen, ihre Waffen im Anschlag.

Unterschrift

Es fand im Kaminzimmer statt.

Irgendjemand, Mehlos vermutete, es geschah auf Anweisung von Rahul, hatte ein Feuer im Kamin entfacht, das eine heimelige Atmosphäre verbreitete, die so ziemlich genau das Gegenteil von dem darstellte, wonach Mehlos zumute war. Das Licht warf tanzende Schatten an die Wand und ließ die Silhouetten der beiden Anwälte, die an einem barocken Holztisch saßen, aussehen wie zwei Greife, die sich auf die schockstarren Opfer stürzten.

Mehlos und Francis wurden von Chen Lu und zweien der Männer in das Kaminzimmer eskortiert. Dort standen schon Rahul und Santow zusammen mit einem Schergen. Mehlos ging zu ihr.

»Sind Sie okay? Wie sind Sie behandelt worden?«, sprach sein Mund und seine Hände drückten aus:

Wissen Sie Bescheid, was hier läuft? Irgendeine Idee?

Santow fasste sich kurz:

Ja, Rahul hat erzählt. Ich habe mein Tablet wieder mit Karte. Idee: Nein.

Mehlos dachte einen Moment nach.

»Das tut mir leid, dass es Sie so mitnimmt. Möchten Sie sich einen Moment hinsetzen?«, sagte er und seine Hände sprachen:

Sorry für Klischee. Sie sind tough. Sagen Sie JA. Bekommen Sie einen Text raus? Handtaschekramen. Vorgaukeln.

Santow sah Mehlos hilfesuchend an und antwortete:
Krieg' ich hin. Wem? Was? Und dann unterstützte sie mit ihrem Mund für alle sichtbar:
Ja, das wäre jetzt gut. Vielen Dank!

Und unter den aufmerksamen Augen von Rahul und Chen Lu geleitete Mehlos Santow, die die ganze Angelegenheit sehr mitzunehmen schien, zur Chesterfield-Sitzgruppe, nahm sie am Arm und konnte ihr auf dem Weg dorthin Text und Adressaten vermitteln.

Als sie angekommen waren, ließ sich Santow mit einem lautlosen, aber für alle wahrnehmbaren Seufzer auf das Sofa fallen und nahm ihre Handtasche auf den Schoß.

»Geht es so besser?«, fragte Mehlos und seine Hände:
Alles angekommen? Machbar?, worauf Santow antwortete:

Ja! Und kurz nur für Mehlos hinzusetzte:
Glauben Sie, das klappt?

»Ich wäre untröstlich, hätten wir das nicht gemacht«, und zeigte dazu nur für Santow, als er bemerkte, dass sie sich derart geschickt auf das Sofa fallen ließ, dass die Lehne neugierige Blicke abschirmte: Ich lenke die Ratten ab.

* * *

»Wenn ich Sie dann nun bitten darf …?«, sagte Rahul zwar mit vordergründig liebenswürdigem Ton, der jedoch nicht eines aufmerksamen Beobachters bedurft hätte, um festzustellen, wie erregt er selbst war. Mehlos war überrascht, zu sehen, wie seine vorgegebene Coolness langsam echter Aufregung wich.

»Wie können Sie es eigentlich nur wagen«, polterte er los, »mit ihrer Hampelmann-Organisation, ja, ich meine diese Affen in ihren Elasthan-Anzügen, hier einzudringen und meinen Bruder und mich unter Druck zu setzen? Was sind Sie überhaupt für eine Organisation? Wenn ich raten müsste, haben Sie als Verantwortlicher in diesem Debilen-Kartell einfach nur zu viele James-Bond-Filme gesehen. Die schlechten. Nicht die guten, natürlich. Wirklich, Blofeld, ich fange an, mich zu fragen, wann Sie Ihre weiße Zottelkatze rausholen und kraulen.«

Rahul, seine Wachen und Francis sahen ihn an. Francis entsetzt, Rahul wie mit einem Stück Zitrone im Mund. Die Wachen blickten zu Rahul, der nur eine kleine Bewegung mit dem Kinn machte und von einem der Männer zu Mehlos sah. Der Mann ging auf Mehlos zu und schlug ihm ansatzlos den Griff seiner Pistole in den Magen. Dann machte er schnell einen Schritt zurück und richtete die Waffe auf Mehlos, der sich krümmte.

Und der aus den Augenwinkeln heraus sah, dass Santow die Nachricht abgesetzt hatte.

* * *

»Nun wird es wirklich Zeit«, sagte Rahul nach einem Blick auf seine Armbanduhr, »wir sollten uns keine weitere Verzögerung leisten, meinen Sie nicht auch?«

Er sah Francis und Mehlos an, dann die beiden Anwälte, die bei dem Tumult aufgestanden waren. Ihnen bedeutete er mit der Hand, sich wieder zu setzen. Er fixierte Chen Lu und die beiden Männer, um sie daran zu erinnern, Francis und Mehlos ihre Präsenz ins Gedächtnis zu rufen. Sie näherten sich den beiden und nahmen eine bedrohliche Haltung ein..

»Das Video ist in diesem Koffer?« fragte Francis.

»Selbstverständlich«, sagte Rahul, »es wird Ihnen gleich ausgehändigt werden.«

»Keine Kopien?«, fragte Mehlos, »woher sollen wir wissen, dass Geschichte sich nicht wiederholt?«

»Ich bitte Sie. Es gibt Grenzen. Auch wir sind ordentliche Kaufleute.«

»Die drehen sich gerade allesamt in ihren Gräbern herum«, sagte Mehlos.

»Was auch immer Sie denken mögen, wir stehen zu unserem Wort. Und jetzt bitte: Ihr Auftritt! Sie gerne zuerst«, Rahul sah Francis an, »die Formalitäten haben wir übernommen, Ihre Identität ist festgestellt, Sie sind über den Vertragsinhalt belehrt worden und konnten jede erdenkliche Verständnisfrage stellen, der Verzicht auf einen Anwalt Ihrerseits ist bereits notariell festgehalten; eine Anfechtung der Übertragung Ihrerseits würde die Konsequenzen auslösen, die ich Ihnen bereits dargestellt habe.«

»Doch eine Kopie«, mischte sich Mehlos ein, doch Rahul sagte gar nichts dazu und sah nur Francis an. Der trat zum Tisch und unterschrieb. Dann übergab er den Füllfederhalter an seinen Bruder. Mehlos sah Rahul in die Augen. Der hielt seinen Blick fest, rollte sie gelangweilt an die Decke und sah erst zu Chen Lu und dann zu Santow. Ein kleiner roter Leuchtpunkt zeichnete sich auf ihrer weißen Bluse in der Herzgegend ab.

Mehlos dachte kurz nach und unterschrieb.

* * *

Dann trat er zurück und ging hinüber zu Santow, die ihren Kopf auf ihre Arme über der Sofakante gelegt und dem Ganzen zugesehen hatte. Mit Blicken tauschten sie kurz aus: »Ist es raus?« – Ist es.

Mehlos drehte sich um zu seinem Bruder. Francis hatte den Koffer von einem der Anwälte entgegengenommen, sah nicht einmal hinein und stand mit hängenden Armen und einem Gesichtsausdruck, an dem abzulesen war, dass er die Welt nicht mehr verstand, allein in der Mitte des Zimmers.

Mehlos warf einen Blick auf seine Taschenuhr und versicherte sich, dass die Waffen der Wachen nicht auf Santow, Francis und ihn selbst gerichtet waren. Offenbar sah Rahuls Dramaturgie nicht vor, dass sie nun, nach der Unterzeichnung, überflüssig waren. Seine eigentliche Befürchtung. Er sah zu Rahul:

»Zufrieden?«

Rahul nickte nachdenklich.

»Wollen Sie nicht endlich die Früchte Ihrer Arbeit einfahren?«, fragte Mehlos, »so viel Arbeit, so viel Schwachsinn, und jetzt Zögern bei der Unterschrift, die Sie an Ihr Ziel bringt?«

Auch Rahul sah auf seine Uhr. Es war genau Mitternacht.

»Geisterstunde«, sagte Mehlos, »wie passend. Beeilen Sie sich. In einer Stunde ist alles vorbei.«

»Oh, die brauchen wir nicht«, sagte eine Stimme und trotz Feuer wehte durch das Kaminzimmer spürbar ein kalter Hauch.

Mary Tori

Die Tür war aufgegangen und in ihr stand Mary Tori Scott. In einem blauen Kostüm.

»Wir werden Ihre Zeit nicht länger als nötig in Anspruch nehmen. Und es ist jetzt nicht mehr nötig, dass Sie anwesend sind. Vielen Dank, Sie können gehen, Sie alle drei. Sie beide am besten gleich – Ihr Bruder hat noch etwas Zeit, wie Sie vielleicht wissen, um das Persönliche einzupacken. Natürlich unter unserer Aufsicht. Sie kennen ihn ja, er übertreibt immer gleich«, Mary Tori sagte es zwar ruhig und unbeteiligt, aber Mehlos konnte erkennten, dass sie ihren Triumph nur mühsam unterdrücken konnte.

Aber welchen Triumph? War Rahul doch nur eine Marionette? Hinter allem doch Mary Tori. So, wie er es zu Beginn geahnt hatte? Mehlos sah zu Francis und entnahm seinem Gesichtsausdruck und seiner Körperhaltung, dass dieser Auftritt für ihn auch völlig unerwartet kam. Mehlos tauschte einen Blick mit Santow. Das, was sie für Rahul vorgesehen hatten, würde auch mit ihr funktionieren. Vielleicht noch besser.

»Na, dann mal *good luck*, ihr beiden!«, Mary Tori winkte Mehlos und Santow zu wie der Trainer, der zwei Jockeys auf die Bahn verabschiedete, »ihr seid brav hergekommen, um euch mit dem ehemaligen Hausherrn auseinanderzusetzen«, wurde dann zur verständnisvollen Kolumnistin einer Frauenzeitschrift, »… ich vermute mal, die Kleine hat den Impuls gegeben. Frauen wollen halt immer reden, Männer haben da so ihre Probleme ...«, und war dann schnell wieder der Antreiber einer Putzkolonne, »aber euer Job hier ist *done*. Unterschrift. Fertig. Danke, und jetzt: ab! Zack, zack.«

Mehlos sah sie fragend an.

»Ja. Danke fürs Mitspielen. Echt gut gemacht«, sie hielt beide Daumen hoch wie ein Game Show Host, der einen Kandidaten für die Beantwortung einer banalen Frage intellektuell in den Himmel hob, »schön diesem Nichts hinterhergedackelt – okay, haben sich andere ausgedacht, da will ich mal fair bleiben, aber ich konnte mit meinen bescheidenen Mitteln helfen, es umzusetzen und wunderbar Druckpunkte finden, endlich dieses wohlige Heim beziehen zu können. Also: danke nochmal, nehmt euch gerne noch einen der großen, bunten Plüschbären aus dem Regal, habt ihr euch echt verdient, aber verschwindet dann auch.«

Sie würdigte Mehlos keines weiteren Blickes, der erst zu Santow sah, dann auf seinen Bruder blickte und noch die Gefahrensituation durch Rahuls Schergen und die Anwälte abschätzte.

»Ich wäre dann so weit«, sagte Mary Tori, rieb sich die Hände wie ein Bäckermeister vor dem Teigkneten, ging zum Tisch der Anwälte und nahm dem einen der beiden den Füllfederhalter aus der Hand. Sie beugte sich über den Tisch, ihr Kostüm spannte sich dabei, und der andere Anwalt auf der gegenüberliegenden Seite des Tisches wollte das Dokument umdrehen, damit sie es einfacher unterschreiben konnte.

»Bemühen Sie sich nicht meinetwegen«, sagte Mary Tori und Mehlos sah, wie sie mit ihrer linken Hand das Dokument in einem Zug auf dem Kopf unterschrieb. Mehlos war sich sicher, dass man keinen Unterschied feststellen konnte und musste zugeben, dass er ein wenig beeindruckt war.

Sie schraubte den Füller zusammen und ging zu Francis. Mit einem bezaubernden Lächeln und einer hochgezogenen Augenbraue legte sie ihre Linke in Francis' Nacken, kraulte ihn und schob ihm den Federhalter langsam in seine Reverstasche. Dann sah sie Francis mit leicht geschlossenen Augen auf den Mund, zog den Füller ein paarmal wieder heraus und ließ ihn genauso langsam wieder hineingleiten, wobei sie ihren Mund leicht öffnete und Francis anhauchte. Dann rammte sie den Füller mit einem Ruck tief in seine Tasche und ließ ihn dort stecken.

»Pass auf, dass er nicht wieder zu früh ausläuft«, sagte sie mit völlig anderem Ton und stieß Francis von sich weg. Der stand jetzt wirklich da wie ein Pfau im Platzregen.

Mehlos sah hinüber zu Santow. Die öffnete ihre Handtasche, sah hinein und schloss sie wieder. Dann zeigte sie Mehlos, so dass nur er es sehen konnte, vier Finger, machte eine Faust und zeigte noch einmal drei. Sieben Minuten. Francis stand noch immer an seinem Platz unter der Regenwolke; auch die anderen bewegten sich nicht und warteten auf eine Aktion ihrer Chefin.

»Wie billig«, sagte Mehlos in die Stille.

Mary Tori drehte sich zu ihm und Santow um.

»Wie? Ihr seid noch hier? Schuuusch!«, sie verscheuchte die beiden mit einer schnickenden Geste ihrer Hand vom Sofa und sah sie von oben herab an wie ein lästiges Insekt, »schuuusch!« Mehlos stand auf.

»Ihr Repertoire wirkt ein wenig verstaubt. In Ihrer Galerie waren Sie auch nicht origineller. Was halten Sie davon, wenn wir einfach mal überlegen, wie Sie und Ihr Team am besten und still und leise von *Kingfisher's* verschwinden, ohne großen Schaden zu nehmen. Die Dokumente können Sie mitnehmen oder auch nicht. Sie sind völlig irrelevant. Dasselbe gilt für den Koffer mit den Videos von Daniel Hearst mit meinem Bruder und allen Kopien, die Sie wo auch immer haben mögen.«

»Ooooh,« Mary Tori sah Mehlos spöttisch mit anerkennendem Gesichtsausdruck an und zog ihre Mundwinkel nach unten, »ich bin beeindruckt, Junior. Meine Bewunderung für Sie wird nur noch von der Spannung übertroffen, bis Sie mir endlich mitteilen werden, wie Sie auf diese kranke Idee kommen. Lassen Sie mich raten. Ist es realitätsfernes Wunschdenken? ...Mmmh, nein ...«, Mary Tori zog eine Schnute, sah mit den Augen schräg an die Zimmerdecke und strich mit einer Hand über ihr Kinn wie ein sinnierender Greis durch seinen grauen Bart, »... dazu sind Sie nicht der Typ. Eher ist es falsches Einschätzen der Situation ... oder, was ich glaube, die reine Verzweiflung«, sie nickte langsam mit ernstem Gesicht, »ja ... das ist es wohl.«

Mary Tori sah Mehlos nun mit dem gespielten Ausdruck ehrlichen Interesses an, etwa so, wie ein Wissenschaftler den Ausgang eines komplexen Experimentes beobachtet, und schob eine imaginäre Brille über der Nase zurecht. Mehlos war von ihrer Kunst fasziniert. Sogar ihre Pupillen unterlagen ihrer Kontrolle und vergrößerten sich. Es war verführerisch, mitzuspielen, aber damit hätte er ihr die Führung überlassen, daher entschloss er sich für eine Mischung aus Fakten und Ironie.

»Geld interessiert Sie nicht. Mit Ihrer Organisation können Sie davon so viel schaffen, wie Sie möchten. Haben Sie wahrscheinlich auch schon.«

Mary Tori nahm eine lässige Haltung ein, nickte gelangweilt und tat, als ob sie einen Kaugummi schmatzte und eine Blase platzen ließ.

»Was Sie wirklich interessiert«, sagte Mehlos, »sind zwei Dinge. Das eine ist gnadenlose Unterhaltung. Spannung, Rätsel, das Neue, noch nie Dagewesene, Lösungen zu finden, die es noch nie gab. Das ist Ihre Herausforderung. Wenn Sie kein Problem haben, erschaffen Sie sich eins. Je komplexer und komplizierter, desto besser. Kompliment, Sie haben es weit gebracht.«

Mary Tori hatte aufmerksam zugehört, ihn für eine Nanosekunde mit einem Blick angesehen, als wäre sie mit der Hand in der Keksdose erwischt worden, und glitt dann über in die Pose eines Würdenträgers, der huldvoll das Kompliment eines Bewunderers entgegennahm. Und schon wieder änderte sie ihre Art:

»Jetzt möchte ich aber auch das Zweite hören, bitte, bitte, Onkel Junior«, sagte Mary Tori mit hoher Quengelstimme, hopste kurz in die Höhe und klatschte zweimal aufgeregt in die Hände, bevor sie wieder ruhig wurde und Mehlos gefährlich aufmerksam ansah.

»Das Zweite ist eine Mischung daraus, nämlich etwas zu bekommen, das man nicht kaufen kann, und …«

»Uuuuuund?«, sagte Mary Tori und sah Mehlos mit offenem Mund sowie gekonnt blödem Gesichtsausdruck an.

»Anerkennung«, sagte Mehlos, »gesellschaftlich und allgemein. In Ihren Kreisen und bei denen, die Sie ausnehmen, erpressen, berauben oder was auch immer. Da Sie das wohl international tun, brauchen Sie auch ein Symbol der Anerkennung, das international akzeptiert ist. Eine Art Geldwäsche. Nur, dass Sie keine Beträge waschen, sondern Reputation. Sie brauchen eine Rufpoliermaschine. Die Welt schaut auf London. Daher auch auf die Galerie. Schön für den Anfang, aber noch nicht High End. Und hierbei denken wir in Adressen. Und nach den Palästen ist unsere Straße nun einmal die interessanteste hier. Sie brauchten *Kingfisher's*. Und das Schönste daran, wenn Sie's in Ihren Kreisen erzählen, wie Sie es bekommen haben, wird es Ihren Einfluss noch mal vergrößern. Gut ausgedacht.«

Mary Tori atmete tief ein. Dann fiel sie in sich zusammen, beugte sich nach vorne, ließ die Arme hängen und schien am Boden zerstört. Sie schlurfte ein paar Schritte erst nach rechts, dann nach links. Man hörte sie murmeln:

»Ahh ..., das ist so enttäuschend, so enttäuschend«, sie hob die Hände an den Kopf, schob die Ellenbogen nach vorne und wiegte sich hin und her, als ob sie von einer nicht enden wollenden Migräne heimgesucht würde, »ich fasse es einfach nicht ... das ist sooo banal. Wissen wir doch alle«, dann stellte sie sich wie ein Bajazzo vor Mehlos, stemmte die Hände in die Hüften, knickte leicht ein, hob dann eine Handfläche nach vorne, stellte einen Fuß auf die Ferse, so dass die Spitze nach oben zeigte und sagte kurz und knapp:

»Klar. Natürlich geht's mir um diese Adresse. Ist doch logisch«, sie zuckte mit den Schultern, »was soll das Gequatsche, Junior? Ich hätte jetzt mehr erwartet«; sie schob ihre beiden Handflächen nach vorne und sah Mehlos von unten mit einem auffordernden Nicken an, wie ein Lateinlehrer seinen Prüfling über eine halbe Brille hinweg, »kommt da jetzt noch was?«

Mehlos sah hinüber zum Sofa. Santow zeigte drei Finger. Mehlos registrierte es und sagte:

»Der Spaß beginnt jetzt. Ich habe noch etwas vergessen. Und das ist das ganz Entscheidende: Anonymität. Hier im Sinne von Unsichtbarkeit.«

Mary Tori sah ihn ängstlich an, hob ihren Handballen ans Kinn und knabberte mit breitem Mund an ihren Fingerspitzen. Es sah aus, als ob eine Horde Zombies direkt auf sie zumarschierte.

»Ui! Der Unsichtbare. Hilfe! Ich fürcht' mich.«

»Ha! Sehr gut«, sagte Mehlos, »dann machen wir mal genau hier weiter. Kleines Gedankenexperiment: Sie kommen mit Ihrem Hintergrund und Ihrem durchaus fragwürdigen Geschäftsmodell an eine der traditionsreichsten Adressen der Welt. Royalties, Botschaften, Unternehmer. So selbstbewusst, so vermögend und so uninteressiert an frischem Geld, dass es selbst unsere beiden russischen Oligarchen schwer hatten, hier etwas kaufen zu können.«

»Ich weiß«, sagte Mary Tori mit gelangweiltem Gesicht und winkte ab, »die beiden hatten etwas gegen die Voreigentümer in der Hand«, sie zeigte auf den Koffer mit dem Video, »und haben einfach mal mit Gewalt gedroht«, sie nickte mit dem Kinn zu einem der Waffenträger, »okay, ich gebe zu, mein Konzept ist hier nicht ganz sooo originell – aber Sie sehen ja, es wirkt. Sie sind jetzt die *Vor*eigentümer. Byeee. Oder ist noch was?«

»Hmmmm«, sagte Mehlos, »eine winzige Kleinigkeit«, und er musste sich bremsen, nicht durch das Zeigen einer kleinen Menge Luft zwischen Daumen und Zeigefinger in den gleichen Duktus zu verfallen wie Mary Tori, »kommen wir zurück zum Unsichtbaren, …«

»Uh-huuuhh!«, heulte Mary Tori und Mehlos ignorierte es.

»Ihr Geschäft und Ihr Wirken setzen genau diese Unsichtbarkeit voraus. Wissen Sie, wie viele der wirklich reichen Familien – und ich meine nicht die aus der Presse – Sie in Google finden können? Richtig: NULL. Und genau so ist es mit den führenden Köpfen der organisierten Kriminalität. Sie finden nichts. Weil Journalisten entweder ihre Story abgekauft bekommen, ihre Kinder etwas von einem schwarzen Van erzählen, der ihnen auf dem Schulweg hinterherfährt oder sie selbst einen schrecklichen Unfall haben.

Stellen wir uns aber für einen Moment vor, Ihr Gesicht und Ihr Name, wenn es Ihr richtiger ist, aber wir nehmen einfach mal den, den Sie aktuell als Galeristin haben, geht im Zusammenhang mit Daniel Hearsts Tod durchs Fernsehen und alle Zeitungen in diesem Land. Dabei ist es völlig egal, welche Rolle Sie dabei gespielt haben. Das Vanta-Black geliefert, das Nichts besessen oder einfach nur beim Video die Kamera gehalten. Ganz gleich. Die Presse, vor allem die Boulevardpresse wird schon eine gute Story finden. Und da helfen wir gerne. Sowohl mein Bruder als auch ich. Wir waren mit den Kindern der Medienmoguln in Oxford, wir machen an denselben Orten Urlaub, laden uns nach Hause ein und manchmal schreiben wir uns sogar Weihnachtskarten. Sie glauben doch nicht im Ernst, dass wir Sie hier in Ruhe wohnen lassen werden. Sorry, aber das mit der Ruf-Waschmaschine hier wird nicht funktionieren. Das wird hier eine Pilgerstätte für alle, die sich mal vor großen Verbrechern gruseln möchten. Nach *Graceland* und *Neverland* wird das hier *Mobland*.«

Mary Tori hatte zugehört und war in keine Rolle gefallen. Stattdessen zeigte sie mit Daumen und Zeigefinger eine winzigkleine Menge Luft.

»Sie machen nur einen wiiinzigkleinen Fehler, mein Großer.«

»Na?«

»Sie haben nichts in der Hand, was Sie nehmen oder was Sie umdrehen können wie einen Royal Flush beim Poker«, Mary Tori zog an einem Zigarillo und stieß cool ein Wölkchen Luft aus.

Im gleichen Stil wies Mehlos auf den Koffer mit dem Video und dann nacheinander auf die Männer und Chen Lu mit den Waffen.

»Das hier sind die besten Karten.«

Mary Tori sagte nur »ts, ts«, sah Mehlos mit einem todtraurigen Gesicht an und schüttelte den Kopf, »warum sagen Sie das nur, mein Großer, warum? Warum nur? Was habe ich nur falsch gemacht?«, sie legte ihre Fingerspitzen an ihre Brust und schaute Mehlos verzweifelt an. Dann fasste sie mit beiden Händen Mehlos am Revers seines Anzugs und schüttelte ihn mit flehender Stimme:

»War ich nicht deutlich genug? Habe ich etwas Falsches gesagt? Etwas, das Sie missverstanden haben?«

Mehlos wischte ihre Hände weg. Mary Tori tat erschrocken und untröstlich.

»Es ist einfach nur schrecklich. Jetzt muss ich Sie alle drei beseitigen, um meine Ruhe zu haben. Hach, meine Nerven«, Mary Tori legte ihre Hand mit dem Rücken an ihre Stirn, schloss die Augen und jammerte weiter:

»Diese ganze Knallerei, das viele, viele Blut, der Stress mit der alkalischen Hydrolyse, um Sie aufzulösen, überall dieser Kalk, die Kalilauge und der ganze Dreck ... Und dann diese zähe, braune Flüssigkeit, zu der Sie geworden sind ... dieser schreckliche Geruch nach Ammoniak ... Verlangen Sie etwa von mir, dass ich Sie in den Teich von *Kingfisher's* kippe? Das können Sie nicht wollen, Mehlos, das können Sie einfach nicht von mir verlangen. Nicht nach allem, was wir zusammen durchgemacht haben ...«

Dann sah sie ihn kalt an und hob abwartend die Augenbrauen.

Mehlos blickte zu Santow. Die lächelte. Mikro-Gesten mit einer Hand.

Alle da. Unten. Hof.

Mary Tori sah es und zuckte ungerührt mit den Schultern.

»Okay. Da Sie alle so dran hängen, lassen wir Sie eins mit *Kingfisher's* Teich werden«, sie drehte sich um zu einem der bewaffneten Männer.

»Die Kleine zuerst. So, dass die Brüder es sehen. Es darf auch etwas spritzen. Ein bisschen Spaß muss sein. Und bitte holt schon einmal Pong zum *cleanen*.« Mehlos hatte noch nie eine kältere Stimme gehört.

»Warten Sie bitte«, sagte Mehlos.

»Oh nein, was ist denn jetzt schon wieder?«, sagte Mary Tori und trat trotzig mit den Fuß auf, »och menno, gerade jetzt, wo es lustig wird.« Sie sah Mehlos an und wurde wieder kalt. »Sinneswandel?«, fragte sie.

»Mitnichten, Gnädigste, mitnichten«, sagte Mehlos, »kommen Sie doch bitte nur kurz mit zum Fenster. Sie alleine.«

»Wie könnte ich Ihnen etwas abschlagen?«, sagte Mary Tori mit rauchiger Stimme, hängte sich mit dem Arm bei Mehlos ein und sah nur kurz über ihre Schulter, um Rahul zu signalisieren, dass er die Situation im Auge behalten sollte, »lassen Sie uns gehen … ich hoffe nicht, dass Sie meine Schutzlosigkeit im dunklen Erker jetzt schamlos ausnutzen, Sie Loser.« Sie klimperte ihn mit ihren Wimpern an.

»Irgendwo schon«, sagte Mehlos kryptisch und entzog ihr Arm und Hand, indem er einladend auf den Erker mit den Fenstern zum Hof und der Einfahrt zu *Kingfisher's* zeigte.

»Jetzt bin ich aber gespannt, was mein Schatz für mich hat. Neues Auto, hmm? Alten Bugatti vielleicht? Oder einen italienischen Opernsänger? Ich liiiebe Opern. Tanzende Bären? Wie aufregend!«

»Ja ...«, sagte Mehlos versonnen, »...tanzende Bären. Das kommt in etwa hin«, und er sah zusammen mit Mary Tori hinunter auf den Hof.

Fenster mit Aussicht

Unten im Hof, der von den Lichtern *Kingfisher's* in fast taghelles Licht getaucht wurde, stand eine Reihe von Einsatzfahrzeugen der Polizei. Einige der Männer waren schon ausgestiegen. Chief Inspector Susan Holroyd stand hinter der offenen Tür eines silbernen BMW und telefonierte. Was Mehlos aber wichtiger war, waren die beiden Wagen nebendran: ein knallroter Mini Cooper und der große Übertragungswagen der *WATCH!*, an den gerade Jennifer Caherne mit der flachen Hand klopfte und einen Techniker zusammenstauchte. Dann sah sie oben am Fenster Mehlos stehen, zeigte auf ihn und kreischte.

»Sehen Sie, wie es ist, berühmt zu sein? Sie werden nirgendwo mehr hingehen können, ohne dass ein Pulk zusammenläuft, hysterisch wird und alle Selfies mit Ihnen machen wollen. Gewöhnen Sie sich schon mal dran.«

Mary Tori sah hinunter und entdeckte einen Kameramann, der seine Linse auf sie richtete. Jedweder Schauspieldrang war von ihr gewichen. Mehlos beugte sich zu ihr und flüsterte ihr ins Ohr:

»Ich bring' dich ganz groß raus, Baby!«

Unten hatte der Kameramann inzwischen sein Gerät auf seine Schulter gepackt und begann offenbar, zu filmen.

Mary Tori trat einen Schritt in die Dunkelheit des Erkers zurück. Mehlos stellte sich neben sie.

»Sie haben jetzt die Möglichkeit, zu gehen. Einfach so zu gehen. Sie und Ihr Team. Ohne Dokumente. Ohne Video. Bruford zeigt Ihnen den Weg nach hinten. Sie können komplett verschwinden, ohne Schaden für sich oder Ihre Organisation. Wenn Sie so gut sind, wie ich es annehme, denken Sie sich einfach das nächste Projekt aus. Vielleicht macht es auch mein Leben spannender, ich lasse mich überraschen. Bleiben Sie hier, mit oder ohne Waffengewalt, werden Sie ein Medienstar, ob Sie es wollen oder nicht. Sie können uns hier oben umbringen, aber es wurde alles und wird alles durch die Sicherheitskameras hier im Haus dokumentiert. Sie können auch das Met-Einsatzteam da unten erledigen, dann kommen die nächsten, und dann wieder die nächsten. Sie werden nicht gewinnen. Und Sie werden auch Ihr Leben durch Ihre neue Prominenz versauen. Gehen Sie lieber. Ohne dieses Haus. Und ohne Gesichtsverlust. Bleiben Sie im Dunkeln. Legen Sie sich mit Ihresgleichen an. Und versuchen Sie nicht, scheinbar die Seiten zu wechseln.«

Mehlos spürte, wie es plötzlich im Raum fünf Grad kälter wurde.

»Sie, Ihr Bruder und Ihre Freundin werden Ihres Lebens nicht mehr sicher sein.«

»Doch, werden wir. Weil das Gleiche gilt. Die Story geht dann an die Presse. Und nicht nur die *WATCH!* Alle werden Sie jagen. Und die besten Social-Media-Experten noch dazu. Sie haben uns in Ihrer Galerie die Presse auf den Hals gehetzt. *I am just returning the favour.* Sie werden keine Ruhe mehr haben. Wie wollen Sie da nur auf böse Ideen kommen?«

»Die Natur findet immer einen Weg.«

Mehlos antwortete nicht, sondern blickte vorsichtig durch das Fenster nach unten. Jennifer Caherne sprach mit Susan Holroyd. Die Einsatzbeamten stellten sich auf.

»Es geht gleich los. Sie gehen zum Eingang. Der Kameramann ist schon in der ersten Reihe«, Mehlos beschrieb dann noch eine Weile genau, wie die Teams der Met und von *WATCH!* den Weg nach oben finden würden, durch das Treppenhaus und schließlich in das Kaminzimmer, »wir könnten dann gleich am Tisch hier eine kleine Pressekonferenz halten. Was meinen Sie?«

Mehlos drehte sich zur Seite, um Mary Toris Reaktion zu sehen.

Aber sie war verschwunden.

* * *

Mehlos verließ das Fenster und trat in das Kaminzimmer zurück. Nichts hatte sich verändert. Santow auf dem Sofa, Francis verwirrt und abgespannt in der Mitte. Nur Mary Tori, Rahul und die Anwälte waren nicht mehr da.

Was haben Sie ihr erzählt?, fragte Santow.

»Ich habe ihr ewigen Ruhm versprochen. Vermutlich passt das nicht zu ihrem Geschäftsmodell.«

Ich möchte mehr hören, Mehlos.

»Kommt. Könnten Sie bitte nur schnell Holroyd texten? Bitte noch fünf Minuten warten. Entscheidend.«

Okay, Santow wischte über ihr Tablet.

Dann sah Mehlos Francis an. Der war noch nicht ganz wiederhergestellt. Eine Mischung aus Unglauben und Schockstarre.

»Wie ist es möglich, dass nun alles vorbei ist, Kleos?«

»Manches ist vorbei. Anderes beginnt erst jetzt. Aber *Kingfisher's* bleibt in der Familie.«

»Zu welchen Kosten?«, fragte Francis.

»Das müssen wir sehen. Die unmittelbare Hauptgefahr ist abgewendet. Andere werden kommen.«

Santow sah zwischen den Brüdern hin und her. Sie hatte den Eindruck, dass die Gefahr von außen zumindest etwas internen Zusammenhalt erzeugt hatte.

Francis stand mit verschwitzten Haaren und blutverklebten Wangen vor seinem Bruder. Er war kleiner und musste etwas nach oben sehen. Santow merkte, wie er Mühe hatte, seine Gedanken zu formulieren; es erschien ihr, als würden seine Augen zu glitzern beginnen. Aber es lag nicht an den Verletzungen. Er rang eine Weile mit sich. Schließlich straffte sich seine Gestalt. Er sah seinen Bruder an und reichte ihm die Hand. Mehlos zögerte, dann schlug er ein.

»Danke«, sagte Francis.

Mehlos sagte nichts und hielt dessen Hand fest.

»Ich habe noch etwas auf dem Herzen, Kleos«, sagte Francis.

Mehlos hielt immer noch seine Hand fest. Francis atmete tief ein.

»Es tut mir leid, Kleos. Was ich gemacht habe. Die Jahre über. Aber unbedingt das, was zu all dem hier geführt hat. Bitte entschuldige.«

Mehlos überlegte.

»Ich habe das hier alles aufs Spiel gesetzt. Deinen Ruf riskiert. Ich hätte alles verlieren können. Dich auch. Und ich hätte das verdient. Nochmal: bitte verzeih' mir.«

Mehlos drückte Francis' Hand fester. Und nickte.

»Ja, Francis.«

Für einen Moment, einen kurzen Moment, sahen sich die Brüder tief in die Augen, verstanden und umarmten sich. Nach einem kurzen Moment löste sich Mehlos.

»Vielleicht habe ich es dir auch manchmal zu einfach gemacht, ein Arsch zu sein«, sagte er, um die Rührung nicht zu weit gehen zu lassen.

»Nicht *vielleicht*, Kleos, nicht *vielleicht*«, sagte Francis.

»Verstehe …«, sagte Mehlos.

Santow hatte die beiden aus einiger Entfernung beobachtet und beschlossen, sie alleine zu lassen. Die fünf Minuten waren um. Sie schnipste mit den Fingern, so dass die beiden sie hören konnten, und zeigte auf die Tür. Und auf den Tisch mit den Dokumenten und dem Video im Koffer. Jetzt gab es auch diesen Lärm im Treppenhaus.

»Was machen wir jetzt?«, fragte Francis.

»Wir haben hier gleich eine Truppe der Met mit Chief Inspector Holroyd und diese unsägliche Frau von *WATCH!* mit Kameramann und Liveschaltung, die wahrscheinlich schon seit unten läuft«, sagte Mehlos, »die von der *WATCH!* wollen eine Knallerstory zum Tod von Daniel Hearst. Am besten mit Santow und mir als die Schuldigen. Die Met möchte die Wahrheit herausfinden. Ich untertreibe mal und sage: nicht so gaaanz einfach. Du wirst jetzt diese Dokumente sicher verschwinden lassen und mir dann in zehn Sekunden erzählen, was man auf dem Video sieht.«

»Okay.«

»Und zur Sicherheit, Francis …«

»Ja?«

»Hol dein Scheckheft. Den Füller hast du ja noch in deiner Reverstasche.«

Balkon

Es ist das erste Mal, Mehlos, dass ich Nudeln zum Frühstück esse.

»Und? Wie schmecken Ihnen unsere *Pasta alla Norma?*«

Himmlisch.

Nach einer Nacht im wieder besetzungsfreien *Kingfisher's* und Tee mit Francis hatte Mehlos Santow zum Brunch in die Küche bei sich zu Hause eingeladen und mit ihr entschieden, den Balkon auszuprobieren. Cavendish hatte mit frischen Blumen gedeckt; auf dem Tisch lag die geöffnete Tafel *Caravelli,* von der schon zwei Reihen fehlten.

Schon beim Frühstück hatten sie sich die Berichterstattung von *WATCH!* angesehen. Auf dem Tisch lag die aktuelle Ausgabe und die Headline verkündete:

DANIEL'S D-DAY

Hearst inszeniert seinen Tod als Mega-Kunstwerk

Es folgten Informationen und Standbilder aus dem Video, die Santow über Nacht aus dem Video geschnitten und Jennifer Caherne zugespielt hatte. Sie bekam auch ein paar Bilder von Mehlos und Santow, um den Teil des Artikels zu garnieren, bei dem es um Recherche und Fakten ging:

Sonny & Kleid entdecken die Wahrheit zum Tod ihres Freundes.

Kein Wort von Francis oder anderen Beteiligten.

Mehlos. Ich finde es eigentlich erschreckend, wie einfach man mit einem Scheckbuch Nachrichten oder Fakten schaffen kann.

»Es steht nichts Falsches drin. Genau das hatte Daniel schließlich vor – und wir haben es ans Licht gebracht. Francis hat nur seine Rolle in dem Ganzen ein wenig zurückgenommen.«

Santow sah Mehlos scharf an.

»Okay. Er hat sie völlig rausgenommen. Dafür können sich jetzt Jennifer Caherne und der Kameramann ein paar Wünsche erfüllen. Die Leser werden es verkraften können.«

Dafür muss er noch ein paarmal in den Yard und auch Sie müssen wegen Ihrer Flucht noch einiges erklären.

»Nichts, was nicht plausibel ist.«

Sie werden das schon hinbekommen, ich bin sicher.

Mehlos sah auf die gegenüberliegenden Häuser Mayfairs. Eine viktorianische Fassade reihte sich an die andere. Gebaute Werte und diskrete Überlegenheit.

»Und beruhigend zu wissen, dass *Kingfisher's* in der Familie bleibt, wo es hingehört. Bei allem ist es ja ein schönes Haus. Und die Lage ist auch nicht übel.«

Santow sah Mehlos lange an und machte dann das Zeichen für *Tisch*. Er verstand.

»Erwischt. Ja, es ist nur Stein und Mörtel. Sie haben Recht. Und dennoch …«

Familie?

»Schon …«

Plötzlich summte Mehlos' Mobiltelefon. Text.

Er zog es aus der Weste und sah auf das Display:

Danke für den wundervollen Abend gestern, Chouchou, wirklich unvergesslich.

Mehlos hielt es Santow hin.

Ich würde mich wundern, wenn sie es dabei beließe, zeigte Santow. Und in der Tat summte Mehlos' Telefon daraufhin erneut.

Ich freue mich schon auf das nächste Mal. M

Mehlos zeigte es Santow.

Das ist eine Warnung.

Santow hob die Augenbrauen und hielt Mehlos ihre Hand hin. Der gab ihr das Telefon. Santow textete, schickte die Nachricht ab und gab Mehlos das Telefon zurück. Der las.

Wir können es kaum erwarten.

Mehlos sah Santow an.

»Wir?«

Wir.

»Schön!«

Beide wandten sich der *Pasta alla Norma* zu.

»Ich muss uns loben«, sagte Mehlos, »die Pasta sind perfekt.«

Nothing is perfect, zeigte Santow.

Mehlos, der gerade sein Glas ergriffen hatte, hielt inne. Er stellte es wieder ab und sah aus dem Fenster.

Was ist?

Mehlos brauchte einen Moment.

»*Nothing is perfect* ... erinnern Sie sich, Santow?«

Der schwarze Punkt in Daniels Schlafzimmer.

»Ja. Und erinnern Sie sich auch an das Foto des toten Daniel?«

Wie könnte ich nicht?

»Können Sie es nochmal laden, Santow?«

Sekunden später erschien es auf dem Tablet.

»Sehen Sie das hier?«, sagte Mehlos und vergrößerte Daniels Hand.

Sein Zeigefinger ist ausgestreckt!

»Er zeigt auf den schwarzen Punkt. Was aber nur wir wissen, denn wir waren in seinem Schlafzimmer. Auf dem Bild der *WATCH!* Sieht man es natürlich nicht.«

Ja!

»Auch auf dem Bild in der Tate Modern gab es einen schwarzen Punkt.«

Ja, Santow wischte, das Bild erschien. Die Nachkommastellen der Zahl Pi, ein Pendel, das von rechts nach links schwang, und Scheiben, die wegflogen. Der große schwarze Punkt war rechts unten.

Am 3D-Drucker im Atelier lagen auch schwarze Scheiben und Punkte.

Mehlos dachte kurz nach.

»Was ist, wenn das eigentliche Nichts doch nicht die Inszenierung seines eigenen Todes war – sagen Sie jetzt nicht ‚Aber es stand doch so auf *WATCH!*', Santow, sondern mehr als eine Idee.«

Visualisiert im Bild der Tate.

»Vielleicht. Wenn ich über Daniel nachdenke ... das, was ich über ihn gehört habe, seine Liebe zu England, Tradition und Technik, finde ich immer mehr, dass ihm die perfekte und öffentlichkeitsstarke Inszenierung seines eigenen Todes zwar wichtig war, aber der große Zusammenhang fehlt. Das, was die Welt sozusagen zusammenhält. Da muss mehr sein. Irgendetwas mit einer höheren Bedeutung. Ich spüre es, aber kann es noch nicht fassen.«

Ich verstehe, was Sie meinen. Wollen wir nochmal in sein Atelier? Hinweise suchen?

»Brauchen wir vielleicht gar nicht. Wie hieß das Bild in der Tate noch einmal?«

Santow überlegte nicht lange.

Elizabeth & Ben.

»Und es zeigt ein Pendel.«

Der Turm der bekanntesten Uhr der Welt heißt »Elizabeth Tower«. Und die Glocke darin ist »Big Ben.«

Beide stützten sich mit den Armen auf die Platte des Frühstückstisches.

»Wir haben etwas übersehen.«

Was wissen Sie über Big Ben?

»Hm. Die vier Zifferblätter an der Spitze des Turms sind in die vier Himmelsrichtungen ausgerichtet. Sie sind aus Glas und man kann hindurchsehen. Wunderbarer Blick rundum, übrigens. Ich war schon einmal da oben im Turm. Bei Big Ben persönlich und den anderen Glocken. Es ist ein Erlebnis. Selbst Stephen Fry und Hugh Laurie waren mal da oben und so beeindruckt, dass sie die Zeit völlig vergessen haben und zu spät zu einer Wohltätigkeitsveranstaltung mit dem damaligen Noch-Prinz Charles gekommen sind.

Was gibt es dort genau zu sehen?

»Naja, ein Raum, voll mit der ganzen Mechanik der Uhr. Ein Wunderwerk der Technik und britischer Präzision. Seit Mitte des 19. Jahrhunderts verrichtet das Uhrwerk seine Arbeit. Und das früher schon mit einer sehr geringen Abweichung pro Tag. Das ist unglaublich bei einem so großen Uhrwerk. Die BBC hat dort oben auch die Mikrofone installiert, die den Glockenschlag live übertragen. Alle lieben Big Ben. Wirklich alle und jeder.«

Es ist dann wohl nicht übertrieben zu sagen, dass Big Ben's Schlag der des Herzens unseres Königreiches ist ... Santow sah Mehlos vielsagend an.

Den kribbelte es überall und er blickte zurück:

»Oh, für mich und für viele andere hängt von Big Ben viel mehr für unser Königreich ab als von den Raben im Tower. Wenn der letzte mal wegfliegt, wird das kein Mensch bemerken – aber schlägt Big Ben mal nicht, löst das weltweite Aufmerksamkeit und Anteilnahme aus. Big Ben schlägt uns die Stunden, verkündet den Tod unserer Monarchen und ist seit gefühlt eintausend Jahren im akustischen kollektiven Bewusstsein des größten Teils der Menschheit verankert. Und er füllt Millionen Speicher in Digitalkameras weltweit. Symbol der Zeit. Symbol der Präzision. Symbol der Ewigkeit. Er ist DIE Uhr.«

Aber was kann das Nichts mit Big Ben zu tun haben?

»Weiß ich auch noch nicht. Das Wichtigste an einer Uhr wie Big Ben wäre für mich, dass sie a) läuft und b) das möglichst genau sowie c), dass sie verfügbar ist und man sie möglichst weit wahrnimmt.«

Wie das mit den Mikrofonen und der BBC.

»Ja. So in etwa.«

Santow sah auf ihre Uhr.

Bald zwölf. In zwei Stunden. Wollen wir hinfahren und uns das ansehen?

»Okay«, Mehlos stand auf.

Wie kommt man da hinein? Wie haben Sie das geschafft? Als Tourist?

»Nein, Touristen kommen da nicht rein. Als Brite haben Sie eine Chance, wenn Sie einen aus den *Houses of Parliament* kennen und der Ihnen einen Besuch vermittelt. Ich war da mal als Kind zusammen mit anderen auf dem Kindergeburtstag des Sohnes eines MP[4]. Es war beeindruckend. Allerdings haben wir uns aus den Augen verloren. Der Weg geht nicht mehr.«

Cavendish? Oder Francis?

Mehlos überlegte nur kurz.

»Francis. Ist mit der MP von Kingston and Surbiton befreundet. Donna Welsh. Für meinen Geschmack etwas lau-

---

4 MP – Member of Parliament

te Person. Aber jetzt genau das, was wir brauchen. Texten Sie ihm. Bei mir dauert das zu lang.«

Mehlos!

»Okay. Verstanden. Ich rufe ihn an.«

Mehlos nahm sich sein Telefon, schnickte es auf und erreichte Francis. Er erzählte kurz, nickte und schob das Telefon zusammen. Dann lächelte er sogar. Santow registrierte es.

»Er denkt, es klappt. Ruft Donna gleich an und meldet sich.«

Santow saß noch auf einem Korbstuhl auf dem Balkon und sah Mehlos von unten an.

Familie zu haben ist gar nicht so übel, oder?

Mehlos sagte nichts außer:

»Lassen Sie uns ein Taxi nehmen. Dann können wir auch gleich über ein kleines Problem nachdenken …«

Welches denn?

»Der Krach. Was glauben Sie, ist dann los, wenn ein Eisenhammer auf mehrere Tonnen Big Ben knallt. Dann steht man lieber neben einem startenden Düsenjet oder schläft in den Lautsprecherboxen der *Kings of Metal*.«

Dann brauchen wir Schallschutz-Kopfhörer.

»Die brauchen wir ganz bestimmt«.

Ein Paar langt, Mehlos.

Elizabeth Tower

Der Mann an der Baustelle vor den Wellington Barracks am Birdcage Walk mit gelbem Helm und Presslufthammer wunderte sich, als auf einmal ein Taxi quietschend neben ihm bremste, dieses seltsame Paar ausstieg, unbedingt seinen Schallschutz-Kopfhörer haben wollte und bereit war, ihm dafür vier Fünfzigpfundnoten zu geben. Na, sei's drum, er hatte noch genug davon in seinem Bauwagen. Sollten sie ihn eben nehmen. Dann waren die beiden wieder in ihr Taxi gesprungen und davongefahren. Okay. Wenn es ihnen Spaß machte. Vielleicht war die Frau, die übrigens ein Knaller war, ja besonders laut dabei. Und er hatte heute Abend im Pub wieder eine Story mehr zu erzählen.

* * *

Mehlos steckte sein Mobiltelefon wieder in seine Anzugsjacke.

»Text von Francis. Donna hat direkt den *Keeper of the Clock* angerufen und die Sache dringend gemacht. Wir melden uns bei Jonathan Woodward. Er lässt uns rein und begleitet uns hoch.«

334 weiße Kalksandsteinstufen?

»Ich habe damals nicht gezählt. Aber kann hinkommen.«

Unser Programm ist besser als das eines Reiseführers.

»Ja. Wir kommen ganz schön herum die Tage. Achtung, Santow. Wir sind da!«

Das Taxi hielt in der St George Street vor dem Westminster Palace und seinem Elizabeth Tower. Schnell hatten Mehlos und Santow nach dem Einlassprocedere den Eingang gefunden: eine alte Holztür, bleigefasste Fenster mit zwei Lilienornamenten und den weißen Buchstaben CLOCK TOWER.

Jonathan Woodward kam ihnen von innen entgegen und führte sie die weißen Kalksandsteinstufen nach oben. Obwohl beide es nicht wollten, mussten sie einfach mitzählen. Ja, es waren genau 334. Was sie denn zuerst sehen möchten, fragte Woodward, der in seinem blauen Polohemd aussah wie ein erfolgreicher Golfspieler. Die Zifferblätter, das Uhrwerk, oder die Glocke Big Ben, das wäre eine beliebte Reihenfolge.

Mehlos sah auf seine Uhr. 11:51. Noch neun Minuten bis zum Schlag der großen Glocke.

Ob es denn während der großen fünfjährigen Reparatur irgendwelche spektakulären Änderungen gegeben habe, wollte Mehlos wissen. Mal abgesehen von dem neuen LED-Licht hinter den weißen Milchglasscheiben der Zifferblätter und der Tatsache, dass die Zeiger und Markierungen jetzt wieder historisch korrekt Blau statt Schwarz seien, eigentlich nicht, sagte Woodward. Das sei ja schließlich das Wunderbare an der Konstruktion dieser mechanischen Uhr. Alles noch so, wie es vor über 170 Jahren erdacht und gebaut wurde. Mit unwahrscheinlicher Präzision.

»Nichts wirklich Neues?«, fragte Mehlos, »etwas Außergewöhnliches?«

Woodward stutzte einen Moment und verneinte.

»Immer noch von Hand aufziehen?«

Woodward zeigte seine Schwielen, »zweimal pro Woche, Sir, wir machen das zu zweit.«

»Hm.«

Wie kann diese Uhr nur so genau sein? Eine Sekunde Abweichung am Tag. Das schaffen gerade mal sehr gute Armbanduhren aus der Schweiz oder Japan. Und diese Riesenmechanik ist doch viel anfälliger.

Mehlos übersetzte.

Ein Leuchten ging über Woodwards Gesicht.

»Kommen Sie mit!«

Er führte sie in den Raum mit der Uhrenmechanik. Santow dachte sofort an den Maschinenraum eines Raddampfers. Das komplexe Ineinanderwirken riesiger Zahnräder, Walzen mit Stahlseilen, an denen die Gewichte hingen. Manche drehten sich kontinuierlich, andere klackten im Sekundentakt, wieder andere in einem unbekannten Rhythmus. Mittendrin schwang ein riesiges schwarzes Pendel hin und her. Hin und her. Alle zwei Sekunden ein Ausschlag.

»Das ist das eigentliche Herz unserer Uhr. Das Pendel. Ein schwingendes Gewicht, das die Zeit vorgibt. Nach ihm werden die Zeiger gesteuert. Stunden- und Minutenzeiger auf dem Zifferblatt draußen; die Sekunden hier drinnen für uns.«

Wie ist das so exakt möglich? Das Metall bewegt sich doch mit Temperatur und allen möglichen Einflussfaktoren. Sie müssen irgendwo permanent nachregulieren, um Ihre eine Sekunde pro Tag einzuhalten.

Ein stolzes Strahlen ergriff Woodwards Gesicht.

»Nein. Diese britische Uhr hat keine Regulierung in dem Sinne nötig. Sie läuft exakt seit Jahrhunderten.«

Das ist unmöglich!

»Well, britisch eben«, sagte Woodward.

Ich glaube es nicht.

»Sehen Sie denn irgendeine Regulierung an diesem Pendel?«, fragte Woodward lauernd.

Mehlos und Santow beugten sich zum Pendel vor und sahen es sich genau an. Ein etwa vier Meter hoher, von der Decke hängender schwarzer Stab. Im unteren Drittel eine schwarze Scheibe. Die Scheibe schien leer und schwang mit dem Pendel alle zwei Sekunden hin und her. Hin und her.

»Ich sehe nichts.«

Da ist auch nichts.

Mehlos und Santow sahen sich an. Und lächelten.

NOTHING IS PERFECT.

Sie drehten sich um zu Woodward. Der hob die Augenbrauen zweimal schnell.

Santow streckte ganz vorsichtig den Finger einer Hand zu der Scheibe am Pendel aus. Dann sah sie Woodward an. Darf ich, sagte ihr Blick.

Gaaanz, gaaanz vorsichtig bedeutete er ihr lächelnd zurück.

Mit viel Gefühl schwang Santow mit ihrem Zeigefinger den Weg des Pendels nach ... reeechts ... liiinks ... alle zwei Sekunden. Sie schwang drei-, viermal mit dem Pendel, bevor sie zaghaft mit der Fingerkuppe über die Scheibe strich. Sie ertastete etwas, das sie nicht sah. Es war rund. Eine kleinere Scheibe. Es gab mehrere. Es konnten Münzen sein. Ja. Es waren Münzen. Unsichtbare Münzen.

Sie drehte sich zu Woodward und Mehlos um und lächelte.

Pennies from Heaven

»Das ist unsere Feinregulierung«, sagte Woodward, »natürlich haben Sie Recht, Temperatur und anderes beeinflussen den Gang der Uhr. Wir korrigieren die Abweichungen mit Pennies. Old Pennies, Münzen von vor 1971, eine alte Tradition. Vielleicht gingen dem alten Keeper die Gewichte aus und er griff in seine Tasche und fand die Pennies. Ein Penny macht genau einen Unterschied von zwei Fünftel Sekunden pro Tag aus. Mit Hinzulegen oder Wegnehmen kommen wir so auf die geringstmögliche Abweichung.«

»Der Flügelschlag eines Schmetterlings, der einen Orkan auslösen kann. Geringste Abweichungen im Gewicht des Pendels führen zu einer anderen Zeit«, sagte Mehlos.

»Ja. Genau. Diese Scheibe am Pendel hier haben wir immer für das Sammeln und Anrichten der Pennies benutzt. Sah manchmal aus, die Schale, wie bei einem Straßenmusikanten.«

»Und dann kam der hier ...«, sagte Mehlos und hielt Woodward Santows Tablet mit einem Bild von Daniel Hearst hin.

Woodward sah kurz hin und lächelte.

»Ja. His Hearstness. Er hatte sogar noch mit der Queen persönlich gesprochen und seine Idee erklärt. Sie war begeistert, wie wir alle. Einfach nur ein Pendel, das schwingt bis in alle Ewigkeit. Keine Extras. Nichts weiter zu sehen. Einfach nur ein Pendel.«

Das ultimative britische Understatement.

»Genau«, sagte Woodward.

»Wann ist das passiert?«, fragte Mehlos.

Woodward kratzte sich am Nacken, »ooch, das war vielleicht vor einem knappen Jahr, das erste Mal. Wir haben dann Tests mit dieser neuen schwarzen Farbe gemacht und ein ganz neues schwarzes Pendel mit diesem Black bauen lassen. Mit der Scheibe und einem großen Satz verschiedener Münzen. Aber nur Pennies bis '71, natürlich. Und alle in Vanta-Black. Dann haben wir es vielleicht vor vier Wochen ausgetauscht. Und seitdem haben wir die perfekte Zeit. Mit der BBC haben wir auch schon gesprochen. Die drehen hier nächsten Monat und dann werden wir der Welt zeigen, dass wir es immer noch draufhaben.«

Nothing is perfect, zeigte Santow.

Mehlos erklärte es Woodward, sah auf seine Uhr, hob die Augenbrauen und sah Santow an.

»Wir sollten jetzt los.«

Big Ben

»Wow! Das war eine Urerfahrung. Oder eher eine Uhrerfahrung, wenn man es genau nimmt«, sagte Mehlos und nahm den Schallschutz-Kopfhörer ab. Die zwölf Schläge von Big Ben hatten ihn aus nächster Nähe erschüttert.

»Wie war das bei Ihnen, Santow?«

Ich habe diese gewaltigen Schwingungen gespürt. Und ich hatte den Eindruck, die Glocke wirklich zu ... hören. Ich ... hatte so etwas noch nie. Sie haben mich deshalb hierhergebracht, nicht wahr?

Mehlos lächelte sie an.

Nach dem Schlagen waren sie ohne Woodward nach oben zu den Glocken gegangen. Und standen neben Big Ben. Der berühmtesten Glocke der Welt. 13,5 Tonnen schwer, über zwei Meter hoch. Sie hing an starken Holzbalken, die auch den Eindruck machten, als seien sie für die Ewigkeit gebaut. Vier kleinere Glocken hingen um sie herum. An den Seiten hatten sie durch große gotische Fenster nach allen Himmelsrichtungen einen fantastischen Blick über London. Sie entschieden sich für den Südosten. Die Richtung zur *Butler's Wharf*, dem Atelier Daniel Hearsts. Dem Urheber der Idee des Nichts.

Nichts ist perfekt. Wenn es schon nicht der eigene Tod sein kann, so ist es doch die Zeit, **zeigte Santow.**

»Mir gefällt diese Idee sehr gut, Santow«, sagte Mehlos.

»Aber Zeit ist kostbar. Wir sollten sie nutzen. Wollen wir uns wieder wirklich wichtigen Dingen zuwenden?«

Als da wären?

»Admiral von Morwi. Wladimir Romanow. Da wartet was auf uns.«

Ach, Mehlos, Santow hakte sich bei ihm ein und legte ihren Kopf auf seine Schulter. Hinter ihnen Big Ben, vor ihnen das Panorama Londons.

Sie sah hoch zu ihm.

Halten Sie doch einmal für einen Moment inne, zeigte Santow mit ihrer freien Hand, es sieht aus, als hätten Sie endlich wieder einen richtigen Bruder. Echte Familie eben. Seien Sie froh, Mehlos. Ich habe keine.

»Ja«, sagte Mehlos.

Wie ist es?

Mehlos dachte nach, »neu«, sagte er dann, »aber vielleicht vielversprechend.«

Einige Minuten vergingen und beide spürten die Wärme des anderen. Dann fragte Mehlos:

»Warum lächeln Sie, Santow?«

Santow überlegte. Schließlich zeigte sie:

Ich freue mich, dass Sie endlich suchen, was Sie gefunden haben.

THE END.

Nachwort des Autors

»Die Jagd nach dem Nichts« ist eigentlich ein versteckter Liebesbrief an London. Die aufregendste Stadt, die ich kenne.

Nirgendwo sonst prallen Tradition und Avantgarde so aufeinander wie hier und erzeugen eine Gemengelage aus alten Werten, Innovation, Kallistik und Humor, von der man einfach nicht genug bekommen kann.

Der Plan, dies zwischen zwei Buchdeckel zu packen oder in Pixel auszudrücken, ist schon von vorneherein ein fragwürdiges Unterfangen. Versucht habe ich es trotzdem, und viele meiner Lieblingsplätze in die Handlung unserer Geschichte aufgenommen.

Allen voran Neal's Yard in der Nähe von Covent Garden, in dem ich etliche *Lunchtimes* verbracht habe und dabei tatsächlich mehrmals auf Michael Palin traf, der dort unter dem Fenster seines ehemaligen Monty Python Büros beim Bagel saß. Ihm, der mit seinem Werk so viel Freude bereitet hat, ist das erste Kapitel herzlichst gewidmet.

Wie in allen Mehlos & Santow Geschichten, gibt es auch in DJNDN eine Menge Easter Eggs, deren Entdeckung Freude machen könnte. Seien es die Bewohner des Hauses mit der blauen Tür in Notting Hill, die einem vielleicht bekannt vorkommen, Daniel Hearst selbst oder die Namen von Sherlock-Holmes-Darstellern unter den Polizisten der Met.

Überhaupt spielen Figuren aus dem Sherlock-Holmes-Universum von Arthur Conan Doyle keine geringe Rolle; aber das haben Sie wahrscheinlich schon schnell gemerkt. Dies liefert auch die Antwort auf die Frage, woher das Evil Mastermind in unserer Geschichte den Namen *Mary Tori Scott* bekam. Nun, Mary Tori ist das anagrammierte *Moriarty* und Scott der Nachname von Andrew Scott, der die für mich bisher beste Interpretation dieser Figur geschaffen hat. Zu bewundern ist er in den SHERLOCK-Verfilmungen als Gegenspieler von Benedikt Cumberbatch.

Aber ... wo sind Sherlock HOLMES und John WATSON? Und woher haben Kleos MEHLOS und Joanna SANTOW ihre Namen? Steckt da mehr dahinter?

Dazu sei Doyle selbst von 1891 zitiert:

»Nichts ist trügerischer als eine offenkundige Tatsache.«

* * *

Wie immer bleibt noch anzumerken, dass in DJNDN so ziemlich alles ausgedacht ist. Leider auch der Purcell Club, den man, wie ich finde, eigentlich dringend gründen müsste. Ich hätte da schon ein paar erste Mitgliederinnen und Mitglieder ...

Noch eine abschließende Bemerkung: Ähnlichkeiten mit lebenden Personen könnten alles andere als ein Zufall sein. Sollten Sie im richtigen Leben jemanden treffen, der Sie an eine Figur aus diesem Buch erinnert, kann es nur so erklärt werden, dass es die fragliche Person schon gelesen hat und nun alles dransetzt, diesem Charakter so ähnlich wie möglich zu sein. Winken Sie einfach erkennbar gelangweilt ab.

Last but not least vielen Dank an meine wunderbare Verlegerin Sandra Thoms von der Bedey & Thoms Media GmbH, Sabrina Emrich für das kundige Lektorat, Prof. Joachim Schwend für das genaue Korrektorat und Mi Ha für die atmosphärische Covergestaltung.

Herzlich grüßt
Ihr
Hauke Schlüter

Bad Homburg v. d. H., im Februar 2023